国家出版基金项目
NATIONAL PUBLICATION FOUNDATION

# 华北抗日根据地及解放区文艺大系

陈　晋　郑恩兵　主编

# 晋冀鲁豫《人民日报》文艺文献全编

## 文艺史料

第二卷

向　回　梁晓晓　编

河北出版传媒集团
河北教育出版社

图书在版编目（CIP）数据

晋冀鲁豫《人民日报》文艺文献全编．文艺史料．第二卷 / 向回，梁晓晓编．-- 石家庄：河北教育出版社，2023.12

（华北抗日根据地及解放区文艺大系 / 陈晋，郑恩兵主编）

ISBN 978-7-5545-7677-9

Ⅰ．①晋… Ⅱ．①向… ②梁… Ⅲ．①文艺－作品综合集－世界－现代②晋察冀抗日根据地－文学史－史料③晋察冀抗日根据地－艺术史－史料 Ⅳ．①I11 ②I209.92

中国国家版本馆 CIP 数据核字(2023)第 043810 号

书　　名　晋冀鲁豫《人民日报》文艺文献全编·文艺史料·第二卷
JINJILUYU RENMIN RIBAO WENYI WENXIAN QUANBIAN WENYI SHILIAO DI-ER JUAN

编　　者　向　回　梁晓晓

---

责任编辑　杨　乐
装帧设计　郝　旭
出　　版　河北出版传媒集团
河北教育出版社　http://www.hbep.com
（石家庄市联盟路705号，050061）
印　　制　石家庄众旺彩印有限公司
开　　本　787毫米×1092毫米　1/16
印　　张　19.25
字　　数　232千字
版　　次　2023年12月第1版
印　　次　2023年12月第1次印刷
书　　号　ISBN 978-7-5545-7677-9
定　　价　110.00元

---

# 丛书编委会

# 编纂说明

在中国共产党百年发展历程中，文艺始终是党领导人民开展进步事业的有机组成部分，是党在各个历史时期的中心工作的实时反映和重要推动力量。“华北抗日根据地及解放区文艺大系”，是一部全面展示抗日战争和解放战争时期华北地区党的历史创造、奋斗风采和形象建构的大型革命历史文艺文献丛书，对于深入研究华北地区革命文艺史、红色新闻史，弘扬伟大建党精神、梳理中国共产党人精神谱系，是必不可少的第一手资料，是我们在新时代坚定树立文化自信的重要思想资源。

## 一、编纂缘起

抗日战争及解放战争时期，华北地处各方政治与文化力量激烈博弈的前沿，这种特殊政治、军事、文化、地理环境中产生的革命文艺，具有鲜明的地域性特征，是五四新文化运动以来的革命文艺发展史上的突出标识。

但一直以来，由于史料文献整理不足，对华北抗日根据地及解放区文艺的研究，始终未能深入，其独特的地域性实践价值和蕴含的文化创新意义被严重遮蔽。这些史料文献主要以党报党刊的形式呈现，梳理汇编这些党报党刊中的革命文艺史料，借之以探索华北革命文艺的发展路径、发展方向、创造机制和创新经验，是深入贯彻习近平总书记关于“把红色资源利用好、把红色传统发扬好、把红色基因传承好”，“用好红色资源、赓续红色血脉”等系列重要讲话精神的有力举措，也是新时代文艺研究者不可推卸的责任。

2017 年 6 月左右，我们去中国社科院文学所拜访时任所长刘跃进先生，协商合作研究事宜，寻求中国社科院文学所的帮助。请教过程中，刘先生建议我们结合地方特色，做好地方红色文艺文献的搜集整理与编纂出版工作。经过一段时间筹备，2017 年底，我们以“河北红色经典系列丛书”为名，正式申报“2018 年度河北省省级宣传文化发展专项资金”项目并成功立项，旨在通过选定刊行河北红色经典作品、梳理汇编河北红色经典研究资料、系统阐述河北红色经典发展历史等基础性工作，打造一个集大成式的河北红色经典文献资料库。

项目最初设计共二十四卷，包括六大板块：《河北红色经典史》一卷、《河北红色文艺作品选》六卷、《河北红色经典作家作品索引》三卷、《河北红色经典研究资料汇编》四卷、《〈晋察冀日报〉副刊文学作品全编》六卷、《晋冀鲁豫抗日根据地文艺作品及〈新华日报〉太行版文艺作品汇编》四卷。但在项目实施过程中，我们充分吸收专家意见，认为网络时代和大数据背景下的科研活动有了很大变化，《河北红色经典作家作品索引》与《河北红色经典研究资料汇编》的编纂工作，在当前学术生态中价值不大，并予以取消。同时，在项目实施过程中我们发现，《晋察冀日报》《人民日报》等党报除刊发大量文艺作品外，还有大量记录边区文艺工作者行迹，反映边区戏剧、音乐、文学、美术、舞蹈、曲艺活动与报刊书籍出版发行等各方面情况的文艺史料，以及体现我党文艺方向、方针变化的政策文件与重要领导讲话，是华北地域党和人民对敌作战的重要宣传武器，更是飘扬在华北地区军民心中一面旗帜。这些史料是华北地域革命文艺发生、发展与壮大的真实记录，对我们正确认识革命文艺的特点与历史地位有重要的决定性作用。

为此，我们精心整理了《〈晋察冀日报〉文艺文献全编》《晋冀鲁豫〈人民日报〉文艺文献全编》《〈晋察冀画报〉文艺文献全编》《晋察冀日报社人物志》（共五十一卷），同时收入全国抗战时期和解放战争时期与河北地域相关且被广大群众所喜爱并广泛传唱的红色文艺作品，结集为《河北红色文艺作品选》（共六卷），至此形成丛书目前的五大板块，而且将名称由“河北红色经典系列丛书”改为“华北抗日根据地及解放区文艺大系”，方便以后在此基础上做进一步拓展。

## 二、地域范围及文艺特质

华北抗日根据地包括当时山东、河北、山西、察哈尔、绥远、热河全部及豫北、苏北、皖北部分地区，分晋绥、晋察冀、晋冀豫、冀鲁豫、山东五大块。1941 年，冀鲁豫合并到晋冀豫，称晋冀鲁豫。其中晋察冀抗日根据地作为开辟最早、地域最大、人口最众的模范抗日根据地，是华北抗日根据地的坚强堡垒，牵制和抗击了三分之一以上的华北日军和二分之一的伪军。

在河北及其邻省周边地区开辟与创建华北抗日根据地，是红军长征到达陕北之后党中央迅速做出的重大战略决策。这些根据地地处对日武装斗争最前线，不仅打开了抗战的新局面，成为华北敌后抗战的主战场，而且进行了新民主主义社会的实践探索，对解放战争的历史进程产生了巨大影响，成为我党开辟东北解放区的前进基地和逐鹿中原的战略后方。随着抗日根据地的开辟，延安文艺工作团、西北战地服务团、东北促进纵队干部队、八路军总政治部前线记者团等大批文艺工作者，随同党政干部一道陆续抵达华北，东北、平津的青年学生也纷纷冒着生命危险来到边区。他们一手拿枪，一手拿笔，深入农村与抗战前线，切身体会工农兵的生活，深刻了解工农兵的需求，从而根本上克服了艺术至上主义思想倾向。所以，华北抗日根据地及解放区文艺，既响应了伟大的民族抗战对文学艺术提出的时代要求，亦充分兼顾到广大人民群众的接受习惯和欣赏水平，真实地反映了华北人民火热的战斗与生产生活。很多作者本身就是农民、战士或基层工作者，他们把自己的经历和熟悉的人和事，通过小说、戏剧、诗歌、报告文学、歌曲、绘画、舞蹈等文艺样式记录下来，语言通俗平实，富有生活气息。由于产生于特定时代、特定区域而又适应特定需要，故而无论是题材、语言还是风格，在体现革命大众文艺共性的同时，又具有强烈的华北地域特性。

华北抗日根据地及解放区文艺的繁荣发展，是专业文艺工作者与工农兵群众共同创造的结果。人民群众不仅是革命文艺运动的主导主体、推进主体、受益主体，还是一切成败得失的评判主体。华北抗日根据地及解放区文艺，归根结底，是“以人民为中心”的文艺。

## 三、学术价值

今天的河北在抗日战争、解放战争时期是晋察冀、晋冀鲁豫两大根据地的中心区域，有着悠久的革命历史传统和丰厚的红色文化底蕴。据不完全统计，抗日战争和解放战争期间，仅晋察冀边区专区以上就办有报刊四百余种，编印图书五百余万册。如果将这种统计扩大到环绕河北的整个华北抗日根据地及解放区，时间扩展至从中国共产党成立到中华人民共和国成立，数据更为可观。这些红色图书、报刊的出版发行，团结了一大批来自全国各地的著名革命文艺家和专业文艺工作者，其中有大量文艺相关信息，是研究近现代中国革命文艺的重要史料。但因受当时物质条件及复杂局势影响，它们传播范围有限，保存困难，如今已普遍出现老化或损毁现象，面临着消失、断层的危险。

长期以来，由于对抢救、整理和利用红色文艺文献的意义认识不足，现行的科研评价、出版机制亦难以有效刺激科研工作者积极从事老旧报刊等红色文艺文献的系统整理，大量有待整理的红色文艺文献尚未进入学界的视野。特别是华北抗日根据地及解放区的文艺文献，有很多甚至还是学术盲区。如《冀中导报》《救国报》《边政导报》《冀南日报》《团结报》《前进报》《新察哈尔报》《冀热察导报》等各类党报，以及《冀热辽画报》《冀中画报》《北方文化》《五十年代》《新长城》《新群众》《诗建设》《诗战线》等期刊，虽有部分学者对其办报（刊）历程、思想以及传播等方面予以研究，但均无系统的文艺文献整理本。“华北抗日根据地及解放区文艺大系”整理的《晋察冀日报》、晋冀鲁豫《人民日报》、《晋察冀画报》，是当时华北抗日根据地及解放区党报党刊的典型代表，是党的理论和实践同文艺结合的主要媒介和载体，是华北革命文艺重要的传播平台。这些报刊，既客观记录了华北革命文艺的传播与发展，也完整展现了华北革命文艺的特殊使命与风格特征，具有极其重要的史料价值。在此基础上，我们还会将视角延伸到《晋绥日报》《新华日报・太行版》《新华日报・太岳版》等党报，不断地充实这套大型文献史料丛书，以此来系统建构华北抗日根据地及解放区的“文艺史料学”。

## 四、丛书特色

这套丛书的编纂，主要以抗日战争及解放战争期间华北境内各根据地、解放区出版、发行、制作之图书、期刊、报纸等红色文献中的文艺资料为内容。编纂特色主要包括：

（一）抢救珍贵历史文献，弘扬伟大建党精神。

华北抗日根据地及解放区的红色文献发行于条件艰苦的战争年代，数量少，印制质量粗糙，历经岁月的洗礼，留存下来的品相完好者已经很少，有些到今天已成孤本。这些文献作为特定历史时期和区域的产物，见证了中国共产党领导华北人民争取民族独立和人民解放的伟大历程，反映了华北近代社会的巨大变化，蕴含着珍贵的史料价值和鉴往知来的现实意义，是中国共产党领导的文艺事业、新闻出版事业与意识形态建设发展的历史见证。它们诠释了党的初心和使命，蕴含着坚定的理想信念与崇高的革命精神，到今天仍然具有强大的感染力与说服力，是陶冶情操、磨炼意志，走好新时代长征路的有效精神资源。抢救性搜集、整理与研究这些珍贵历史文献，有利于增强党政干部政治信仰，弘扬伟大建党精神和践行社会主义核心价值观。

（二）文艺与党史密切融合，拓展革命文艺与党史研究的新视野。

革命文艺作品的创作、发表和传播，和党的历史任务和奋斗实践是分不开的。在艰苦卓绝的革命岁月，奋斗前行的中国共产党始终强调，既要拿“枪杆子”，也要拿“笔杆子”。革命的文艺工作者，一手拿枪，一手拿笔，深入农村与抗战前线，以人民大众易于接受和欣赏的形式，宣传党的政策，推行党的方针，为中国共产党顺利完成不同历史阶段的中心任务和伟大使命发挥了独特而重要的作用。本套丛书收入的文献史料，主要是抗日战争与解放战争时期党报党刊中的文艺作品与文艺史料，它们鲜明生动地体现了党的历史，党领导人民争取民族独立、人民解放的奋斗历程和精神面貌，从而为学界从文艺角度研究党史和从党史角度研究文艺提供了有力支撑。

（三）作品汇编与史料梳理并行，还原革命文艺的历史场域。

“华北抗日根据地及解放区文艺大系”的编纂，全面辑录华北抗日根据地及解放区党报党刊上刊登的诗歌、小说、戏剧、报告文学、散文、歌曲、版画等文艺作品，并系统梳理当时文艺发生、发展、传播以及社会各界文艺活动的各类消息和报导，同时选编了大量的河北红色文艺作品作为补充。这种文艺史料与文艺作品的配合整理，还原了革命文艺的历史场域，有利于构建对革命文艺的科学认识。

## 五、丛书内容

（一）《〈晋察冀日报〉文艺文献全编》共三十八卷：

诗歌三卷

戏剧一卷

小说二卷

文艺评论三卷

文艺史料九卷

外国文艺二卷

散文报告文学十七卷

歌曲版画一卷

（二）《晋冀鲁豫〈人民日报〉文艺文献全编》共十一卷：

诗歌一卷

戏剧、小说、文艺评论一卷

散文报告文学五卷

文艺史料四卷

(三)《〈晋察冀画报〉文艺文献全编》一卷

(四)《晋察冀日报社人物志》一卷

(五)《河北红色文艺作品选》共六卷：

诗歌一卷

戏剧一卷

散文一卷

小说三卷

## 六、编纂体例

（一）整套丛书题材丰富、门类众多，在体裁上不做强行统一。

（二）丛书中所录作品均为当年报刊发表的原文。为确保丛书的文献性、学术性、专业性和资料性，丛书编辑加工的总原则为保持文献原貌，内容上不做改动。

（三）文字的使用

1. 丛书中文字的使用以2013年教育部、国家语言文字工作委员会公布的《通用规范汉字表》为准。

2. 丛书中的古体字、通假字、俗体字，以及所涉及姓名字号、职官地理等专用字，均予保留。

3. 丛书原文字迹模糊残损，但仍可辨认或可依上下文校正，以字外加方框“□”表示；原文缺字或无法辨识，且无法校补，每字以一个方框“□”表示；如无法统计所缺字数，则以“▨”表示。

4. 丛书中数字的使用，保持原貌。

（四）标点符号及其他符号的使用

1. 丛书在不改变原文意义的情况下，将旧式标点改作现行标点符号。

2. 丛书原文中出现代表文字的符号，如“×”“△”“○”“▲”等，保持原貌。

3. 丛书原文中的着重号、专名号等不再保留。

（五）其他

1. 丛书原文中的注释，保持原貌；编者亦出部分注释，供读者参考。

2. 因为原始文献本身产生于战争年代，保存不易，漫漶不清处较多，丛书疏误之处在所难免，希望专家读者批评指正。

## 七、鸣谢

本套丛书得以顺利面世，要特别感谢中共河北省委宣传部、河北省社会科学院、河北教育出版社的资金支持，以及北京大学陈平原教授、中国社科院文学所刘跃进研究员、南开大学文学院李扬教授、河北师范大学文学院王长华教授等，为丛书编纂提供了多方面的学术支撑；晋察冀日报社老报人及报史研究会诸位老师，中国社科院文学所现代室、中国丁玲研究会、中国现代文学馆各位专家，也在丛书编纂过程中提出了许多建设性意见；院内外的数十位年轻科研工作者，在原文录入和校对方面付出了艰辛劳动，确保了项目的顺利进行。在此一并致谢。

# 把艺术交给大众（代序）

## ——祝贺“华北抗日根据地及解放区文艺大系”结集问世

中国社会科学院　刘跃进

由河北省社会科学院文学研究所编纂、河北教育出版社出版的“华北抗日根据地及解放区文艺大系”结集问世，值得庆贺。

文艺是时代前进的号角。1937 年 7 月 7 日，卢沟桥事变爆发，全面抗战由此而起。广大的爱国知识分子和青年学生，表现出同仇敌忾的民族气节，走出书斋，走出校园，用知识，用智慧，用不屈的精神力量唤醒民众，用实际行动担负起抗日救亡的历史重任。在此后的岁月里，延安文艺和华北抗日根据地及解放区文艺，是中国共产党领导下的两大主体，双峰并峙，展示着那个时代的风貌，引领了那个时代的风气。

随着抗日根据地的开辟，延安文艺工作团、西北战地服务团、东北促进纵队干部队、八路军总政治部前线记者团等大批文艺工作者，随同党政干部一道陆续抵达华北，东北、平津的青年学生也纷纷冒着生命危险来到边区。他们一方面积极创作大量街头剧、活报剧、街头诗、墙头小说、木刻版画、歌曲、舞蹈等革命文艺，开展抗日救亡宣传运动；一方面也通过开办文艺干训班，开展各行业、各阶层甚至全民的文艺创作与评选活动，吸引工农兵群众加入文艺队伍，掀起了“晋察冀一周”“冀中一日”等具有深化性质的群众写作运动，以及“创造模范村剧团”“穷人乐”等群众戏剧运动，为晋察冀文艺史添上了浓墨重彩的一笔。

说到这里，我想起2009年参加《北平学生移动剧团团体日记》捐赠仪式的一段往事。从1937年到1938年，在中国抗战史上唯一以大学生组成的“北平学生移动剧团”在长达一年半的时间里，历尽艰难，转辗于国民党第五战区的各个战场，演出话剧，创办报纸，宣传抗日，鼓舞斗志，谱写出响彻云霄的时代赞歌。移动剧团的成员每人一周轮流记述，用日记形式记录了那段不平凡的岁月，《北平学生移动剧团团体日记》就是这部历史的记录。它不是写给个人看的私密记录，也不是为将来面世扬名。作者完全出于一种历史责任，真实客观地记录了那段鲜为人知的历史，体现出强烈的史家意识。日记封面上有这样一段题记，“北平学生移动剧团·愿我永恒·中华民国二十七年二月二十三日始·璧华”。孤立地看这部日记，也许没有什么轰轰烈烈的战斗业绩，也没有什么感人肺腑的情感纠结。客观、平实是它的本色，正是这种本色，为那个历史年代留下一段真实。“北平学生移动剧团”的抗日活动，是文艺工作者投身抗日洪流中的一个历史缩影。

随着抗战的胜利，察哈尔省会张家口解放，晋察冀文协、晋察冀剧协、晋察冀音协、晋察冀美协、晋察冀通讯社、晋察冀边区剧社、晋察冀日报社、晋察冀画报社等文化团体随中共晋察冀中央局和军区领导先后开赴华北根据地，一大批文艺工作者也随之来到华北，开展丰富多彩的文艺活动。他们坚持毛泽东《在延安文艺座谈会上的讲话》中指出的方向，一手拿枪，一手拿笔，深入农村与抗战前线，既为切身体会工农兵的生活，也为深刻了解工农兵的需求，从而在根本上克服了自身相当普遍和严重的艺术至上主义思想倾向，为工农兵而创作，为工农兵所利用，以人民大众易于接受和欣赏的形式，普遍写人民大众的生产战斗故事。譬如左翼作家邵子南，于1938年10月随西战团到晋察冀，主持战地社日常工作，主编《诗建设》；1943年整风运动后，他到阜平任小学教员，在反“扫荡”中与群众、民兵一起转移、战斗，还直接在五丈湾跟随李勇的游击组对日寇展开地雷战；1944年5月随团回延安，在鲁艺任教，后调陕甘宁文协搞专业创作，开始大量创作反映晋察冀边区生活的小说。他以亲身体验为基础创作的短篇小说《李勇大摆地雷阵》（后改为《地雷阵》），运用阜平农民群众的语言，以口语化方式讲述了爆炸英雄李勇的抗日故事，明显吸取了民间说唱文学的优点，特别是在白话叙述中还插入不少快板式的韵白，更适合群众的喜好，因而在当时广为流传，家喻户晓，起到了很大的宣传鼓动作用。其他作品，如《荷花淀》《太阳照在桑干河上》《漳河水》《赶车传》《王九诉苦》《孟祥英翻身》《新儿女英雄传》《白求恩大夫》《我的两家房东》《穷人乐》《李殿冰》《戎冠秀》《没有共产党就没有中国》《团结就是力量》《没有土地的人们》《白毛女》等，都是成功的文艺典范，在现代中国文学史上占据比较重要的位置。

在华北抗日根据地及解放区的文艺创作成果中，还有数以万计的文艺作品和极具研究价值的文艺史料刊发在根据地及解放区所办的报刊上。很多作者，本身就是农民、战士或基层工作者。他们把自己的经历和熟悉的人和事，通过小说、戏剧、诗歌、报告文学、歌曲、绘画、舞蹈等文艺样式记录下来，语言通俗，富有生活气息。人民既是历史的创造者，也是历史的见证者；既是历史的“剧中人”，也是历史的“剧作者”。让故事中的人物自己编词、自己表演的创作方式，很好地反映出人民的心声，并让人民群众从生动活泼的艺术作品中得到教育，这确实是一个成功的尝试。

配合党的中心工作，“把艺术交给大众”，通过文艺唤醒大众，这已成为华北文艺工作者的自觉意识。他们积极响应伟大的民族抗战对文学艺术提出的时代要求，充分兼顾到广大人民群众的接受习惯和欣赏水平，创作了大量的作品，真实地反映了燕赵儿女火热的战斗与生产生活，起到了良好的宣传教育与鼓动激励效果。刘萧无编排新闻报道剧《李殿冰》，编剧与演员一起住到李殿冰家里，以便于熟悉主人公的生活，搜集真实生动的群众语言，还模仿他们的动作，理解他们的心理，甚至还让主人公李殿冰等直接参与剧本的修改和编排。描写群众的生活，邀请群众参与创作，这是当时文艺工作者走群众路线的生动体现。该剧演出后获得当地老百姓的极大赞赏，鲁中实验剧团还专门学习该剧的创作方法，创编了三幕五场话剧《过关》。艾思奇《前方文艺运动的新范例》更是誉其开创了前方文艺的新范例。抗敌剧社的《王老三减租小唱》、冀中火线剧社的话剧《我们的母亲》，也都具有这种特色。

这些文艺作品，可能略显仓促，有的甚至急就于战火中，所以在素材提炼、人物形象塑造以及语言的使用、细节的刻画等方面还有很多不足。但是，这不是一般意义上的创作，而是燕赵大地为争取民族独立、人民解放的集体记忆和行动号角，是中国革命事业的重要组成部分。华北抗日根据地及解放区的文艺，有很多这样未经沉淀的纪实作品，不管其艺术性如何，但在发动群众、组织群众、铸就抗击日寇和国民党反动派铜墙铁壁方面，发挥了无可替代的作用。20 世纪五六十年代，河北地区涌现出大量的红色经典，便是华北抗日根据地及解放区文艺的传承和发展。

2017 年 6 月，河北省社科院文学所郑恩兵所长来京与我们协商合作研究事宜。我根据所了解的信息，建议他们结合地方特色，做好地方红色文艺文献的搜集整理与编纂出版工作。“华北抗日根据地及解放区文艺大系”就是那次商讨的成果。全书由五个部分组成：第一部分为《晋察冀日报》文艺文献全编，第二部分为晋冀鲁豫《人民日报》文艺文献全编，第三部分为《晋察冀画报》文艺文献全编，第四部分为晋察冀日报社人物志，第五部分为河北红色文艺作品选。全书收录各种文体的作品六千余种，包括小说、诗歌、文艺评论、戏剧、报告文学、散文、文艺通讯、美术、书法和音乐、文艺史料，还有文艺信息、文艺广告，基本涵盖了华北抗日根据地及解放区的文艺创作情况，具有很高的研究价值。

时值中华人民共和国成立七十五周年之际，我们有机会阅读这部皇皇五十余册的“华北抗日根据地及解放区文艺大系”，更加深切地感受到新中国的建立真是来之不易，她是无数条战线的可歌可泣的人们不懈奋斗的结果。在这样一个特殊的日子里，我们感念当年那些有名无名的作者，感谢参与整理工作的学者，当然，更要感激我们这个伟大的时代。

# 目录

# 为黄河故道人民请命　边区文联致电冯玉祥先生

【本报讯】晋冀鲁豫文联顷致电留美考察水利工程之冯玉祥先生，吁请仗义执言，引起美国朝野人士之注意，制止蒋介石堵口放水阴谋。原电略称：蒋介石反动集团为挽救其军事败绩，近复亟谋于花园口将黄河合龙放水，置我沿河七百万人民于死地。按：治黄问题，本区人民曾与国民党签订四次协议，其要意为先修复险工，迁移居民而后堵口放水。而蒋介石一再违反协议，并不迅速拨付工款工料。八月以来之军事进攻，又多方破坏工程并抢劫修堤物资，影响险工告成。先生洞悉黄河问题之症结，如能全力援助则国家幸甚，晋冀鲁豫人民幸甚！

（1947 年 1 月 1 日）

# 两块砖头

稚微

在太行第二届群英大会的翻身展览馆里，参观的人群排成很长的行列，络绎不绝地拥挤进来。

我们几个人在忙着抄写那“几千年来地主过得是什么生活，穷人受些什么痛苦”的时候，“地主家绣花被子套丝绵，穷人家身铺席片头枕砖”这两句话，吸引了我们的视线。

那红绸缎被子排在桌子上，破烂不堪的黑漆被子也放在一领穿窟窿破四角的席片上，尤其值得注意的，是席片上放着的那两块砖头。

这两块砖头，是孙海梦父子俩的老朋友，又是他的“死对头”。

孙海梦是潞城第三区安昌村人，原籍山东省济南府新城县，光绪十二年，逃难落阁在山西潞城安昌，到今年整六十年，父子俩就枕着这两块砖头。

我们为他愤恨，群众为他愤恨；我们为他怜惜，群众为他怜惜。愤恨那恶霸地主，怜惜我们的亲兄弟——孙海梦。一个五十多岁的老汉说：“这就是地主给咱们的‘福气’！一枕就是六十年，要不是毛主席领着咱穷汉翻身，再用六十年看行不行!”

人越挤越多，我们依依不舍，离开了这本活生生的“唯物史观”。

（1947 年 1 月 1 日，《人民副刊》）

# 我们的愿望

我们提出“你需要什么”的问题后，承蒙不少读者来信指教，对我们有很大的鼓励，现在先把最先接到的几封信发表出来。

四位同志的意见，都是很好的，我们将向着这些方面努力。但要能做到这些，还要靠读者随时和我们联系，大家设法、大家来作，才能有成功的希望。另外我们还希望广大读者继续提供更多的意见。

——编者

## 肖健：多揭载蒋管区的黑暗

副刊编辑同志：

下面是我对“你需要什么”的答复。我觉得我们解放区报纸，对蒋管区比较公正的报章上的言论及通讯等的转载和介绍是不够的，希望能补救这一点。因为，“不怕不识货，只怕货比货”，如果对蒋管区的黑暗有更多生动的揭载，就使得解放区的光明面在生活于他的怀抱中的人们心目中越发可爱。

根据乔木同志《短些，再短些》这一有力的提倡，《毛主席送子上劳动大学》以一个九岁儿童的写作，能给予人们以深刻的影响，我以为应是副刊的努力方向之一。

书报介绍也是要紧的，比如外区出版的茅盾作《腐蚀》一书，在我们这里不停地传看中。报上不但应介绍，并应经过这大众的喉舌，去督促解放区的出版事业向“翻印外区有价值书籍”这方面走。

## 刘正一：多登短小文章，增设新栏

我和我所见到的好多同志，对报纸一般是不能彻头彻尾地细心阅读的，特别是长篇大论的东西，除了重要的专论或社论，很少看。对贵报副刊则短文都看。记得有一篇转载《解放〔日〕报》的短文《短些，再短些》那个文章，我最同意。

凡是有趣味的文章一定也是于我有帮助的，比如十二月十号这篇《吃了卒子再吃车》的小诗吧，当然属于有趣味的作品，可是我觉得也有帮助——增加我的胜利信心，更加使我明确蒋介石的不仁不智！

书报评介、人物志（指写名人、战斗、生产、模范工作者、翻身英雄等以及反派人物）、解放区风景介绍（主要使读者对解放区增加热爱）、学校风光、市场一角、戏团活动、作品荐举、写作研究等，我都希望在这副刊里见到。总之，越简短、具体，能以小见大，就越好。

长篇大论的小说、长诗、论著等，哪怕他不是名家的也可以送到大本杂志上去登载，把报纸篇幅交给广大的老百姓。（当然，大学教授、作家、学生也都是老百姓，但摆起架子、下笔千言者，则当别论。)

## 可风：希望成为文艺习作的园地

（一）副刊应成为定期刊，确定名字，刊定报头为好。

（二）副刊要有一定的明确方针，这方针最好是启发和指导读者中喜好革命的大众的工农兵的文艺青年，鼓起热忱，在文艺习作中向前迈进。本地区纯文艺性的刊物不多，且又是月刊，吸收外稿太少，希望这个副刊能成为青年同志文艺习作的园地。

（三）今后应该多登载纯文艺性质的作品，以短小精悍、意味深长为原则（特写和长篇通信应排在另版）。

（四）排版力求活泼，例如最近的十二月十日这一期就比较过去许多期好。

## 郭直夫：培育更多的通讯员

副刊中我最感兴趣的是：《我所见到的解放区》《追念鲁迅的文章》《川底的今昔》《毛主席送子住劳动大学》《书报评介》《前线战士需要什么？》《王贵与李香香》《平凡中的伟大》……笼统地说，十一月二十日，特别是本月十日的副刊，我觉得更是内容丰富、简短、新鲜有趣。如果再添点关于“写作指导”的短小文章，选拔几天内一二个出色典型的稿子，作具体的分析研究，这样也许能培育出更多的通讯员，教导一切幼稚的写作者。

有切实帮助的、有趣的文章，二者我都需要，最喜欢的是一篇文章，既实用且有趣。

所用语文，我还能够看懂。

这就是我的意见，未知以为然否？

（1947年1月1日，《人民副刊》）

# 茅盾夫妇抵莫斯科

塔斯社报导：我国著名作家茅盾夫妇已于上月二十五日抵莫斯科，苏联对外文化协会职员多人前往欢迎。茅盾此行系应该协会之请。

（1947 年 1 月 1 日，《人民副刊》）

# 好好准备过春节　征求春联短剧秧歌

编者同志：

新年到了，我们机关俱乐部里，本来打算搞些文化娱乐，大家“红火”一番。但在开筹备会的时候，都说要排演几个剧看，可是苦于没有新鲜剧本，所以我们建议报纸，快登载些新鲜剧本，短的报告剧和秧歌更好。剧本内容，我看以反映我们自卫战争中军民英勇模范事例、翻身故事等为最合适，不知能不能做到？

——军区司令部一人

从上面这一来信看，供给大家新鲜剧本，不只是军区司令部一处需要，而是一个普遍的要求。“往者不可谏，来者尤可追”，好在现在到春节还有二十来天，我们希望能为大家送些春节的礼物——新鲜短剧、秧歌、春联等以补过去的缺陷，让大家来过个热热闹闹的春节。但我们少数几个人能力有限，只能希望一切读者同志，大家动手，你来写个剧本，他来编个秧歌，你来编副春联，他来凑段鼓词。好在我们的现实斗争生活非常丰富，大家动嘴的动嘴，动笔的动笔，赶快写寄给我们，以便早日采登，供各地选用。

——编者

（1947 年 1 月 1 日，《人民副刊》）

## 太岳小学生争做毛主席的好子弟

【太岳分社电】读了《毛主席送子住劳动大学》一文后，此间许多人加强了劳动观念，尤其是尚在学校读书的学生，不少人订出自己的劳动计划。沁水高小，要从劳动生产中解决自己全年的日用费。洪洞不少学校学生，纷纷从事劳动，学习毛主席的儿子。阳城董封镇民办小学，全校学生在讨论这篇文章后，同样要在劳动生产中解决一部分花费，决定先给学校运炭，力气小的在街上担水卖。第一次已担炭一千二百八十四斤，赚钱一千一百五十五元，担水的也赚洋一千五百二十五元。

（1947 年 1 月 1 日，《人民副刊》）

## 延安广播电台改变播音时间

【新华社延安十二月三十日电】延安新华广播电台自明年一月二日起改变播音时间，每日二次，上午九时至十时（上海时间），下午九时三十分至十一时。该台呼号 XNCR，波长四〇公尺，七五〇〇千周。

（1947 年 1 月 1 日）

# 用光辉胜利迎接新年　我军解放聊城巨野嘉祥

金乡四关为我控制共歼敌四千余

我军主动撤出大名空城待机歼敌

【新华社晋冀鲁豫前线二日急电】刘伯承将军部队以解放巨野、筑先（即聊城）两城，控制金乡四关的辉煌胜利，迎接光明的民国三十六年。除夕下午，八路军某部一举攻占巨野城四关，当晚即向城内总攻。元旦拂晓，盘踞城内之蒋伪河南保安团暂编纵队张岚峰部三支队五团全部、六团一个营及巨野、郓城等五县还乡团全部被歼，巨野城遂重获解放。此役除毙伤外，生俘蒋伪三千余名，缴获山炮两门，迫击炮八门，轻重机枪九十一挺，步枪千余支，其他战利品正清查中。八路军另一部，应鲁西广大人民之请，自十二月二十五日起向盘踞聊城之伪军王金祥部总攻，经数日激战，该伪伤亡惨重，残部狼狈突围，八路军除分兵追击外，于元旦日进驻该城。至此，身受十年日寇伪军奴役统治之该城人民始告解放。蒋伪在冀鲁解放区中最后一个内战堡垒，已被拔除。与反攻巨野同时，八路军于上月三十日晚向金乡自卫反击，在该城三里之张花园一带将蒋军八十八师二十一旅六十三团大部歼灭，毙伤其营长以下三百余，俘营长以下九百余，缴汽车三辆，迫击炮八门，轻重机枪六十二挺，掷弹筒二十五个，步枪五百余支。现金乡四关已为八路军控制。

【新华社晋冀鲁豫前线三日电】此次八路军在解放聊城前，某部政治机关为保护该城固有文化，特命令全军于入城后执行下列三事：（一）向民族英雄范筑先墓立正致敬礼；（二）保护中国三大书库之一的海源图书馆；（三）妥为保护中国史学家傅斯年先生在此街的住宅。按：聊城为古东昌府治，民国廿七年汉奸王金祥勾结日寇进攻聊城，民族英雄范公筑先及山东名教育家张郁光先生均与城俱亡，当地人民为纪念此抗日老人，乃将聊城县改名筑先县。

【本报冀鲁豫前线三日急电】八路军于元旦日晚乘胜收复嘉祥城。冀鲁豫八路军一部，于元旦日拂晓攻克巨野城后，随即挥戈东向嘉祥，盘踞该城之伪张岚峰部三支队另一部闻风丧胆，狼狈弃城向济宁逃窜，嘉祥城遂于当日晚八时许重告解放。缴获甚多，战果正清查中。

【本报晋冀鲁豫三日电】蒋军三十二师、八十五师由楚旺（内黄县）、回隆（安阳县）东犯，八路军于一日上午主动撤出大名空城，待机歼敌。

（1947 年 1 月 5 日）

# 威县翻身农民歌唱新年

端起饭碗喜盈盈 过年不忘毛泽东

【本报威县二十九日电】威县辛台林翻身男女，以无限欢欣，家家忙着蒸年糕，给毛主席拜年。翻身农民到处欢唱着“从前过年穷人作难，如今过年有吃有穿，毛主席恩重如山”的自编歌曲，他们愉快地祝颂毛主席长寿万年。滏阳中学学生孙注月，亲笔给毛主席写了一封拜年信，他像和亲人写信一样称呼“亲爱的毛主席”，信上写着：“蒋介石政府在时，我永远不能上学；现今在你领导下，我上了学，这使我永远不能忘记。年下不能到你跟前去拜年，我已对着你的相片行了鞠躬礼。”宁南翻身农民，在新历年关编出好多歌颂毛主席和打败蒋介石的新剧快板，到处出演。东汪三镇群众编出《翻身不忘毛主席》，南丁曹编出《人民的灯塔》，大曹庄编出《万年恩》，北河庄编出《翻身不忘共产党》，小马村的妇女编出《咱和毛主席一条心》。她们自唱自乐："端起饭碗喜盈盈，心里不忘毛泽东。他是中国人民的救命星"，愉快地向自己的领袖庆祝新年。

（1947年1月5日）

## 冀鲁豫前线捷报三传　军民除夕集会庆祝

【本报前线记者团一日电】除夕之夜，冀鲁豫前线举行新年祝捷歌剧晚会，由军区文工团与某部文工队结合演出，节目为《挖工事》《王克勤班》（六场歌剧）、《咏雪》（毛主席诗）与《军民一家》等。晚会前并有人民画报社与文工团美术组展览，十数幅记载五战五捷的巨幅彩色布画，还有几百张漫画与照片。刘司令员、邓政委、张副政委、李参谋长均驰马前往参观，军民参观者拥挤不堪。刘司令员特别称赞巨幅布画，他以兴奋的口吻赞赏《鄄南之战》（宽三尺高五尺的彩色布画）说："画得真好，惊心动魄。"一位三十来岁的本村翻身农民，则注目《梯子组》大画，回忆八路军从敌伪手中解放他们的县城时，"梯子组"就是这样英勇前进的。照片也受到群众的欢迎，在毛主席、朱总司令肖像及刘司令员、邓政委检阅其常胜军的照片下，是榴弹炮、坦克及各种轻重武器，放下武器蒋军将官赵锡田、刘广信、寅正成、杨显明等的照片。王克勤班战斗场面及小英雄吕登科也呈现在人们眼前。部队干部都自动向群众解说。晚会中更加热闹，连续传来三次捷报，报告收复巨野、解放聊城、围攻金乡的胜利，每一次捷报传来，会场都响起"打胜仗过新年"等口号。

（1947年1月5日）

# 苏联人民对茅盾的印象

茅盾先生到了苏联以后，莫斯科广播电台在上月二十八日发表了一篇《苏联人民对茅盾的印象》，文里边说：今年刚度过五十寿辰的中国大文豪茅盾，自从一九二七年写出《蚀》三部曲（《幻灭》《追求》《动摇》）以后，中国文坛上就出现了他的名字。一九三五年在苏联出版了《动摇》的译本，苏联的读者在一九三六年进一步认识了茅盾，在苏联已经称呼茅盾为革命作家，并且读到他的《春蚕》《秋收》及《子夜》的译本。《子夜》这部小说，获得了苏联批评家极好的评语。苏联杂志上关于这部小说的评语说："这部小说表现了作者是深思熟虑的观察家。《子夜》用新的艺术手腕，表现出一九三〇年时期中国政治、经济、社会各方面的生活中一切值得注意的问题，它揭开了国际帝国主义屠刀下封建资本主义的全部现象。这部小说写出这一时代的一切特征，并指出那一阶段的政治方向。"一九三七年以后，茅盾的长篇和短篇著作继续被译成俄文，并在苏联杂志上出现，作品中表现了茅盾对民族解放战争文学的深刻观点和他的技术与理论方面的特长。

（1947 年 1 月 5 日，《人民副刊》）

# 提出三点要求

读者　陈润生

编者按：本报现已收到读者来函多封，对报纸提供了很宝贵的意见，本报将辟专栏，陆续发表，恳盼各界读者踊跃提供意见是幸！

《人民日报》编辑同志：

《人民日报》能在困难的印刷条件下出版，我们感觉到很惊异。当时我们这里有两种说法：（一）单纯从表面形式看，认为标题字、排版不如《晋察冀日报》活泼。（二）从内容和印刷清楚上看，从与地方工作结合上看，都做得比较好。这点特别在最近做得好，分门别类的文章，相当齐全。两种看法正确与否，希望能引起大家的争论。

在编、排、校、印各方面我们觉得很好，只在内容方面提出几点要求：（一）对新的创造和发明发表时，要说明详细办法，例如贵报登载过的国际和平医院的新接产方法及焦作李封村许作温发明的木制磨面机，因为没有介绍办法，就很难采用。虽然这是通讯员没说明的关系，但希望你们能写信给他们，问明白。（二）最近报上发表的许多揭露国民党内幕的稿子，如西安事变经过，我们觉得很好，还有青年党的故事也使我了解了很多情况。（三）苏联打败德寇后的猛力生产故事，过去介绍得少，今后望能多些。贵报篇幅较大，希望在出四版的那天，多介绍些。

（1947年1月6日）

# 战地新年速写

新华社特派记者　李普

元旦清晨一点钟——一九四七的第一个钟头，冀鲁豫南线收复了巨野城；清晨三点钟，北线解放了聊城；晚上八点钟，南线又收复了嘉祥城。前线总部除夕聚餐的时候，首长们没有参加，大家知道又要打胜仗了，但是都没有想到会来得这样快。

前线总部这两天很有点儿过年景象。直属队练习打靶、丢手榴弹，记者也去试验了三枪。

这两天又一起开演了两次晚会，演了四个戏，主角王克勤、吕登科等，都是大家所知的英雄模范。在战地演战斗戏，特别有风味。演戏前，并展览了俘虏和战利品的摄影和图画。

当台上正扮演过去的战斗英雄和已经知名的英雄人物的时候，新的战斗又在展开，新的英雄又在大量涌现，俘虏又在大批送来。

除夕深夜，我走到司令部，见到参谋长李达将军，他拍手大声地叫着："打得好！打得好！"延安电台此时开始名记者范长江氏的广播演说，当他提到半年内消灭了蒋介石四十六个旅时，我们恨不得立刻告诉他再加上一个旅。一根电线把总部和前线联在一起，我们仿佛看到他们怎样冒着雨一样的炮火涉水爬城，仿佛看见他们在黑夜里乱哄哄地清点俘虏和战利品。盘踞聊城的是日本人时代的著名伪军王金祥，蒋介石把他们当宝贝，如今没有办法了；蒋介石以很大的有生力量为代价侵占了的巨野与嘉祥县城，如今也完蛋了。

元旦清早，我又到司令部去。司令部正在下命令给聊城的解放者，叫他们去拜谒忠勇抗战的范筑先将军的陵墓，并命令他们加意保护"海源阁"的藏书库，这是中国有名的三大藏书家之一。

晚上，收音机里传来毛主席的新年祝词、朱德司令的演讲，他们指出今年将是大转变的胜利的一年，大家深深感到在这里正在做着一个很好的开端。

（1947年1月7日）

# 唱旧戏、莫浪费

编辑同志：

近来沙河不少村庄，风行唱旧戏，像左村就成立了一个剧团，买旧戏箱就花了二三十万元；又如白塔村村干部，写了一台旧戏，花了五六万元。这样大唱旧戏，不仅宣传了封建文化，而且是一种不必要的浪费，沙河县政府已出了布告，予以禁止。我想新年到了，各地群众及机关，都要搞娱乐，所以提出这一问题，希望大家来共同研究，以防止不正当的娱乐及不必要的浪费。

——读者　鲁克

鲁克同志提出的这个问题，确实值得大家很好的注意。今年由于我区农民翻了身，自卫战争获得了很大胜利，群众都喜气洋洋，要求搞娱乐，这是很可喜的现象。但在搞娱乐中，也确实要注意，旧戏是可以唱的，而唱的旧戏的内容，最好不要是宣传封建毒素、颂扬封建秩序的东西。我们建议各地负宣教责任的工作部门，一要审定一些较好的旧戏在各地演；二是进行些改造旧戏的工作，编印一些短剧、秧歌剧本，供各地采用；三是注意扶植农村剧团，加强对它的领导，提倡自编、自唱、自乐。同时在娱乐中，要注意节约，最好不要买戏箱、请戏班，一切自己村中解决。听说有不少村拿着斗争果实，大花大用，都是不好的。对于这个问题，还希望大家多提出些具体改进意见来。

——编者

（1947年1月7日，《人民副刊》）

# 法国大画家毕加索的艺术观

胡品清 译

这位天才，这位最著名的近代画家并不是我所想象的那么样。他黑的皮肤、白的头发、深的皱纹和宁静的神态都充分表现了慈和。

他有一个大绘画室在巴黎的市中心，那屋子很高，有黑的栋梁，白的天花板。他有一只瘦长的狗叫卡斯北克，毕加索告诉我们说，卡斯北克是高加索山的最高峰。他墙上和画架上有许多画，全透露着愁惨的气氛，主要的色泽是灰、黑和深蓝。有一张是一个曼陀铃形的女郎，斜倚在沙发上；另一个却像一个弯曲的烟囱。有的是描绘地震混乱中却带着神秘的和谐，这便是我们久仰的毕加索。战争、侵略和恐怖已使他更年轻，更有力。

“有一个关于你的故事是真的吗？一天，一个德国特务拿着一张翻印的《格尔尼卡》（一个曾遭德国惨炸的西班牙城）问你：‘这是你的作品吗？’你回答说：‘不，是你的！’”

“是真的”，毕加索笑着说：“德国人常常要来看我，但是却借口说是要欣赏我的画，我送给他们我的名片和翻印的《格尔尼卡》，并且对他们说：‘留着吧，纪念品。’”

“有的美国报纸说你曾加入共产党，这件事不过是你的幻想，而且说你曾说过‘艺术和政治是没有关系的’。”

这时毕加索面部表情突然变得很紧张：“我没有说过这种话，都是谣言。”

“共产党懂得你的画吗？”一个美国小姐问。

“有的懂，有的不懂。如同有人懂爱因斯坦，有人不懂一样。等一等，这是很重要的，让我给你们来个书面谈话。”

几分钟以后毕加索回来了，从袖珍日记上撕下了两页，上面有几行铅笔写的草率的字迹：

“你以为艺术家是什么？只要有眼睛便是画家，有耳朵便是音乐家，有心弦便是诗人，有筋肉便是拳师吗？不，艺术家也是有政治观的人，他静观世界大事，然后他把它的意义在艺术中反映出来。一个人怎么能同人类和世界隔绝呢？不，艺术的目的不仅在装饰房屋和厅堂，绘画也是防敌和攻敌的武器。”

“这样解释你明白吗？”毕加索急切地问。

“再清楚没有了。假如人们不懂你的画，这些字他们一定能懂。”

（1947 年 1 月 7 日，《人民副刊》）

# 读者意见

边府读者 赵秀山

编辑同志：

报纸创刊以来，成了我们大家时事学习、业务学习的教科书，如果一天不看报纸，就觉得烦闷。戎副主席最关心报纸，常常自己到收发室取报。你们登出征求意见启事后，我就和许多同志交谈，有几点小意见：

（一）报纸上地方消息比较少，且多是综合性的消息，这对于指导全区工作，有其一定之好处，但在一种工作过程中之种种问题，缺少报导，而多是较干燥的数字。如自卫战争开始后之参军参战热情、群众欢送新战士之热烈场面很少，而多报导了某县多少人入伍，这仅仅是一个例子。

（二）自四四年延安总政提出加强军事报导后显见成绩，报纸上许多战斗故事也最易引人入胜，不过对于边区耕者有其田运动中之各种模范人物、故事、通讯，登载较少。报纸上登的《陈先生》板话，就是很有教育意义的文章。许多不明我们政策的人看了，思想上一定会起些变化。过去在这方面，做得较差。

（三）资料室按月按时按它之性质，综合材料，我们最欢迎。如《国民党统治区之民变》等等，看了以后，给我们一种深刻的印象。今后如有可能，希望每月写一篇工作回顾之类的东西。另外希望编辑及校对同志，更多细心，少出错字。

（1947 年 1 月 10 日）

# 人民的戏剧家王大化逝世

【新华社东北五日电】著名人民戏剧家及演员王大化，于去年十二月二十日率领一工作组由嫩江省宁年乘汽车抵哈附近时，不幸坠车头部负伤，当即送讷河医院，但因伤势过重，治疗无效，于二十一日逝世。东北文艺界闻讯，咸表哀痛。现正积极筹备追悼，并拟在《东北日报》《西满新报》《东北画报》出追悼专刊，另搜集王氏生前创作，集印成册，以资纪念。

按：王大化氏曾在延安中央研究院文艺研究室学习，原擅长木刻，四二年后到鲁艺戏剧系当教员。延安第一次演出之新秧歌《兄妹开荒》，即为他的创作，且为他和李波同志所扮演，甚得群众好评。四三、四四年又曾担任《周子山》《前线》等名剧中之主角。曾到绥德分区做农民宣传工作。抗战胜利后，赴东北工作。

（1947 年 1 月 10 日，《人民副刊》）

# 海源阁·傅斯年

若

刘伯承将军部队元旦进入聊城。入城以前，就命令全军执行三件事：（一）向民族英雄范筑先将军墓立正致敬；（二）保护中国三大书库之一的海源阁；（三）妥为保护中国史学家傅斯年先生的住宅。这说明了人民军队是如何尊重民族英雄、民族文化及学者。但据本报前线记者报导，范将军墓虽屹然犹在，而傅先生住宅却被国民党的王金祥匪部毁作瓦砾堆。海源阁是否无恙，还不得而知呢！

“海源阁”是个大藏书楼，清代聊城有一位杨以增，官做到河道总督。这人不爱别的，专好收藏书籍，先后收了几十万卷，盖了一座大楼来藏它，起名“海源阁”，出了一套《海源阁丛书》。到他儿子杨绍和，编写了一部《楹书隅录》，又搜了许多宋元版的好书，另盖一座“宋存室”来收藏。看过《老残游记》的，也许还记得老残到东昌府访书的故事，那所要访的，就是这海源阁。刘铁云想尽千方百计，没能进入这个书库，只好惋惜着重要典籍的“一齐归入东昌府，深锁琅函饱蠹鱼”，怏怏而去。阁中藏书之富，在北方私人藏书中要属第一。其中宋元版书，就在战前也是讲几多银元一页或一个字卖的。民国后，一度倡议归公，子孙们盗卖藏匿了不少。经过敌伪多年盘踞，又不知损害几多，现在成个什么样子，真是不堪设想，希望冀鲁豫行署能从速派人清查保管一下。

至于傅斯年先生，是闻名的一位历史学家，原名孟真，现年四十八岁，北京大学毕业。在五四时代，是学生里的一个活动人物。住过柏林大学和伦敦大学，回国以后，当过广州国立中山大学文史科的主任。对中国古代史的一些杰出的研究，使他成为中央研究院历史语言研究所的专任研究员，后来又兼任主任，同时也是北京大学的名教授。抗战后，在国民参政会的席上，是有名的一个炮手，常常对国民党的贪污腐化和官僚资本进行抨击，对孔家攻击得更出力。前年七月到过延安一次，胜利后暂代北京大学的校长，当国民党的所谓“清查团”到北平的时候，和该团团长打了一场没结果的笔墨官司，后来把校长交代给胡适，到南京任中央研究院历史语言研究所的所长去了。

（1947 年 1 月 10 日，《人民副刊》）

# 中共诸老及各地党委电贺徐老七秩大寿

【新华社延安九日电】徐老特立七秩大寿（十日），中共诸老及各地党委均驰电祝贺。董老必武、吴老玉章电称：“七十更强歌战士，万方救难赖人师。”中共四川省委贺称：“七十岁尚为教育勤劳桃李盈门，将属吾党健者。大后方犹陷水深火热疮痍满目，还赖我公拯之。”中共华东中央局及冀热辽中央分局祝称：“培养干才一代师表，德高望重，新型圣贤，誓以徐老七十年如一日之胜利信念，坚决大量歼敌，争取独立和平民主新中国之到来。”

【新华社延安九日电】十日为中共中委徐老特立七秩大寿诞辰，各解放区纷电祝贺。新四军与山东军区电贺称：“我公从事革命教育事业，给予人民启发真理，坚决与封建奴隶文化进行斗争。七十年来如一日，年高仍坚持工作。”晋冀鲁豫边府贺称：“你的贡献很大，教育无数人民与革命后代，这是值得我们学习的地方。祝你如松柏长青。”冀热辽军区，热河省府、省文化界联合会，内蒙自治联合会等贺电称：“你是革命先驱，文教导师，一贯为人民服务，老而称坚，誓以艰苦奋斗争取自卫战争胜利。祝长寿永直。”

（1947年1月11日）

# 解放区青年妇女文化各界声援全国学生爱国运动

痛斥蒋介石卖国媚外无耻行为

【新华社延安七日电】中国解放区青年与妇女联合会筹委会顷发出通电，抗议北平美军强奸北大女生暴行，并声援平、津、沪、京及全国各地学生的罢课游行的爱国行动。原电称：“美军强奸北平女生事件，关系于我国国家地位与全国人民的人格，凡有良心有正气的同胞，莫不愤慨痛心，你们为抗议美军兽行及要求美军立即全部撤离中国而举行罢课游行的爱国行动，正是代表着中国人民的共同意志，谨代表解放区二千万青年和七千万妇女表示热烈的同情并誓为后盾。”

【新华社延安八日电】各解放区青、妇联及文化界纷起抗议北平美军强奸北大女生之非法行为，声援蒋管区各大城市青年学生的正义爱国运动，坚决要求美军撤出中国去。晋冀鲁豫边区文联、学联、青联、妇联等团体及北方大学等学校联合发出通电，痛斥愈演愈烈之美军暴行及蒋介石卖国媚外的无耻行为，声称要全力支援各地抗议美军暴行之运动。东北民主青年联盟松哈学生联合会通电指出：此次遍及各地的青年学生之爱国运动，继承与发挥了“一二·九”的光荣传统，并愿与他们“并肩奋斗”！苏中青联总会、晋察冀各界亦通电京沪平津等地学生，坚决表示要以自卫战争之胜利支援他们的爱国运动。“必须达到赶走驻华美军而后已！”冀热辽各界于六日召开座谈会，定昨日举行群众大会，并游行示威，以抗议美军暴行。

【新华社延安八日电】北平二日讯，北平民盟支部于二十九日发表宣言，抗议美军暴行，他们并向民盟二中全会建议通电联合国大会呼吁声援。又中华全国文艺协会分会、中国妇女联谊会分会、平市戏剧团体联合会、民主出版社、人民文艺社等七团体，亦于日前发出《平市各界抗议美军兽行宣言》，提出：（一）美方对此事件应负完全责任，道歉赔偿惩凶外，更要保证以后不发生同类事件。（二）为维护国格保障人民安全，美军立即撤出中国。

（1947年1月11日）

# 北方杂志社征稿启事

本刊已出满一卷，自一九四七年起，为第二卷开始。根据许多读者来信，过去缺点很多，今后当力图改进，除已特约范文澜、任白戈、张宗麟、光未然、高沐鸿、赵树理、吴敏等文化前辈经常撰稿外，并希本边区文化界及各方面同志，不吝赐益，大力帮助，多多来稿，共谋充实。兹将稿约列后：

A. 稿件内容：

一、学术文章及各种经验：凡文化、历史、哲学、政治、经济、社会科学、自然科学……以及群众翻身运动、对敌斗争、组织生产、经济建设、文化艺术活动、读者心得等，一律欢迎。

二、文艺创作：凡小说、诗、歌谣、戏剧、秧歌、散文、报告、通讯、木刻……能及时反映现实，如自卫战争英勇事迹、群众翻身等，尤为需要。

三、杂文：针对现实，泼辣尖锐，短小精悍，内容不拘。

四、批评与指导、专题研究、介绍等。

五、群众创作：凡民间历代流行之话本、鼓词、秧歌、小调、故事、传奇，以及群众集体或个人新的创作，均望多多介绍、推荐，采集寄来。

六、翻译：内容不限，但来稿务请附以原文。

七、《抗战一日》稿，继续征集，时间不限。以前来稿，即在本刊二卷一期起连载。

B. 字数：五千字左右是最理想的要求，有特殊内容者不限。

C. 稿费：每千字一百五十元至二百元，稿件发表后，即寄奉。

D. 来稿用否，尽快平信函答。因交通关系，怕稿件遗失者，请自留底稿，或附退稿挂号邮费。

E. 来稿请缮写清楚，最好用稿纸抄录，千万不要用铅笔，不要两面写。

F. 来稿请寄山西潞城邮局转边区文联本社。

（1947 年 1 月 13 日）

# 延安欢祝徐老寿诞

毛主席以愉快诚挚的心情给徐老送了一块寿糕。朱总司令说：我们要不断学习徐老的优良作风。徐老说：蒋管区内青年学生正在轰轰烈烈推动新中国诞生，我们老者也要和他们齐头并进。

【新华社延安十一日电】昨日为徐特立同志七十寿辰，延安各界人士及中外宾客纷纷前往中共中央办公厅寿堂向徐老祝寿。宾客们摩肩接踵地参观着彩色缤纷的寿幛、祝词、贺礼，徐老的学生毛泽东同志和各地小学生所送的画片和劳作一样，以愉快诚挚的心情给徐老送了一块寿糕。陆定一和陈伯达同志的祝词为：“在困难和挫折时是铁打的硬汉，对于人民是慈爱的导师。”描绘出了徐老伟大的生活内容。签着数百名字的行知中学全体教职学员的祝词写着：“千百万青年因为你的陶冶而成为革命的领袖、英雄战士，你光荣的功绩永垂青史！”曾经接受徐老教益的名剧作家田汉先生还从遥远的上海带来了亲切的祝词，百余位上海文化教育界名流也在红纸上简示着他们的敬意。当七二老人赤水县长房文祝先生和他拉手祝贺时，他以坚决的信心说：“活到一百，我们也能看到更幸福的社会了！”的确，这是很可能的。据侍奉徐老数年的徐乾同志（他的儿媳）说：“徐老生活很有规律，每天晨起早操健身，翻山越河，健步胜于常人。他爱吃粗食杂粮和蔬菜，工作读书可连续达十小时。”

晚七时，在寿筵以后，大礼堂内灯火辉煌，寿幛琳琅。陈绍禹同志宣布开始祝寿典礼后，即由朱总司令致祝词。他说：“徐老从中国的封建社会到革命时代的七十年生活中，使他锻炼成为一位模范的革命教育家和科学家。早在江西苏区时，他就和工农兵打成一片，宣传马克思主义的思想与作风。我们要以不断学习徐老的优良作风，来庆贺他的七十大寿。”继由名法学家陈瑾琨教授致词，他颂扬徐老为人态度真挚及心情纯洁，并谓此乃是为人民服务的革命家的新道德，当为吾人学习之榜样。徐老在长久的掌声中健步登台致谢，他首先感谢了党和大家的诚意，并历述当此新的时代里，不少老人似青年般地跟着时代前进，同时无数青年也在时代的浪潮里锻炼得更加坚强而能干。最后，这位人民的老教育家兴奋地告诉大家：“现在蒋管区内几十万青年学生正在轰轰烈烈推动新中国的诞生，我们老者也要和他们齐头并进。”讲话毕即由中央管弦乐团演出《祝寿花鼓》《参军秧歌》，和平剧院演出《独木关》等助兴。

（1947 年 1 月 13 日）

# 介绍一个好农村剧团

## ——“群众翻身自唱自乐”的典型

束玉

本月七日本刊《大家谈》栏所载《唱旧戏、莫浪费》中提出“发展农村剧团，提倡自编、自唱、自乐”的问题，束玉同志的这篇文章，可以说是对于农村剧团的方向、领导、演出内容与形式，以及经费等方面，都作了较圆满的解答。特为发表，以供各地参考。

——编者

去年十一月，我在晋城县府城村工作，看到了太岳有名的府城农村剧团。府城村开庆祝翻身大会的那天听说要演“本地造”（群众给戏团起的绰号），会开得格外起劲。舞台上除了用旧社的棚布改作成的前幕和后幕外，没有什么特殊的布置。农会主席兴致勃勃地给我谈着这个剧团的来历：

“咱府城村的老农民，一向受阎王爷们的压迫，谁有心情演戏！自从去年冬学里闹翻身，大家成立了一个俱乐部，碰伙编了一个剧叫《森罗殿》，把村中大阎王续观伟、二阎王牛敬堂、三阎王续汉三、四阎王续秀清、五阎王牛二棍、判官冯树德、小鬼续从时等掌握村政权、统治剥削农民的罪恶编成秧歌，起初只是随便地对唱一番，后来就拉起场来，在一个小台子上试演了一遍，看得人都哭了，高喊要向汉奸恶霸报仇。”演员们也说：“过去吃苦是咱们，如今斗争是咱们，编的唱的也是咱们，咱们‘土圪垯’翻身了！”从这起，咱府城村才有了农村剧团。

“闹减租清债的时候，又把村里陈富润被奸霸地主逼得家破人亡、卖儿弃女的悲惨故事，用两天三夜的工夫，编成了三幕《穷人难》，在城内群众大会上出演，女演员王士英演到痛心之处，趴到台上哭得演不下去。台下的人哭成一片，一致要求看看奸恶地主的下场，可是剧团还没有编到那里。大家就留剧团住在城里，各机关动员了一石七斗小米、五十斤白面给剧团吃。突击了五六天，又编成三幕。第二次出演，演到斗争一场时，台上台下，同声喊打。群众说：‘这样的事情，那村也有，就是编三十幕五十幕也演不完！’当时有二区六区和七区，请剧团到他们那里演了二十多天，推动了那里的工作。本来那一带的人，从来看不起小剧团，可是经过咱府城剧团演了《穷人难》以后，把旧日的大戏都压倒了！全县文化娱乐大竞赛时，专门奖给咱剧团一面‘群众翻身，自唱自乐’的奖旗。”

夕阳傍山的时候，大会开完了。会场的人分成了两部分，一部分是演员，各人带着化装的东西走上舞台去，一大部分是观众，都挤在台下，开台锣鼓响罢，很快地就开幕了。这一幕剧叫《续穷人难》，从本村秦三土逃难在外、受苦受难一直演到群运发动后，逃难回来，斗争翻身。观众们像开小组会一样随着剧情的发展，大家在酝酿，对穷兄弟的同情，对恶霸地主的咒骂，几使人忘掉了是在戏场看戏，我真赞叹他们演出的成功。

府城剧团的演员，都是农会的会员，有些是全家参加的。剧团的领导人，也是村里的干部，如村长就是团长，同时也是演员，他们编演本村的事情，教育了本村人，推动了群众运动，这是府城剧团的第一个特点，也是它发展的方向。此外，据我所知道的，还有两个特点：

第一，它随着群众运动的发展，不断地编演新剧，如反恶霸时演《森罗殿》，减租债时演《穷人难》《续穷人难》，春耕时演《生产》，参军时演《小炭锤参军》，开翻身英雄大会时演《翻身英雄续安安》……都是表演本村的事情，推动了中心工作。在焦作清化撤退后，晋城县积极备战，民兵、妇女、儿童，都忙着制火药，打石雷。一个民兵小组上午割灰藁，晚上就演出了《火药库》。他们一面割，一面编，自己演自己的事情，当天演当天的事情，更使备战工作得到顺利的开展。

第二，不误生产，不增加群众负担。在农忙时他们是白天个别编剧，黑夜集体排演，所有化装、布景等，都很简便，排戏出演，不多花钱。至于如何解决一些零碎的开支，他们决定是明年集体搞些生产，把剧团好好地搞一搞。

（1947 年 1 月 13 日，《人民副刊》）

## 延大增设新闻外文班

【新华社延安十二日电】延安大学自下学期起，增设新闻班，由范长江氏任主任；并开设外文班，聘李敦白授英文，王禹夫授俄文。该校并设每周讲座，聘徐特立、陈瑾昆等为讲师，各班均开始招生。

（1947 年 1 月 14 日）

## 冀南二分区参军潮再起　武城农民整连入伍

【本报威县十二日电】为粉碎蒋军进犯，争取光明早日来临，冀南二分区翻身农民又掀起参军浪潮。武城一百七十六名青壮年自动编好一个连，开往前线。恩县四区欢送二十三名新战士上前线时，新战士赵希明说："以往受饥受寒，如今得到了土地，无论如何要保卫住。"四区坟台村村干争着参军，农会主任说："参军是为了国家人民，更是为了自己。我不打败蒋介石的进攻，决不回家。”清河三区尹才庄的吴长期已四十岁了，他因自己年老，便动员儿子瑞连去。瑞连便带领五名民兵参了军。夏津六区南渡镇模范教员林守忠，曾带领学生积极参加群运。在全县参军运动中，又毅然投笔从戎。四区大李庄农会主任其德，有四个儿子，在抗战中牺牲了一个，伤了两个，现在只剩下一个小四，他又叫他去参军打老蒋。在他的影响下，又有数名青年自动报名。故城一区丁庄雇工会主任带领三名雇工参军。高唐城关农民运动结束后，即有四名青年自动报名，城关五千农民热烈欢送，各个新战士身披红彩，在群众的欢呼声中奔往前线。

【又讯】该分区运河中学剧团冒严寒进行参军动员。一天出演《白毛女》《保卫家乡》《一切为了前线》等十余个剧。演《光荣参军》时，七个青年从人群中跳到舞台上，喊着“我们马上参军去，打不退蒋军不回家”。

（1947 年 1 月 14 日）

及时指导全面工作丰富反映实际

# 《冀南日报》改日刊

【本报讯】冀南区党委为使《冀南日报》更能及时指导全面工作，反映冀南的实际更加丰富，特决定自今年元旦改出日刊。该报于改版词中，号召冀南全党同志与广大读者，共同努力，来完成党报的任务，并指出：今后报社每一个工作者，必须更进一步的，而且要从具体问题具体做法具体要求上，明确为群众服务的观念，随时注意当时的中心工作，密切与实际运动结合起来。为此，报纸今后必须多方为广大读者与千百通讯员服务，使读者感到自己不仅是报纸的一个读者，而且也是报纸的主人，使通讯员感到自己是培孕报纸的母亲。

（1947年1月14日）

## 延安新华广播电台改变播音时间

【新华社延安十五日电】延安新华广播电台为适应冬季气候，自二十日起将播音时间改为十二点到十二点三十分，一八点到二十点。自同日起，每天十二点到十二点三十分，十八点到十八点三十分（上海时间）将增加一专门节目，介绍在各解放区战场上放下武器脱离内战的国民党军将校尉三级军官的姓名、部别、职别、简历、在何地放下武器及现在生活情况等。该台已发出预告，请军官们的家属亲友收听，并将设法为他们转信。该台波长仍为四十公尺，七五〇〇周，由邯郸电台转播，波长四十九·二公尺，六〇九六千周。

（1947年1月17日）

## 适应翻身群众要求　冀鲁豫文联改造年画

【本报讯】旧历年关将届，冀鲁豫边区文联供应部结合民间艺人，改造年节所需之灶三门神码子及年画的内容，以消除群众中的封建迷信思想。最近供应部协同朝城张秋等县文教科、工商管理局、民间艺人、地方文化人、画写家，码子店主人、工人等，经过数次座谈，一致认为每年年关“灶王爷”“年画”等即需消耗数千万元，而所起作用，只是加深人民的封建迷信，如不改造即会遭到广大觉悟群众的反对，减少销路，使此业工人失业。为了使年画变成为政治服务的年画，特提出改造其旧内容，由公家帮助解决财政与技术改造上的困难。于是各码子店都争先要求供应部帮助设计改造，供应部则组成几个技术小组巡回帮助。改造后所印出之年画，内容新鲜，印刷精良，颇为群众欢迎。据码子店主人估计：今年将有三十万至五十万新的“灶王爷”到各个家庭去。

【本报威县十五日电】冀南五地委宣传部发出关于旧历年文娱活动的通知内称：今年是群众大翻身后第一个新年，今年的文化娱乐，必须适合群众新的要求，并给以思想政治的提高和教育；同时绝不要因年关娱乐，再加给人民一些负担，时间上也不要弄得过长，以免妨碍生产备战。首先要坚持群众自编自唱自乐的原则，不准演宣传封建思想的旧剧，大大提倡与奖励以群众翻身运动、参军、优抗、团结生产、反对卖国内战等新内容。其次编剧排演尽量与冬学结合，妇女参加文娱活动，要严格采取自愿原则，严格禁止置办行头衣物与演员集体吃饭，不许因年间文娱活动增加人民一点儿负担。

（1947 年 1 月 17 日）

## 太行三地委指示各县抓紧年关群众教育

朱耀庭

【本报太行讯】为开展年关群众教育工作，太行三地委向该区各县发出指示称：“年关在即，全区翻身农民届时必有一番大热闹。我们应抓紧时机，进行群众教育工作。这工作是深入运动后期，系统的思想教育和推动运动的重要环节。形式上除利用群众大娱乐，庆祝翻身、回忆翻身外，我们还必须用展览会方式，展览地主剥削农民的各种方法和手段，农民斗争的胜利果实，和农民今昔生活的对照。用活鲜鲜的现实，给群众以深刻的阶级教育。边沿地区则应结合对敌斗争，年关前后展开有力的对敌政治攻势。利用群众给亲友拜年机会，举行座谈会，密切与蒋军侵占区群众联系。宣传今年的年为啥过得不好，号召群众广泛展开反对蒋介石卖国运动，争取明年过太平年。”

（1947 年 1 月 18 日）

# 太行行署嘉奖武乡盲人宣传队

自编新内容弹词七十余种走遍十三县

【本报长治讯】武乡县宣委会领导之盲人宣传队，近在该县陌峪村总结工作。数年来该队为深入爱国战争宣传，及推动翻身、生产等运动，自编以战斗、翻身、生产故事为题材的弹词、大鼓书等达七十余种，到处向群众说唱，走遍长治、榆社、黎城、屯留、太谷等十三县，一千九百八十五个村庄，效果极大。总结中并曾讨论收集题材与提高编写、说唱技术，如何进一步使群众爱听易懂等问题。该队成立于三八年，有盲人三十余人。抗战中在极困苦时期亦未停止过活动，并自己生产维持生活。最近曾获得太行行署的明令奖励，热情更高。现该队在武乡温庄开办一盲人学校，训练弹唱技术，入学青年盲人达三十人。

（1947 年 1 月 19 日）

# 平定二高宣传队下乡宣传时事组织群众生产

【本报平定讯】本县第二高小师生十人组成一个宣传队，下乡宣传蒋军必败、我军必胜的道理，坚定群众胜利信心，推动工作。九天内他们走了松塔、郭村等十四个村，每到一村，师生分工去做，女生召开妇女会，教歌子，组织妇女纺织（共组织了五十个纺织组，每组五人至七人）；大男生推动民校，组织冬季生产（共组织了扁担组牲口组廿个组），并帮助群众藏粮备战；小学生推动村小学，组织儿童，领导选团长，建立学习制度（每村都有早晨、晌午或后半天识字组），会写的帮助村里写标语，写时事壁报，大众黑板；老师们召开村干部、老年人座谈会。工作时间妇女在下午，青壮年在晚上，以不妨碍生产为原则，利用吃饭时间或随时随地做检查备战，到处受到群众欢迎。（重民）

【本报冀鲁豫十七日电】在爱国自卫战争中，河西县小学生组织宣传队到处向群众宣传。他们采用了拉洋片的方式，用苇子扎成一个长方形的架子，装饰得很艺术，前面制上玻璃镜头，里面装上小画片，以土地改革的内容，编了《花子得地》；以蒋介石卖国十条为内容，每条画成画片；另以老蒋放水为内容，编成小调。十九日是孟庄集，演员穿舞衣，画着脸，架着洋片，进了集，每个赶集的群众都跟上要看，把个集引得街上几乎没人了。开始时以极通俗的话，说明五个月的工夫消灭蒋军四十万。沉静的群众，高兴起来说："蒋介石白有美国的飞机大炮。抓的兵谁愿干？光武器好也不顶用。"在洋片上蒋介石卖国的每一条出现时，群众就激奋地说："老蒋真孬，美国和日本一样了！"

（1947 年 1 月 19 日）

# 征求思想和业务学习的文稿

学习毛泽东思想和精通业务，是每一位工作同志的要事，新年开始，更要抓紧一把。本刊极愿划出相当篇幅，作为同志们交换心得、研究讨论的园地。希望大家积极来运用在报上交换意见这种集体学习的方法，同时也盼望各地方各工作部门催促着把好的反省笔记、讨论记录和文稿寄给我们。为了引起兴味，我们先出下面的两个题，但自然是不限制于此的。请尽量写了寄来吧！

一、读了几篇重要新年论文后思想上的进展或问题。（即：毛主席新年祝词，朱总司令的《一九四七年十大任务》，薄副政委的《新年献词》，《解放日报》社论《艰苦奋斗迎接光明》及陆定一同志的《对于战后国际形势中几个基本问题的解释》等文或其中任何一篇）

二、学习业务的一点经验。（各种各样的业务：战斗、群运、财经、文教……都可各述己见）

《人民副刊》编辑室启　一月十九日

（1947 年 1 月 19 日，《人民副刊》）

# 上海文艺界集会决议请美军滚蛋

【新华社延安十五日电】中华全国文协上海分会，于去年十二月廿九日下午八时假九江路清华同学会举行辞年晚会，到文艺、戏剧等各界百余人。会中经人提议："我们举行辞年晚会是沉痛的，我们不应该忘记美军在北平的暴行；中国作家不能忍受这一侮辱，希望与会的签名草一抗议书，请美军滚蛋。"当经与会人士一致通过推熊佛西、潘孑农二人起草抗议书。晚会至十一时始散。会中除胡风、田汉、熊佛西、潘孑农等演讲及诗歌朗诵外，尚有星期音乐学院合唱《逼上梁山》《扫除法西斯》等名曲。散会前，曾由胡风总结大家对文艺意见，指出今天中国要求的作家与作品是要与人民的斗争痛苦相结合，只有这样的艺术作品，才能产生价值。

（1947 年 1 月 19 日，《人民副刊》）

# 歌剧《王克勤班》演出以后

培德

军区文工团和某部文工队合作编导的《王克勤班》歌剧，除夕在某部演出，大受战士们的欢迎，并得到很高的评价。该部在演出后第二天，立即组织各连讨论。四连四班李清忠同志说："我心笨，常发怒，班长岳开德同志不断地帮助我，现在我的情绪好多了。我们班长和戏里那个班长一样关心咱们。"四班战士王金报同志在讨论会上坦白承认："我一向因为生活不惯，老想跑，虽然上级苦苦地劝告过我，但还是在犹豫。看了《王克勤班》以后，受到很大的感动，再也不想跑的心思了。"好些新战士都立志要学白志学剧中的榜样，当个战斗模范。班排干部们也拿王克勤来检讨自己。四连四班长岳开德把三个月的工作作了检讨，觉得自己偷懒，团结友爱做得不够，对人态度不好，要向王克勤学习。一班长王治仁说："我来到一班后，对大家照顾太差了，戏里演的模范班长给我一个刺激，以后我对同志们一定要好好关心。"

现在，大家都以最高涨的情绪加紧练武，提高战斗技术，工作态度也开始转变，官兵关系比从前更加密切了。

（1947 年 1 月 19 日，《人民副刊》）

# 大家来服务　为大家服务

为了给边区三千万人民和干部服务，我们特地建立了这个《人民服务》栏，当作一个桥梁。要做好这个工作，首先要了解大家的需要，由于我们调查研究得不够，一开头一定不能尽如人意。《人民服务》做些什么事情呢？为了让大家对边区各种工作有提出批评、建议和要求的地方，我们辟出《大家谈》栏；为了让大家工作、生活、学习中的疑问有地方解答，辟出《读者顾问》和《简覆》栏。这几栏开辟以来，读者来信很多，但问题还多偏于时事，我们已移给四版《时事问答》解答，本栏则专重更切身的一些问题，希望大家更多地提出。为了介绍些对工作和生活有用的小常识，辟出《小办法》栏；为了使大家了解本边区的一般情况，辟出《边区小常识》栏。此外还想介绍些农业生产、文教工作、医药卫生等方面的知识和翻身农民、军属与荣退军人建立新家务的具体办法等。我们正在聘请一些专家作顾问，但最好大家都能各尽所长，即知即传，自动出来帮忙。这些打算是否切合大家需要，能否得到大家批准，希望在做的过程中，得到大家的改进意见，随时修改与补充。

这是件集体的事业，绝非少数人所能做好，而是需要“大家来服务”，才能真正做到“为大家服务”的；所以希望全区的群众和干部同志们，有什么话要说，有什么疑问要问，有什么困难要解决，有什么事情要帮忙……无论是你自己的或你所碰到的老乡们的，都请来信来稿，做一个积极为人民服务的光荣的模范工作者。

另外，我们想：为人民服务，不光是用文字这个工具所能达到的，如果大家需要的话，我们还乐于分出人力、时间甚至物资（如代为买书、订报、转送慰劳品等等）来作各种服务。《人民服务》栏是读者和我们、读者互相之间的桥梁，希望大家尽量来利用。

（1947 年 1 月 19 日，《人民副刊》）

# 书店应当附设阅览处

编辑同志：

我在武安冶陶新设的新华书店门市部，看到新书满架，可惜只能站在柜台外边看看，要想浏览一下，略知其内容，以便选择购买，却不能够。因此，我建议该店：将每种书籍，各挑一本，装在案头小书架内，放在柜台上，任人翻阅，使书店图书馆化。延安新华书店柜台外即设有座位，可供阅览，于是读者川流不息。书店因此能更进一步为群众服务，同时也增加了买主。当然这样做一定会有许多实际困难的，如要换书，因记好了账，不能更改；书随便让读者看，又怕遗失或减少买主，其实这都是可以想法子克服的。这个小建议，是否有当，请该店工作同志特别是领导同志考虑一下。

——读者　周方

周方同志的这个建议，我们认为很好，不仅冶陶新华书店可以试办，咱们全边区的书店，都不妨来试办一下。同时并希各书店把试办的结果与经验，告诉我们，以便推广。

——编者

（1947 年 1 月 19 日，《人民副刊》）

# 太行文联发起签名运动

【本报长治十七日电】太行区文化界联合会及作家高沐鸿、诗人冈夫等，顷发起抗议美军强奸北大女生事件与声援全国学生爱国运动的签名运动。该会并以《声援全国学生爱国斗争》为题著文称："北平事件，被侮辱与损害者不仅是沈女士，而是我全国文化教育界，是我神圣的中华民族。这是蒋介石卖国的必然结果。美国反动派视我国为其殖民地，神圣国土既任可其驻兵，人民自亦可任彼奴役与侮辱。正如'一二·九'成为救亡的号角一样，此次首由北平学生发动的全国学生爱国斗争也是我全国人民奋起前进的新信号。我们相信：和解放区的爱国自卫战争一样，全国学生为争独立与自由的爱国运动也一定胜利。我们决以全心全力支持这一运动。美军滚出中国去！"

【太岳十七日电】太岳各界于十六日举行政协决议停战协定周年纪念、抗议美军暴行大会，到会千余人个个怒目挥拳，情绪激愤。翻身妇女杨少俊，看到壁报上美军在北平奸淫女生的兽行时，气得跳着说："洋鬼子敢对我们妇女这样污辱，快滚回美国去！"小学生王小随在一旁大骂："蒋介石你请来了你的洋爷爷，干这混蛋事，滚你妈的蛋吧！"开会时，太岳群众团体代表提出建议：去年十一月四日蒋美商业条件的签订，比袁世凯的卖国二十一条的耻辱还大，把这天作为新的国耻纪念日。全场高呼响应。阳城东关妇女代表郭花荣悲愤地说："咱们阳城妇女耻辱，要使美军滚出去！咱们妇女第一要支援前线把美国的儿子蒋介石打垮，第二不买一点美国货，自纺自织自穿。"最后通过十一月四日为新国耻纪念日及致全国爱国同学电。

（1947年1月21日）

# 本报启事

春节（旧历元旦）本报放假一天，本月二十三日无报，二十四日照常出版。

（1947年1月22日）

# 写 翻 身

编者

薄一波同志在新年献词中告诉我们："一年以来，我全晋冀鲁豫区已基本上完成了土地改革，六百五十万贫雇农民已分到一千八百万亩土地，两千万农民已从封建压榨下解放出来了……"这是一件何等惊天动地的大事！这件大事中包含多少丰富生动可歌可泣的事实，须要多少支笔把它活灵活现地刻画出来！可是，翻翻我们来稿登记簿，这类稿件却并不多，好的尤其少，别的书刊上也不见得怎么多。两相比较起来，就不能不说：作得多，写得少，翻身的文艺显得落后于翻身的运动了。

因此我们觉得应当有更多的人来写翻身。那么，什么人来写呢？

首先要请从事翻身运动的工作者来写。只有踏实的工作者，才有真实的货色，写起来才"不隔"。可是他们会说：我们事忙，没工夫写，也不会写。不错，大家真忙，可是做了工作，你是不是要写篇工作经验呢？工作经验报告固然重要，但是一篇好的翻身农民的典型描写，有时会比一篇概括的工作经验，教育的意义更多，推动的作用更大，这一点一定要在思想上搞通。重视这件工作吧：自己能写加紧写，自己写不好学着写，真正不能写的也要推动稍微能写的来写，更可以找些干部一齐商量着集体来写。不要把文艺看作专写空想的高深莫测的东西，应当坚信翻身的英雄事业比什么都更值得刻上纪念碑。大胆地抓住使自己感动的人和事迹，尽力之所及把它写出来，先可不必管它像不像什么小说、诗歌等的样子，只问是否写出了真情实感。就我们编辑者来说，我们宁可丢弃写得光堂堂的而言之无物的空论，而愿花费时间给写得字句错乱，然而却有生动事实的稿子进行修改。自然，我们更盼望工作者都能学习《王贵与李香香》的作者李寄，一面在县区工作，一面注意提高自己的文艺修养，那样翻身文艺的创造，就更有希望。

另一方面要请作家和知识分子们参加翻身工作。道理无须多说，范例倒有一个可举，那就是赵树理同志。他的作品已获得全国的荣誉，因为他真正写出了解放区的农民和农村斗争的实际。他现在还住在乡间，一面养病，一面向农民学习。现在我们作家大多住在乡间，离农民不能说是不近。但还要在生活感情上更密接一步，最好是在附近的基点村中参加一部分工作，一面搜集农民的翻身歌谣、戏剧，把它写下来，一面帮助干部写作，自己也写作。要虚心但也莫太矜持，把写作不会看作个人的成败，而作为推进翻身运动的战斗的一个方面，从写作中尽自己的力量。

无数的李寄和无数的赵树理分头并进而又携起手来，我们边区的翻身文艺也许就会突飞猛进起来，克服掉落后的现象了。是不是这样呢？我们坐在编辑室里说得未必对，大家来讨论一番吧。但，讨论是讨论，更重要的还是动笔写。副刊开着门，欢迎写翻身！

（1947 年 1 月 22 日，《人民副刊》）

# “戏还是不唱的好”

## ——杨主席和王村长的谈话

毛茂春

刚出门走了二十里，天就下起雨来了。我们艰难地爬着一架大山，好容易上了山顶，仍然无处可宿，又上上下下地跋涉了十多里才到了一个村子——神头岭。这个村属山西潞城管，曾经是敌人的据点，去年才解放的。大家的衣服都湿得不成样子，污的鞋袜已分不清楚了。

村招待所的同志给拿来柴，杨主席的警卫员把火生着，饲养员和别的几个同志都烤起火来。警卫员放亮了嗓子给杨主席说：“把衣服脱下来换一换吧！把鞋也烤烤！”杨主席说：“这不要紧，还是先找村干部谈一谈吧！”

村长来了，他的名字叫王强，他说话的声音很响亮，正适合杨主席听。

王强并不知道和他谈话的是谁。杨主席很详细地问着村里的情形，还问到这会儿老乡一天三顿吃的是什么饭。王强从敌人统治说起，说到咱们的军队解放神头岭，群众翻了身，直到搞生产、运输，全村赚了大洋二百多万元，买了十一架轧花机……越谈越高兴，高兴得发出哈哈的笑声。

王强说：“微子镇和周围四五个村子翻了身，都叮帮叮帮的唱戏。这村的群众都说：光他们能唱！？咱也唱。翻了身啦，赚了钱啦！还能不好好乐一乐？黎明剧团要从这里路过到府（潞安府），我们已和他们定好了，戏价三万块，不是下雨时今天就唱呀！”杨主席仍然是笑嘻嘻的，两眼盯着王强，但是额上却轻轻地集起了些皱纹。这时候他轻轻地开口了："戏还是不唱的好。你算一算吧！戏价三万块，连吃带喝又得三万块吧？这村唱戏别村一定要来看，差不多就得家家待客，待客又得吃好的，这又得三万吧？你想：这十来万拿去作运输又能赚多少？"王强说："老百姓见别村唱就非唱不行，要不是翻了身吧，谁还有这心思！？"杨主席说："你给大家解释解释，就说：咱们要和别村竞赛生产，竞赛节约，不要竞赛唱戏。等咱们自己搞起了村剧团，再好好唱。现在他们唱戏，我们去看看就可以乐了。我们把这笔款拿去生产、生产、再生产，等大家丰衣足食的时候，那就真乐了。让大家想想看哪个合算？我想：你给大家好好说一说，要从远处着想才对。"王强满口接受。

杨主席又笑着说："这是我个人意见，如果大家一定要唱，那也就算了。你不认识我吧？我姓杨，你把我的意见给大家说一说。"

说到这里，王强不自然起来，他立起来看了一下墙上的一张边区政府的什么布告，然后带着一种惊奇的样子说："啊！你是杨主席吧？"杨主席笑了，屋里的人们都笑了。王强说："这……咱就不知道，看着实在和民校挂的那像一样，可是没敢说。我给你去做点儿面吧！别吃这小米焖饭啦！你看这下雨天，连些豆腐也割不上……"他把最后这句话重复了好几遍。大家让他还是坐着，他刚坐下又站起来。他的话停止了，杨主席说："不要这样，我吃这个就好，我和大家一样，大家吃啥我吃啥。再说，拿上米票兑面是不允许的，执行制度应该从我先执行起。"

（1947 年 1 月 22 日，《人民副刊》）

# 财物还家

## ——陵川城关翻身果实展览馆速写

惠华

元旦那天，天气和暖得像春天一样，人们成群结队，涌进庆祝翻身胜利的会场。每一张脸上都挂满了笑容，故事在宽阔的会场上表演着。

大会开始了，人们首先给抗属行礼，然后互相团拜，接着是时事报告和翻身总结。报告完毕，人群一批批地涌进翻身果实展览馆。馆内右边一排桌上用铜元摆成了“庆祝翻身胜利”六个大字，左边三个桌上摆满了锡铜供器。走廊里正放送着悦耳的音乐，这是从汉奸杜明甫家中搜出来的那架留声机里发出来的。

走进银元银器展览室，琳琅满屋，团团的元宝、白花花的现洋在四张方桌上摆成了“翻身斗争果实”的字样。后一排桌上全是首饰。一个妇女站在摆有耳坠子的桌前，赞叹地说：“咱见也没见过呀，不用说戴了。”靠东北角的桌上，放着一挺机枪，几支插有刺刀的步枪和好些手榴弹，这都是用斗争出来的银元买的。翻身农民用它们保卫着胜利果实！

拐过一个墙门，成群的黄牛和黑驴在那里拴着，一个老汉正在端详着一只老犍说：“分到这头，犁地可顶事啦！”他又认真地数了数：“哎呀！四十八头哩！”

再往里走，一个大院里两条长绳十字交叉高高扯起，上面飘动着五颜六色的绸袍缎袄。在那件古式团花蓝缎袄旁边，一个老太太自言自语地说：“我要有这一身衣服装老就好了！”女人们都在端详着这些漂亮的衣服，脸上流露着喜悦，因为这些东西将都属于她们。

此外，还有油漆红桌、凳、椅、柜和农具、粮袋、衣物……把展览室里挤得满满的。人们出来进去，川流不息，边瞧边赞赏着议论着："可是些好东西哩！""狗日的老财真会享福！""这些原本是老财们刮走咱们的，现在又该拿来还给咱们啦！"

当我走出展览馆的门口，我看见那些刚走出来的人们，脸上都像刚喝过几盅酒似的，又红又亮。是的，他们的心里充满了欢悦，他们已得到了胜利果实的酒浆。

（1947 年 1 月 22 日，《人民副刊》）

# 编读谈心

每当我们接得读者们对副刊的意见信时，高兴得如获至宝，因为那些意见给了我们很大鼓舞与教益，我们热诚而贪婪地希望着：能继续不断的获得你们的来信。

★★★★★★

肖健、秀山等同志说得对，过去副刊"对蒋管区比较公正的报张上的言论及通讯等转载得不够"，近来我们已在补救这一缺陷。打算今后不仅介绍一些蒋管区的公正言论，同时将转载一些国际上的公正言论及其他解放区的好文章。

★★★★★★

对学习及思想教育上的文章，过去确实登载得不够，我们也早已感觉到，十九日本刊已登出启事，征求这方面的文稿，希望大家共同努力把它搞起来。而且也不限于文章，讨论中有问题，学习中有好的经验，都可以和我们联系。席一根同志等问是否把学习和经济建设辟成专栏或专刊，目前尚不可能，将来看情形办吧！

★★★★★★

可风等同志提议使副刊成为文艺习作的园地，我们也有同样愿望，在这方面曾发表过些诗歌、戏剧、坠子、快板、小品及木刻等，只是小说不多。希望大家能创作些描写翻身和自卫战争中典型人物的短篇小说来，当然，好的长篇我们也欢迎。

★★★★★★

刘正一等同志都要求《书报评介》能经常有，我们要求是大家看了新的书报杂志后，能将自己的心得写来，我们自己今后也打算更多花力量去组织。

★★★★★★

王诚同志提出文章用地方语言来写，我们想：为了写出真实的人民生活来，在文艺作品中采用精炼的方言土语，那是可以的，也是欢迎的。但也要注意本刊是给全区看的，偏僻的土语方言太多，就容易使大家看不懂。

★★★★★★

排版要灵活，太“花哨”了不好。席一根同志这个意见很好，今后我们应注意，要做到清醒活泼，而不失其大方。

★★★★★★

我们要求来稿最好稿纸（没有稿纸也要把行间空白留多点），字要写清楚，切忌两面写。复写的稿，希望字迹能清晰易看，作者签名不要草书连写。这样就可以使我们容易了解原稿的内容，编、改、排、校的时间都减少，也免得在你的心血之作中弄出错误。

（1947年1月22日，《人民副刊》）

# 文化消息

## 《平原文艺》创刊

冀鲁豫边区文联的大型文艺杂志《平原文艺》，已经在元旦创刊。这是由名诗人王亚平同志主编的。创刊号包括新诗、小说、歌剧、论文等二十余篇，颇为充实。

## 西满各界追悼王大化

【新华社西满十七日电】西满文艺界及各界代表三百余人，于本月十二日假龙江县政府原址集会，痛悼人民艺术家王大化氏。又东北文工团决定设一纪念室，以纪念王氏。

## 东北出版事业发达

东北文化出版事业，在民主政府积极扶植下，正蓬勃发展。据《东北日报》上所载：出版刊物计有大型综合杂志《东北文化》，李则益主编的纯文艺刊物《文艺》，中华全国文艺协会东北总分会出刊的《东北文艺》，及专供青年、学生、店员阅读的半月刊《知识》等。此外，鲁迅文化出版社也于去冬在哈尔滨成立。该社专门推销文艺新书，并刊印文艺丛书及活页文选等。

## 《北方木刻》将在上海出版

木刻家古元等集体编选的《北方木刻》，共计一百六十余幅，内容多为反映数年来之北方生活。其中包括三色六色套印十余幅，橡反版精印，闻已在沪印刷，可于最近出版。该集将为我国出版木刻集中内容最丰富印刷最精良者。

（1947年1月22日，《人民副刊》）

# 安阳组织年关宣传队　深入敌后武装宣传

群众情绪高涨，敌伪一夕数惊。

【本报长治廿一日电】旧历年关，安阳县指挥部为对敌广泛展开宣传攻势，并使呻吟于蒋占区之同胞，熟知祖国自卫战争的情形，本月六日特组织一文化宣传队，深入边地及敌后活动。宣传主要内容为结合当地蒋伪暴行，激发群众斗争情绪，散发大批宣传品，普遍传播我军胜利消息，及收复失地解救同胞之决心；同时配合县剧团，在边沿地区进行轮回公演，宣传有关爱国自卫战争及群众翻身之戏剧。时事宣传方面，强调世界及中国民主力量的激剧发展，揭穿蒋伪特务造谣欺骗，坚定群众必胜信心；并向蒋伪据点散发宣传品，主要告知蒋军官兵打内战的没下场，应执戈举义，救祖国救自己。

【本报安阳讯】安阳二、三、四、十，四个区全体干部民兵武工队，本月六日夜，在水观公路东，平汉线西，东西长约四十余里的十余村庄内，展开全面武装宣传。四个区统一指挥，组成四个武装宣传队，分三个地区进行宣传。××村一老太太，当我宣传队要走时，硬要我们住在那里给她打死“还乡团”，一夜我共召开了九个村的群众大会，散发宣传品九百余份，贴布告四十余张，抓获伪村公所指挥员及“还乡团”团员各一人，恶霸地主七名；缴获伪乡公所敲诈群众之衣物甚多，均沿途送归群众。第二日整天“还乡团”都未敢到我宣传过的村庄横行。这次活动后，许多恶霸地主自动来找我政府声明，再不敢要“倒算”。伪三民乡公所人员亦搬入敌据点伦掌，不敢随便敲诈群众了。





【又讯】我东傍佐某民兵集团，以“麻雀战、满天飞”战术，一

夜突入敌后三十余村，在平汉铁路两侧大量散发宣传品，各地还乡团一夕数惊。（北斗、砚田、保中）

【本报焦作讯】最近我民兵武工队深入敌后，展开宣传战，数十种宣传品布告，随军飞下山去，标语口号以赫然大字写在边沿村墙壁上，群众见了，异常欢喜，都说：“八路军永远也不会走的。”大家都将冀钞保存藏放起来，充满着信心地在等待解放的日子到来。恶霸地主不敢“倒算”，奸特见了我方布告，也想在群众面前留后路。伪自卫团员都纷纷不干，伪保长们不敢任意向群众多要粮款，穷户就不派。西冯封派的子弹款，也给群众退回了。（浩东）

（1947 年 1 月 24 日）

# 茅盾离苏京前发表对苏印象

【塔斯社莫斯科十八日电】中国名作家茅盾在离开莫斯科赴第夫里斯前接见塔斯社记者称：此次访苏之目的，在于研究苏联人民生活及苏联文化，并在中苏两国作家之间建立更密切的友谊。外国人一到苏联首先注意的是全苏人民为超过战前经济水平所作的努力。我在苏联停留期间，每天都增强我这样的信念：苏维埃人民将及时地完成其伟大的五年计划，并将国民经济提到更高的水平。我诚挚地敬祝苏联人民在他们伟大的劳动建设中成功。因为苏联的新经济及文化的胜利，将是全世界和平民主的保证。

（1947 年 1 月 25 日，《人民副刊》）

# 苏联作家协会改组

据塔斯社讯：根据联共党中央委员会的决定，苏联作家协会业已改组，以便解决苏联文化当前的各种问题。该协会由总书记一人及书记十二人所领导，领导人皆为著名作家。他们的职务是分类的，所以每一个书记能直接领导一个文化部门，例如：协会总书记法捷也夫领导散文部门，西蒙诺夫领导诗的部门，维辛尼基领导戏剧部门，其他书记则处理文艺批评、苏联民族文化、发行来源及文化刊物的定期发行等工作。中央作家俱乐部正在设立中，作家的新著作，及新出版的杂志都将在该俱乐部作广泛而有系统的讨论。

（1947 年 1 月 25 日，《人民副刊》）

# 苏联爱护艺术家

【塔斯社莫斯科四日电】据莫斯科艺术工作者职工联盟中央委员会主席亚历山大·鲍克洛夫对塔斯社记者说：该联盟主要任务是关怀艺术工作者在文化上的需要以及对年老和暂时失掉工作能力者予以生活上之保障。去年在这方面的开支共六千二百五十万卢布，并有二万六千名演员艺术家及音乐家得到进休养所与疗养院的机会。今年新的疗养院将在莫斯科及列宁格勒附近开设，有三万以上的艺术家将在那儿获得假期休养。

（1947 年 1 月 25 日，《人民副刊》）

# 新华书店重要启事

本店发行之高、初小课本与年关各种剧本日历等，为普及全区特给以代售处更多便利，其办法如下：

凡现物批发自运者，一律按定价打七折；由本店负责邮运者，一律按定价打七五折。以前各种办法一律作废，此办法在本边区一律通用。

一月十日《人民日报》登载课本批发，误为八折，特此更正。

总店：武安冶陶

分店：邯郸、长治、邢台、左权

支店：武安城、阳邑、冶陶、涉县索堡

办事处：河北南宫县

（1947年1月26日）

# 太岳罢战蒋阎军公演《逼上梁山》

【本报太岳十八日电】胡宗南第一师第一旅罢战军官二团少校团副刘大明等在解放区已有数月，一面紧张学习一面参加社会活动，更具体地认识了解放区、八路军、共产党，感到了温暖愉快，月前组织了一个业余剧团，首次排演选择了延安名剧《逼上梁山》。他们排演这个剧本，是因为在庆祝朱总司令寿辰的大会上看见演出过，当时曾使他们回忆到自己的历史和蒋管区人民的生活。现该剧已于二日在阳城烈士陵园公演。刘大明亲饰剧中主角“林冲”，唱作俱佳，其他角色如“高太尉、鲁智深、林冲妻”，均博得全场呼声不断，演至深夜一时始散场。此外又扮演十六队秧歌，庆贺接近光明的一九四七年。另有三十一旅九一团三营五连上等兵宋光英等认清了蒋介石与阎锡山祸国殃民的罪行，明白了只有跟共产党走才有活路，因此创作了不少诗歌、快板，散发到原部队去，劝自己弟兄快快回头，站到人民方面来：(一)《蒋兵论》。捉兵月正晌，枪声到处响，张家儿郎离亲娘，李家妻子泪两行。(二)《头》。当兵有三“头”，打仗在前头，平日挨拳头，发饷落零头。(三)《枪打高了》。枪打高了挨托子，枪打低了手榴弹碰脑壳子。(四)《当的什么兵?》老蒋坐天下，咱替人家打，当官又升官，咱还是丘八，当官饱发财，咱能发个啥？赚上几千元，不够买鞋袜，今天挨顿骂，明天挨顿打，卖命是咱们，享福是人家，别人都跑啦，咱就这样傻，赶快跑他妈，看他啥办法。(五)《为了甚》。跟上老蒋当穷兵，没有利来落臭名，父母骂咱不孝顺，妻子骂咱没良心，亲戚说咱不归正，百姓说咱是顽军，死了还要落骂名，你说咱是为了甚。老蒋坏了心，跟上美国人，欺骗弟兄们，来打八路军，拿上美国枪，残杀自己人，你看这样事，能有多残忍。(六)《加饷与升级》。加饷，加饷，物价飞涨，家庭负担，更加难当，仔细思量，还不是“羊毛出在羊身上”。升级，升级，全是把戏，命都难保，升个狗屁，实话告你，除开了反对内战四，你只有死！

(1947年1月26日)



# 印刷厂总结工作的方法

王华

常看见有人作总结时先到处搜集材料，然后综合起来，归纳成几个问题或若干点，时间也往往在一个中心工作完结以后，我当然也学习着这种方法。经验证明，像这样的总结，在大会上报告时，听者开玩笑，打瞌睡，会后说二话，表示不满等大有人在。所以产生这种现象，主要由于下列三个毛病：第一，因为一个人的力量有限，不能从各个角度上搜集材料，结论易于片面，往往抓着一二点作为例子，说明一个问题，使人听了否定不了，但内心不以为然或不能服气。第二，由于独自一个人的从头至尾做起，忙不过来，易于拖延，往往成为没有多大当前实际教育意义的历史材料。第三，易从总结工作者自己的认识及个人胃口（爱好）出发，别人不爱听这一套。

我们工厂（永兴印刷厂）自去年十月一日开始发动支援前线运动后，在实际工作中改变这种方法。当运动进行了一个月后，就首先由各部（注）开检讨会，根据各人为“支运”所订的个人计划检查一个月来的成绩和缺点，先由本人报告，然后别人补充，把每个人的材料总结起来，就成为各部的总结。再拿到扩大的党政工会议上（是工厂的最高组织，包括：支书、工会执委、行政各部负责人）进行部与部间的相互检查，特别是第二个生产过程检查第一个生产过程，能发现很多问题。如铸字部总结上说产量提高多少，质量也有改进，用字的排字部马上提出有多少字没有磨光，有多少铅线高低不一，修正了铸字部的总结。把经过扩大党政工会议通过的各部总结，综合起来，就成了全厂总结。像这样的总结，非常琐碎、平淡，如说××同志休息日不去看戏学习排字，××又因努力工作切坏了手指头，刻字部把从铅字上刻下来的铅末都积起来，从前顺口一吹就都飞了。铸字部实行个人登记，因而使大家工作紧张起来。但当我向大家作报告时，历时一点多钟，却没有像往日里开大会必有的开玩笑、打瞌睡，往来如织的大小便喝开水等现象，大家静静地听着，会后也不说二话。且各部都根据总结又开了一个检讨会，排字部提出保证：“不打上工钟就上工”，“消灭说讽刺话打击人”；铸字部有人提出“今后如再发现我铸的字不合质量标准就下我的等级”；落后的打版部就埋头追赶，一跃而为先进部，从此走上“热火朝天”的群众运动。《中国四大家族》一书五天都估计完不成的任务，三天半就告结束。到了第二个月底，照第一个月的方法，又作了总结，在大会报告达两点半之久，大家都是聚精会神地静听，这是少有的现象。

这个总结所以能起这样大的作用，我认为首先由于真正做到了全体人员大家做大家总结，且完全是特别尊重群众意见，通过大家（公认）的群众路线。这是一种群众性的总结方法。由于这个方法的群众性，内容也就不是谈什么非群众所能理解的高级东西、原则问题，而都是工人们（群众）自己的成绩、新创造以及群众自己的批评与相互意见。因此，这种总结的特点是老老实实，都是具体事例，如说××人工作挑重活儿做，额上经常流汗，为了怕工作中出乱子，盛了一碗饭就端到工作房里边吃边照顾；排字部成立了工人会议收到了什么成绩。这些，都是群众反复讨论后公认，又是本厂的新闻，能为大家听得懂且乐闻愿晓。不抹煞一点儿优点，使人感到没有白出力，这就成了很好的鼓励。同时，不夸大，也指出缺点，能使人服气，因而不起反作用。许多具体材料，变成了介绍群众自己创造的新经验，鼓励在实际工作中前进与指出今后奋斗的一种方法。

【注】我们工厂的组织系统是厂部，下设铸字部、排字部、打版部、刻字部……部为一个生产过程的单位组织。

（1947年1月28日，《人民副刊》）

# 年关中做些什么?

## (一) 拥政爱民运动中政府和军队应做些什么?

编辑同志:

旧历年关到了，各地正在进行拥爱工作，愿就我在部队中所了解的，提出一点建议。

在过去一年中，由于和平幻想的影响，发生过某些军民军政关系间的纠纷，我认为应当在这一运动中，认真研究原因，找出关键，求得解决。

地方党政同志应当研究部队的生活实际和思想实际，部队中一少部分下层干部中，存在着所谓“爱民不拥政”的思想。这一种思想产生的三要原因，一是要求对军属的照顾，一是对政权工作与政权干部的不够了解。

因之，针对这一情况，我感觉到如果地方党政民工作同志，能够注意下述一些工作，将会对前方战士给以莫大的鼓舞和力量。

如果在正在进行的耕者有其田的检查运动中，多注意到一些贫苦军属的生活，了解他们是否真正得到了土地，并发动他们的家属普遍地向前方战士写信，告诉他们自家得到了什么；各村的村干部同样负责地告诉前线战士，在这一运动中，如何照顾了他们的家属。并且还应普遍地教育群众，经常帮助与尊重军属，过去一些家属问题遗留未决的，应设法在这一次求得解决，并将其解决的结果告诉前方。

其次，在太行区的某些县份的乡村中，普遍地将村里过去封建的宗祠庙宇，改造成为烈士祠。记得我们的部队从那里经过时，有的战士说：“不知道咱们村旦怎么样？咱们这些穷家伙，死了能进祠堂，真是哪辈子也没想到!”从此可见，对于烈士的纪念，能在他们的一宗一社、祖宗坟墓的家乡里得到悼念，较之集中性的纪念塔式的建筑，战士们更感到实际亲切。如果能将这一作风，在全边区推行起来，将是前方战士极大的鼓励与安慰!

那么在军队方面应怎样呢?

首先应在部队中着重进行土地政策的教育，使他们了解：土地改革运动与他们的血骨关系。同时解释政府的军属优待条例，使他们能够从全局去考虑优待的标准的规定。过去有许多不满意的意见，往往是从过高的要求标准出发的。

其次，是在干部中进行教育，使他们了解地方工作的复杂艰苦，去掉“单纯武装斗争”的想法，使大家实际地去了解与估计在胜利的自卫战争中政民工作的重要与群众力量所占的位置。

上述意见，不一定对，谨提出供各地参考。

读者鲁之沫

## (二) 请客不要太浪费

编辑同志:

近接在长治市工作的×同志来信说：“你们在家过年，听说很节约，这里的机关过年亦很俭朴，颇带节约精神，这是很好的。可是有一点很不好的现象，即请客之风很盛，这种现象，特别表现在商店中。从年关到现在（十五日）连绵半月之久，甚至有的人，半月来都没在家中吃饭；每次请客，起码三席，而且席上必有海菜，每席价值总在一万到两万之间，整个计算下来，总值在百万元左右，闻之惊人，这实在是一个大的浪费。”旧年又到，我们要厉行节约，此种浪费现象，千万勿再发生。

读者　秀山

（秀山同志谈的这种情况，长治读者贾元魁同志也有同样的来信。我们觉得年关请客是商人过去的习惯，不是绝对不可，但当地工作干部应耐心说服，不要铺张浪费，厉行节约，是非常重要的。陕甘宁边区地主张永泰，常年过年吃一口猪，今年只吃半口猪，应该拿这些例子去教育群众。——编者）

## （三）请举办自卫战绩巡回展览

编辑同志：

上次我去治陶劳军，在团拜会场上饱看了一顿战绩展览，为了看《刘广信送来九门美式榴弹炮》《无边的俘虏集团》和《某英雄一手投双弹》等照片，挤得我身上冒汗。在那雄伟的榴弹炮侧面，注明“……这种美式炮，蒋介石一共三十九门，鄄南之捷，即有九门转入解放军之手……”（大意如此）使我对我们自卫战争的辉煌战绩，有了更深切的了解。

我谨建议：在旧历年关中，大军区文工团同志，应有计划地挑几个较大的城镇（如邯郸、邢台、长治、阳邑、涉县等）或一定村庄，配以当地群众年关娱乐的活动，进行一次“自卫战绩巡回展览”（边区建设及其他方面的东西也可列入）。因为“巡回展览”是一种能以活生生事实增强解放区群众胜利信心的很有效的宣传教育方法之一，要抓紧春节这机会，好好干一番。

读者　肖健

（1947 年 1 月 28 日，《人民副刊》）

# 边区有哪些刊物？

草

我们边区除军政机关出版、供给各有关部门参考的专门刊物外，现在共有十三种期刊，按其性质来说，简单可以分成四类：（一）以工农兵群众村级干部为对象的综合刊物，有《新大众》（华北新华书店主编）、《新地》（冀鲁豫文联编）、《工农兵》（太岳与冀南两种）四种；（二）以干部为对象的综合刊物，有《北方杂志》（边区文联编）、《太岳文化》（太岳文联编）、《文摘》（太行）、《群众文摘》（冀鲁豫战友报社编）四种；（三）研究专门问题的刊物，有《工人报》（边区职工总会编）、《卫生月刊》（卫生部编）、《新教育》（边府教育厅编）三种；（四）文艺的刊物，有《文艺杂志》（太行文联编）、《平原文艺》（冀鲁豫文联名诗人王亚平主编）二种。这些期刊都拥有各自的读者，而以《新大众》等通俗杂志的读者最多。

（1947 年 1 月 28 日，《人民副刊》）

# 《腐蚀》是茅盾的创作吗？



近见报上刊登茅盾的《腐蚀》快出版，这书我已看了两遍（从冀中买来的），但老有个问题想不通，就是茅盾先生在书的开头说："这一束断续不全的日记，发现于陪都某公共防空洞……"可见这本书，决不是他的创作，但为何书面上说是茅盾著呢？

——读者明煦

答：文学作品有各种形式，茅盾著的《腐蚀》是一部长篇小说，是用日记的形式表现的，这个形式的好处，是作者用自述的方法以达到使读者读了感到更亲切、逼真，过去有不少名著都是用这种形式写的，如苏联小说《灰色马》，我国鲁迅先生的短篇小说《狂人日记》等。所谓“发现于陪都某公共防空洞……”者，并不一定是事实，并非真其事，只是写得更令人有真实之感而已。

（1947年1月28日，《人民副刊》）

## 本报及总分社全体人员紧张学习改进工作

【本报讯】新年以后，本报及新华总分社充满紧张活跃的气象，这是去年岁终发起“发扬优点”的工作总结与个人回顾和今年年初学习五大文件（毛主席新年祝词，朱总司令元旦广播，薄一波同志新年献词，《解放日报》元旦社论和陆定一同志关于国际问题解释）的结果。去年十二月中旬以后，各部门都进行了工作总结，接着进行个人回顾，首先肯定一年来自己的进步和优点，并定出克服缺点、提高一步的方法，在小组会上彼此谈心，互相提供改进意见。在这个基础上评选了各部门的工作模范，其标准是“积极工作，努力学习、团结互助”，其精神是发扬一技之长，条件不应过高。最后在工杂人员中，选出卅一位模范，在除夕前一夜进行了隆重的表扬和奖励。今年年初，陆续收到五大文件，当即展开深入的学习和讨论，本报编辑部、总分社和研究室首先个人精读、漫谈，然后进行集体讨论；经理部和电务科则进行集体阅读、分段研究并由理解能力较高的同志帮助理解能力较差的同志。在学习中大家进一步认识了美帝国主义和蒋介石的反动本质，粉碎了和平幻想，对爱国自卫战争及全国民主运动新高潮的胜利前途充满了无限的信心。各部门并结合政治学习展开业务学习，经理部同志们学习供给制度、珠算和账目，电务科许多同志学习抄英文报和打字，编辑部总分社和研究室分别学习军事、地方工作及国际国内时事中的各种实际问题以及新闻写作和编辑技术。电务科已能直接抄收塔斯社广播，报纸在编辑部和印刷厂共同努力之下，将编印过程提早了一天。经理部则使伙食在同一供给标准下获得显著的改善。研究室所供给的各种资料，获得读者称赞。总分社掌握时间随到随编，供给报纸、邯郸广播电台及延安的稿件，均有不少改进。《社内生活》壁报在这一运动中起了推动作用，它表扬模范，交流经验组织学习，成为领导上得力的助手。现在全社同志充满着蓬勃的朝气，准备适应着形势的变化，将各部门工作提高一步。

（1947 年 1 月 29 日）

# 邢师剧团赴前线

【本报讯】邢台师范的学生剧团于年前成立以来，曾在邢台六区巡回演出《白毛女》，深受群众欢迎。现在，该团为了响应教育厅及行署教育处号召在寒假出发前线作文化劳军，已于本月十六日开赴××前线工作。全团男女学生共六十余人，由该校三位教员率领。

（1947 年 1 月 31 日，《人民副刊》）

# 华中前线文艺工作活跃

【新华社华中十九日电】华中军区文工团、孩子平剧团、电影队、江淮摄影社等无数文艺工作者们，半年来活跃于自卫战争前线，充分表现了为人民服务的勇敢自我牺牲精神。自卫开始，文工团三队几全部参加了战地工作。该队孙祥林、王春茂同志曾在猛烈炮火下因抢救伤员而光荣牺牲。黄石文同志亦在战斗中负伤。女同志李则吾在火线上七次往返抢运伤员。文工团第四小组在部队刚离开阵地休息的间隙，立即组织铜乐队演奏战士热爱之民歌小调。现在该团创造的歌曲已达五十多首，经常演出的话剧、活报、秧歌杂耍有二十多个。话剧如《一切为了前线》《翻身自卫》《假面具》等深为战士喜爱。孩子平剧团五六十个孩子能演近百出平剧，几乎无日不演出。电影在前线放映，有几次只离前线四五里。影片放映前，许多战斗英雄的照片首先在银幕上出现，战士们无不热烈鼓掌欢呼。摄影组曾深入前线，摄得苏中七战七捷的伟大战斗场面三百余幅，在战地巡回展览共十五次，战士们非常欢迎。

（1947 年 1 月 31 日，《人民副刊》）

## 山东军区展开快板运动

【新华社山东二十五日电】山东解放军各部队用唱快板形式把战士们的生活学习和战斗等情形表现出来，这是使政治、文化、娱乐结合为一的政治工作方式。因为快板有韵脚，念起来顺口容易记会，而且所表现的都是战士们日常的生活，因此这一运动开展后，不论在整训、驻防、行军或作战时，战士们都愉快地唱着快板。比如在峄县、枣庄收复前战士中就流行着这样的快板：

“蒋介石，真混蛋！

先占我台儿庄，

后占我枣庄和峄县。

同志们努力干，

振起咱们的猛虎威，

打上几个漂亮的歼灭战！”

至于组织也很简单：连队的文书担任组长，每班选一个通讯员，抽空大家一凑，再由连部加以必要修正就成了。山东军区政治部认为这种方式很适合于当前及今后的运动战环境，特号召全军效法，广泛开展快板运动。

（1947年1月31日，《人民副刊》）

# 关于剧场上演节目及改进方法

一九四六年八月二十六日联共（布）中央决议摘要

检讨了剧场的上演节目及其改进方法问题以后，联共（布）中央认为剧场上演节目的编排，不能使人满意。

剧场上演节目在现状上的主要缺点，乃是以现时为主题的苏联作家的剧本，实际上已从全国最大剧场的上演节目里被排挤出去了。在莫斯科艺术戏院所上演的二十部戏剧中，仅仅有三部是关于苏联现代生活问题的。在小戏院二十部戏中有三部，在莫市苏维埃戏院九部中有三，在瓦赫丹高夫戏院十部有二，在卡梅尔奈十一部有三，在列宁格勒普希金戏院十部有二，在基辅佛朗克剧场十一部有三，在哈尔果夫谢甫琴科戏院十一部有二，在斯维尔得洛夫剧场上演的十七部剧中仅有五部是关于现代苏联问题的。

上演节目显然不正常的现象，越发在强化着了，因为在那少数经戏场演出过的以现代为主题的剧本中，还包含着些缺乏力量的、缺乏思想的剧本（窝多皮亚诺夫的《被迫的降落》、徒尔兄弟的《生日》、雷巴克萨甫琴科的《飞机迟误一昼夜》、A·格拉得科夫的《新年之夜》、徒尔兄弟的《非常法律》、拉赫曼诺夫与雷斯的《林中窗》、犲高金的《女船手》及其他数部)。在这些剧本里把苏联人们描绘成丑陋的漫画形式，落伍而又缺少文化，具有庸俗的趣味和道德，已经成了规律；而对于反派人物的性格却赋予了特别明朗的轮廓，表现得有力、有意志，而且很有经验。在这一类的剧本里，所描写的故事，经常是捏造和虚伪的，因此这些剧本就把苏联生活造成了不正确、歪曲的表现。大部分在剧场里上演过的现代主题剧本，都是违反艺术和幼稚的，写得非常粗率和没有文系，并且它们的作者们对于俄国文学和人民语言也都缺少足够的知识。同时有许多剧场对于上演苏联生活的戏剧不负责任。剧场的领导人员们时常把这些戏剧派给次要的导演们导演，造成一场能力薄弱和没有经验的演员们的赌博，对于演出的艺术形式一点也不加以必要的注意，因而现代主题的脚本的上演便形成了灰暗而又缺乏艺术性。这一切都证明了许多剧场并没有担任了培养文化、进步的苏联思想和道德的工作。剧场上演节目的这种情势，就是没有能为劳动者们的教育利益而负起责任，而且是不应被容于苏联剧场的。(以下两段是决议中几段要义的综合——编者)

艺术工作委员会及许多剧场工作的最大缺点，乃是它们过于热心上演古典题材的戏剧，而在这些剧本里没有丝毫历史和教育意义，只是理想的描写皇帝和贵族们的生活；另一方面，把那些最劣等的最下流的外国资产阶级的剧本也搬上了苏联的舞台，在苏联人民面前宣传着反动的资产阶级的思想和道德，企图侵害苏联人民的意识。艺术工作委员会没有在上演节目上很好地注意，并领导起这个工作而任其自流，是最大的政治错误。

联共（布）中央认为：剧场上演节目诸多缺点的主要原因，乃是剧作家们不能使人满意的工作。许多剧作家脱离开了现代生活的根本问题，不明白人民的生活和问题，不会描写苏联人民的优秀特征和品质。另一个原因则是缺乏原则性的戏剧批评。因此，对于好的剧本既不敢大胆拥护，而对于那些平庸的、有毒的演出，反给以姑息。

联共（布）中央在检讨出这些错误及其根源以后，决定：

一、艺术工作委员会主席赫拉普琴科同志，负责在最短期间内，根除本决议中所指出的严重缺点及错误。

二、联共（布）中央考虑到剧场在实行对人民的共产主义教育工作的重要性，命令艺术工作委员会及苏联作家协会常务委员会对于苏联现代的上演节目的编排应集中注意。

联共（布）中央对剧作家和戏剧工作者提出了一个任务——创造在艺术态度上特别明朗的和充满价值的，描写苏维埃社会生活和苏维埃人民的作品。剧作家和剧场应该在剧本里和演出上表现苏维埃社会生活是在不断地前进着，一切都为了苏维埃人民气质的优秀方面向前发展，而且他们是用着在伟大的祖国战争时期所表现的力量在前进。号召我们的剧作家和导演们要积极参加对苏联人民的教育工作，答复他们的具有高级文化水平的问题，要把苏联的青年教育成活泼的、乐观的，忠于祖国和确信我们事业的胜利，不怕任何阻碍，善于克服一切困难的人。同时号召苏联的剧场，要表现这些品质并不是仅存在于个别的选择出来的人或英雄的身上，而是存在于几千万的苏维埃人民身上的。

必须使所有善于创造戏剧作品的作家们，积极地创造地参加到编排那种品质适合于现代观众的剧场上演节目的具体工作上去。

三、艺术工作委员会必须担负在每年在每一家剧场里至少要组织上演两三部以现代苏联为主题的思想和艺术方面属于上品的新剧，以为基本的实践任务。

各剧场必须从根本形式上改善上演现代苏联剧本的品质，为这些剧本的演出，要选择优秀的导演和演员，使出演的艺术形式成为上品。

四、建议艺术工作委员会要把思想空洞和缺乏艺术性的剧本从上演节目中剔除出去。要经常监视，勿使错误的、空洞的、没有思想和缺乏价值的作品侵入剧场。

五、应当承认批评对于戏剧艺术发展的重要任务，《真理报》《消息报》《共产青年同盟真理报》《劳动报》《苏联艺术报》与《文学报》的编辑局应当在报纸上注意到刊载政治观点成熟的、有戏剧和文字修养的批评文章的工作，有系统地发表关于新剧本和演出的文章，和戏剧批评的脱离政治和思想空洞的倾向进行决战。

各共和国报纸、边区报纸及州报纸的编辑局，必须有系统地登载关于当地剧场新剧演出的论文和批评。

六、联共（布）中央指出，在把苏维埃的剧本向剧场里推进上的严重阻碍，就是有权利删改和通过剧本出版及在剧场演出问题的裁判官和个别人物太多了。各地的艺术管理局，各共和国艺术工作委员会的上演节目总会，艺术工作委员会戏剧总管理局，该委员会的艺术理事会、剧场领导者，编辑局和出版局的工作人员，都从事审查剧本工作，这就造成了有害的拖延和不负责任了，而且妨碍了迅速地把剧本向剧场的舞台上推进。

向艺术工作委员会建议，要扫除一切妨害苏联剧作家的脚本发展、传播和在剧场上演的障碍，把从事审查剧本的裁判官应当减少到最低限度，把在委员会内应及时和迅速审查苏联剧作家所写的剧本这个责任由赫拉普琴科同志个人来负起。

七、联共（布）中央确认，艺术工作委员会的艺术理事会在改善上演节目的品质，在提高其思想和艺术水准工作上，未能完成自己的任务，故步自封地领导工作，它的结果没能成为戏剧界广大社会的业绩，没能在报章上反映出来。

艺术工作委员会必须认真地改善艺术理事会的工作。在艺术理事会的会议上，实行对新脚本和剧场演出的批判的分析。艺术理事会的工作材料放在《苏联艺术报》上发表。

八、准许艺术工作委员会会同苏联作家协会常委于一九四六——一九四七年，组织全苏联现代优秀苏维埃剧本的悬赏竞赛。

九、考虑到各联邦及各自治共和国各剧场上演节目的非常狭小的限制，以及当地剧作家们的对于辽远的过去的题材的迷恋，艺术工作委员会必须采取方法将苏联剧作家的优秀剧本翻译成苏联各民族文字，同时并能排入各共和国的剧场上演节目。

十、委任艺术工作委员会会同苏联作家协会理事会于今秋召开剧作家的和戏剧工作者会议，讨论上演节目及剧作家与剧场共同创作的工作问题。

（译自去年十月三十日《俄语报》，由十一月二十三日《东北日报》转载）

（1947 年 1 月 31 日，《人民副刊》）

## 茅盾游苏行踪

【新华社电】我国名作家茅盾夫妇已于一月二十六日抵梯夫里斯。此行系应乔治亚对外文化关系协会的邀请。他们游览了那里许多有名的地方及富有历史价值的歌剧院摄影场，并前往哥里拜访斯大林诞生的故居及童年所在地。在梯夫里斯逗留七日后，现已赴亚美尼亚共和国首都埃里温。茅盾留梯夫里斯期间，曾演讲我国近代文学之发展，并会见乔治亚作家多人。

（1947 年 2 月 6 日，《人民副刊》）

# 加强领导后的苏联文艺新果

## 西蒙诺夫的新剧

莫斯科和列宁格勒的三个剧院，都正在预演着康士坦丁·西蒙诺夫新著的剧本《俄国人问题》。这个剧本是根据西蒙诺夫旅行美国的印象写的，其中表现着反动报纸的道德沦丧以及外国报纸对苏联的许多造谣诽谤。剧本的主角是美国新闻记者享利·史密斯，他被大纽约出版公司派到苏联去写作诽谤苏联的书籍，在这一本书中要回答十个问题，总起来说就是“为什么俄国人需要战争?”斯氏摈弃了图利滥写的任务，回国以后，他就写了一本报导苏联真实情况的书，对一个问题统统作了否定的回答。

## 两篇描写苏联英雄人物的小说

《苏维埃文学》杂志上最近发表了两篇新小说：一篇是白里提特所写的战争故事——《战略家之夜》，描写一次重要的军事战斗。这篇故事的主角是订出作战计划的军长律亚提宁将军和初上前线的年轻的志愿兵尼古拉·乌拉诺夫。作者从这两个人各自的看法描述了这次作战的进展。另一篇故事为电影演出者亚历山大·德六日科所著的——《花中生涯》，描写伟大的俄罗斯生物选种学家伊凡·米邱林的生活。故事告诉我们，在革命前的俄罗斯，当米邱林已经享有世界盛名的时候，他曾为争取进行实验的权利而斗争，因而遭受到牧师的迫害。只有在苏维埃的权力下，米邱林在自己的国家里才被适当地认识，他的实验引起了列宁的注意，而且被广泛地展开了。(塔斯社电)

(1947年2月6日，《人民副刊》)

# 禁止变相赌博　开展文化娱乐运动

编辑同志：

在新年中，有些地方还有赌博现象。如涉县索堡镇一伙青年人买上纸烟，在街上用铜钱板码（和过去赌钱一样），输赢纸烟，这样的变相赌博，应及时禁止。

在这个拥爱月中，最好把这些人组织到文化娱乐里边去。如左权近来有不少村镇为了配合拥军优抗工作，加强群众宣传教育，他们正积极组织文化娱乐工作，有的排演新剧，有的闹花戏和扭秧歌等。这种做法，大家可以学习。

读者　杜崇武

（1947年2月6日，《人民副刊》）

# 《新大众》月刊特征求五千订户启事

《新大众》杂志从三十四期起（一月份）改为月刊，篇幅增为八十余页；除内容更加充实外，特连刊作家赵树理同志最新的文艺创作。敝店应读者请求，特再征求基本订户五千户，希各机关、学校、各县教育科……各热心读者广泛宣传集体预定。预定办法如左：

一、《新大众》每期（一月）定价一百元，预定三期二百八十元，六期五百五十元。特大号不另加价。

二、集体预定百份以上者，按定价打八折优待；三百份以上者，打七五折，所有包装寄费概由本店负担。

三、以前预定未发给者，按两期发给一本，请读者见谅。并希迅速预定，来款请到当地邮局或银行买汇票，用挂号信寄本店、各地分店邮购股即可。

新华书店邮购服务股启

总店：武安冶陶

分店：长治邯郸邢台

（1947年2月9日）

## 北大文联联合文工团新春慰劳民主建国军

北方大学与边区文联联合文工团，于元月二十五日前往民主建国军总司令部，作新春劳军公演。当晚演出《劳动英雄李顺达》《模范武工队郭兴》及《王德玥拥政爱民》三个小型歌舞剧，深受战士欢迎。次日，为了招待民建第一军，又在广场出演，当演到战士王德明□错赶了老乡的那口猪，又送还给老乡时，人群中爆发出赞扬的笑声。二十七日晚公演了《白毛女》，观众特别拥挤，除民建军同志外，还有该村的老乡们。当剧演到紧张之处，台上台下打成一片，观众高呼："打倒恶霸黄世仁！"

该团原拟于二十八日赴民建第二军公演，临时因潞城扩大干部会议邀请，又赶赴潞城。闻在潞城演毕后，将仍往民建第二军慰劳。

（1947年2月9日，《人民副刊》）

## 太行零讯

### 壶关四区大井设大众文化社

壶关四区大井联合校长孙守善和模范□长李提保，领导群众成立大众文化社。社内有读报组十二人，广播组三人，大众黑板组分编写、投稿、采访、审核四股，结合广播电台宣传时事和生产消息，有文化教员负责给群众上习字课，定逢五排十的会议制度，群众极为满意，都说："大家文化大家办，这样可好！"（赵四新）

### 适应生产要求东沟组织夜校

武乡东沟学区□□，因有些家长要求学生夜晚学习，白天能挤出些时间生产，便纷纷组织夜宿生，加强夜间学习。现全学区夜宿生已达一百卅二名，开办夜宿班后，夜间学习极为紧张，家长们说："学生学一夜的东西，能顶一天。""冬天学习可补偿农忙时的耽误。"现正积极开展这一运动，全区教员都很起劲。（□荣）

（1947年2月9日）

## 太岳各界元宵举行拥爱大会

【本报太岳六日电】昨日元宵节，太岳各地纷纷召开拥军拥政爱民大会。阳城除各区分别召开外，城内开了三千人的大会，翻身男女身着新衣面露喜色，有不少军属骑着毛驴从三十里外赶来。十余伙秧歌队，在锣鼓喧天中表演着翻身斗争、劳动发财及《攻打灵石城》等节目。开会后首由行署牛主任致词，他提出两点号召：第一，要在找平补齐中注意军属问题，地主成分的军属被清算后，要在生产中帮助解决困难；分到土地的军烈属及荣退军人，还要帮助解决生产中的肥料、农具、牲口等困难，吸收其参加互助。第二，为支援自卫战争，一定要做好后勤与生产的结合，保证部队前线的供给。军区桂主任号召部队保卫太岳区，保卫群众翻身果实，后方部队还要自己生产减轻人民负担。翻身英雄毕金川说：“吃水不忘掏井人，翻身不忘八路军，要拥军劳军优待军属。”军属代表李恒年先生讲话，他说：“去年政府贷给我四万块钱生产，叫我赚了四石小米，使我起家发财，可要叫我儿好好打仗，保卫这好时光。”

（1947 年 2 月 10 日）

# 新大众社启事

前一个月，我们请求读者把书报劳军工作再做下去，做到送两万册新书给前线将士。一个月中，太行、冀南、太岳、冀鲁豫各地读者，纷纷兑款来信答复我们这个要求。现在，我们已送了一万五千册书到前线，剩余的捐款，还够买两万册。因此，我们决定暂时把书报劳军工作停止。各地读者已经收到捐款的，务请在二月二十日以前寄来；还未进行书报劳军的地方，便请暂缓进行，等待我们把书完全送到前线。前线还需要时，再另行通知。此启。

一月三十一日

（1947 年 2 月 10 日）

# 港九各界名流电慰自卫军民

【新华社延安九日电】香港九龙名流及文化界彭泽民、冯裕芳、沈志远、黄药眠、萨空了、胡仲持、千家驹、杨伯恺等二十二人，于政协周年纪念即一月十日，致电朱总司令暨解放区人民及人民解放军全体将士。该电略谓：“一年以来，解放区为保卫政协精神，争取同胞之生存与国家之独立而流血，足以振奋人心，洗雪国耻，谨对为人民为祖国牺牲流血之诸先烈致哀悼之意。”

（1947 年 2 月 11 日）

## 太行军民万人元宵拥爱联欢

左权军民元宵庆翻身贺胜利

【本报太行六日电】庆祝元宵佳节，太行军民万余人在涉县漳南镇举行拥军爱民联欢大会。参加者为军区直属部队与涉县一、九等区男女群众，整日漳河两岸锣鼓喧天，数十班高跷、秧歌均欢唱翻身与拥军歌。各地农村剧团均齐集漳南镇与涉县城公演，部队亦扮有霸王鞭等节目。赴会农民穿红着绿，眉开眼笑，充分表现了翻身后的富裕与欢乐心情。各村群众携带有拥军礼物甚多，毛巾、肥皂、鸡与鸡蛋、核桃、柿饼……及无数给前方将士的慰问袋与慰问信。开会时军区政治部民运部郭部长及涉县副县长司荣均号召军民继续亲密团结，齐心努力击败蒋敌。部队与群众互致拥政爱民公约与拥军公约并宣誓保证执行。最后，军区以“为人民服务”锦旗一面赠给政府，感谢政府与人民对前线的支援。

【本报左权讯】元宵节前夕左权城关军政民各界两千余人举行盛大联欢，共庆人民翻身，并贺自卫前线的胜利。当刚从前线荣归的××团健儿们扛着从敌人手中夺来的机枪、大炮步入会场时，西关街的一个老头引着他的小孙孙指划着到会的部队说：“看！咱毛主席的军队多威风，这就是叫咱过年吃扁食的恩人呀！”开会后，冉团长报告××团半年的自卫战绩，并号召全体指战员，认真做到三大纪律八项注意，加强拥政爱民工作，用打胜仗消灭反动派的进攻来回答人民的热望与爱护。巩副县长代表左权九万五千人民向长期奋斗从前线回来的指战员致慰问的敬礼，并向全县人民号召：（一）把后勤工作做好，并努力生产，支援前线。（二）帮助军属、烈属建立家务，解决他们的一切困难。南街翻身农民尹成明说：只要是为军队、为前线的事，都应该尽先去做好。慰劳开始，一担担的食品、粉条、豆腐，鸡子、肉、毛巾、肥皂等送到台前，表示着人民对军队的热爱。（靖唐、丕玉）

（1947年2月12日）

## 响应薄一波同志号召　新华书店生产节约

### 各分店自愿将去年个人分红全部交公

【本报讯】华北新华书店为响应薄一波同志号召，集会讨论今年生产、节约问题。生产方面，订出全年任务：每天劳动一小时者交米一百五十斤，一小时半者二百斤，二小时者二百五十斤，二小时半者三百斤。每天每人的生产时间多寡以按其本人业务工作时间，能抽出多少钟头而定；在规定任务内超过计划者，按超额分红并提奖。生产内容以手工业为主。成立一印刷组，包揽印制烟盒、广告、互助工票、合作社股票、稿纸等。另立一缝纫组，包括绣花、缝衣等。其他并拟组织制药、担炭、理发等小组。各组除骨干组员，其余可自由参加两个组或三个组生产，以记工办法取其所值。至于农业生产，确定以改善伙食和加强劳动观念为原则，故不论何人均得抽出一定时间参加。节约方面，一致决定不领全年津贴；有的科声明停领烤火费或办公费，还有同志不领今年衣、被、鞋、袜。（肖亮）

【又讯】新华书店各分店经理，在该店发行科开科务会议时，听到了薄一波同志生产节约号召后，自动提出愿将去年分店个人分红部分全都归公。各分店同志，去年一年来，不仅完成了发行任务，并努力经营文具印刷等生产，分店一切生活开支，全部做到自力更生，还获净利六百万元。按二八分红办法，各分店同志个人应分红利一百二十万元，现在他们愿将这笔红利全部交公。行政上为了发扬他们这种精神，并鼓励他们继续劳动，准备提成奖励，并通知全店表扬。

（1947年2月12日）

# 看《白毛女》后

刘秀珍

我过去是一个大门不出二门不迈，目不斜视，遵守“三从四德”的人，从来没有受过人的虐待和侮辱，总以为只要自己待人好，人待自己就一定不会坏的。

第一次看《白毛女》我很难过，以为那或者是一件偶然的事，决不会是普遍的事情。但这一件事情经常围绕在我的脑海里，使我不断地思索：人对人会那样残忍么？第二次我又看《白毛女》，看到杨白劳和喜儿的遭遇，我几乎放声大哭，我对杨白劳和喜儿给以无限的同情。我恨地主，恨剥削者，恨欺压穷人的恶霸，我了解这件事情决不是偶然的，而是封建社会的制度所造成的。我更体验出“为富不仁”的一句古训，说得如何深刻！的确说穿了剥削者的本质。我认为穷人应该翻身，应该把吃人的封建制度铲除尽净！

白毛女在山洞里悲惨的生活，如果没有八路军抗战，没有共产党帮助人民树立民主政权，实行减租减息，破除迷信，那么，可怜的喜儿，就会苦死在山洞里，满腹冤仇，永无昭雪之日！

在民主政府发动群众减租减息的时候，地主黄世仁还假白毛仙姑给他托梦的鬼话威胁群众，他万没想到白毛仙姑正是他虐待、奸污、谋杀因而逃跑的喜儿。然被他剥削镇压的农民们却都信以为真，以为白毛仙姑都不赞成减租减息，老百姓还敢妄想么？贫富自有命定，不要胡思乱想吧！看到这里，我才明白了，原来所谓菩萨活佛，听天由命，都是统治者借以镇压人民的工具。喜儿在山洞里受了多年灾难，为什么没有一个菩萨或活佛大发慈悲拯救可怜的喜儿呢？一直等到八路军来后，才把她营救出来。可见真正救苦救难的菩萨活佛并不在天堂，而是在人间；不是吃斋念佛的什么教，而是为人民谋利益的共产党；不是耶稣、释迦牟尼、济公活佛，而是伟大的革命导师——毛泽东！

（1947 年 2 月 12 日，《人民副刊》）

区党委具体指示加强通讯工作

# 冀鲁豫展开写稿竞赛

坚决在报导工作上为人民立功

【本报综合报导】冀鲁豫全区大规模开展通讯运动。首先区党委于上月十六日发出指示，号召进一步开展全区性的通讯运动。提议：（一）地委、县委负责同志将通讯工作作为领导任务之一，抽出一定时间汇报、检查、总结、布置通讯工作。（二）地委、县委宣传部应将通讯工作视为中心业务之一，及时拟定报导要点，总结与交流经验，开展读报工作。（三）《冀鲁豫日报》要扩大报导面，提高报导方法，发动竞赛，表扬模范，走群众路线的领导方法。同日该报发表《开展更广泛的通讯运动》社论：表扬了各种工作岗位上的通讯员，检讨了过去“和实际结合不够”与“没有发动全党力量组织更坚强的通讯队伍”的缺点，指出今后要贯彻“全党办报”方针及区党委“深入群众，结合实际”的指示。最后号召“一手拿枪，一手执笔，在报导工作上为人民立功”。是日该报发表春季投稿竞赛条例，以十五万元奖金发起竞赛运动，订一月二十日至四月二十日为竞赛时间。自此热火朝天的通讯运动即在全区展开。南华县小报编辑同志杨朴保证全县投稿竞赛取得优胜，决定加强出刊报。鄄城通讯干事陈宗祥一个月即收到四十余篇稿件。临泽通讯干事樊依民同志收到各地通讯员来信，都说：“要响应党报号召，决心在通讯工作上立功。”三分区《大众报》及五分区《胜利报》，在紧张的游击环境下先后复刊，七地委已出版《运河报》，指示各县委配备通讯干部，负责带头写稿。在组织领导上，鄄城、郓北、清丰、临泽等县先后总结、整顿、建立通讯组织。齐禹县秘书李森同志在机关内布置写稿任务，规定每人每月至少写两篇。齐滨县书李荣村同志，在紧张对敌斗争情况下，亲手写了二篇。某部在战争空隙召开通讯员座谈会，总结经验，提高写作方法，进一步开展通讯运动。×营教导员王秀章同志把通讯工作当成政治工作之一。

（1947年2月13日）



## 本报发行科启事

本报自本月十二日起两天出一大张（四版）。报费仍为六百元。为扩大本报读者起见，读者对象已不加限制，政权区级以下，学校高小以下凡愿订阅本报者，可向各地派报社预订。希读者注意为荷。

（1947年2月13日）

# 《火线报》的生长

天晓

一九四三年讨伐伪军庞炳勋和孙殿英的林南战役中，有个妇救主席往火线上送饭，鲁鱼同志把这件事用复写纸写给各连。一位排长在战壕里读了之后，感动得流了泪，于是鲁鱼同志就决定用复写纸出《火线报》。

上党战役中，排长彭怀井头部挂彩，好多人劝他去住医院，他坚持不去，并且负责给彩号运背包。作战完毕，鲁鱼同志碰见他还在随队工作，很受感动："人家对革命是什么态度，咱们拿笔杆子的对革命到底贡献了什么？这个人应该好好表扬。"营长马国良负伤下来对鲁鱼同志说："这一回可要给咱营张彩红登个报，他一个人打了十二个手榴弹。"于是鲁鱼同志又复写了几期《火线报》。

平汉战役中，因为物质困难，很久没有出。但何副政委坚决主张恢复出报，并特别召开了个会，规定报纸的任务是："表扬模范，批评坏的，用部队自己的事教育自己。"行军作战时一天出一期，整训时三天出一期。从生活费中拿了一笔钱解决经费问题，报纸由复写改为油印。

每次长行军中，一宿下营时，下边就送来了一大把稿子，尽是当天行军中好的和坏的例子。

报纸常常在晚上刻写，有一次鲁鱼同志过于疲劳，夜晚打瞌睡，让油灯把蜡纸烧掉一半，但第二天也还是把未烧掉的半张印了出来。

报纸的表扬和批评起了很大的作用。董瑞一是平汉战役解放过来的，平时表现得很糟糕，只表扬了一次，就变成行军中的积极分子，他替别人背两杆枪、八个炸弹。

消灭整三师和龙凤之战中，《火线报》就在火线上出版。战士们的反映是：“你这里一打完仗，他那里就登出来了。”“越是在战壕里爬着，脑袋里越清闲，越喜欢听个报。”

报纸受到延安广播奖励之后，宣教股长鲁鱼同志办报的信心更高了。他把上级给的奖金给了投稿的人，自己背着钢板、蜡纸、油墨和滚子，自己采访，自己编报，有时还自己刻自己印，一边选稿，一边刻报，因此报就出得更快了。进入邵耳寨战斗的晚间，行军直到十二点，可是第二天一大早，《火线报》就出来了，上边登着昨晚行军的稿子。部队进入邵耳寨的第二天，“九连七班得了一门炮”的消息就在《火线报》上也登出来了。我去看挖工事，一个战士拿着一张《火线报》对我说：“你看我们八连是什么事？”“你认得字吗？”“不认得。”“那你怎么知道上边有八连的事呢？”“我光认得个‘八’字，我想大概是咱八连的事吧。”我转向九连战士：“看见昨天的报没有？”“我口袋里装有一张哩。”一位正在挖工事的战士边说边掏出一张《火线报》来……

（1947 年 2 月 14 日，《人民副刊》）

# 冀鲁豫前线部队改进军事报导

【新华社电】冀鲁豫前线各部队力谋改进军事报导工作，组织文化兵踊跃写稿。“和政”部宣传部为改进今后军事报导工作，特于新年后召开座谈会，号召大家组织写稿，组织读报，提倡战士口述干部代笔，拿笔的表扬拿枪的。会中并表扬与奖励了在一次战斗中三天组织稿件十二篇、自己写三篇的×团政治处主任彭名川同志，和善于把通讯报导与本身工作相结合的组织科科长贾鲁峰等同志，各部队小报的缮写工作同志孙汉民、王长荣也受到表扬。×部《建军报》在巨野战斗中提出“大笔小笔一齐动”的口号后，共收到教导员、连长、指导员、卫生队长、文书、战士二十余人的稿子一百多件。

（1947 年 2 月 14 日，《人民副刊》）

# 读了《杨庄之战》等通讯我有两点建议

罗成君

编辑同志：

读贵报一月廿七日的《阵地侦察》及《杨庄之战》后，使我心中有无限感想。读到《杨庄之战》中的副团长说“剩下一个人也要干”的地方，使我想到他的果断、坚定、勇敢的指挥精神，和吴连长如何在单独顽强地勇敢战斗着，使我的血液沸腾起来了，对副团长、滕营长、吴连长及全体指战员，致以崇高的敬仰和感谢之忱。我接连读了四次，夜里在炕上又想《杨庄之战》的情境，不知为什么又睡不着。内心想：我是在后方工作，生活不够紧张，有些散漫。尤其是工作做得太少了，我再要像这样下去，从革命的良心来讲，怎样对得起今天在前线的将士呢？自现在起，我要以战斗精神，紧张工作、生产、学习，把我们支援前线的工作做好，只有那样才能更增加前方将士的勇敢，胜利更大，独立和平民主就会加速地胜利。

为此，我建议：（一）后方各部门应把《阵地侦察》《杨庄之战》的精神，贯彻到工作、生产、学习、练武中去，使每个人以那样紧张、勇敢、坚决的战斗精神，形成一种巨大力量，完成任务，并且超过，以支援前线自卫解放战争胜利。

（二）建议前线记者多多写《阵地侦察》《杨庄之战》一类的文

章，建议戏剧作家及音乐工作者，把这类故事写成独幕剧或制成歌曲，教育后方工作者和人民，使在思想上同前方将士作战精神确切地联系起来，紧张地工作、生产、学习、练武和备战，消灭敌人。

编辑同志：我这个意思不知对不对，请登报告诉大家。敬祝编安！

读者　罗成君

（1947年2月14日，《人民副刊》）

# 闻一多全集整理中

据津《大公报》一月三十日的消息，清华大学闻一多先生遗集整理委员会，由朱自清任主委，潘光旦、吴晗、浦江清等任委员。全集的第一部抄齐后，拟在上海付印。全集拟定的目录如下：

一、神话与诗

二、古典新释

三、语诗杂论

四、时事与宣传

五、诗集

六、风诗类挽、易林琼华

七、楚辞校补

八、语诗大系

九、现代诗抄

（1947年2月16日，《人民副刊》）

# 本报印刷厂全体职工节约器材努力生产

成坊

【本报讯】本报印刷厂职工，响应薄一波同志“生产节约迎接光明”和职工总会“立功运动”号召，正在紧张地进行大生产和节约材料运动。根据本厂特点，以全力完成报纸的出版任务为主，在这个总方针下，奖励“多劳多酬”，“公私两利”承印各种书籍、表册和宣传品。同时，组织所有剩余劳力，进行农业和小手工业生产。打版工友、材料员、通讯员、炊事员，在业余主要进行农业生产，并养猪、磨豆腐。刻字工友承刻公章、私章、关防等各种印鉴。校对科的女同志组织生豆芽等。在节约方面，纸张、油墨、铅铁、煤炭等物，做到绝不浪费分毫。通讯员李成才同志已打了头炮，他把去冬积存下的煤炭筛了十多斤焦炭。全体同志一致表示：“为了响应上级号召，支援前线，早日打败蒋介石，我们要把在抗战中的生产精神拿出来，就凭咱这两只手，有信心给边区多生产些财富。”职工们为了给人民多立些功劳，自动提出业余生产的交公任务。全体职工现正订详细的生产计划和节约方案，运动已在热烈进行中。

（1947 年 2 月 17 日）

# 新华书店总店开始生产活动

魏真扆同志坚决参加印刷六小时

【本报讯】据新华书店墙报委员会报导：总店生产活动已经开始，同志们一般每日生产两个钟头，至少一个钟头。节约运动截至现在为止，全体干部二十六人，共节约小米四千六百六十九斤半，有的节约被子、棉衣、单衣、鞋袜，以节约全年津贴米七十二斤为最普遍。出版科李书芹同志除节约全年应领物品外（合小米五百八十九斤），还捐出存款一万元。在报生产钟点的时候，周之奇同志要定两个钟头，大家为了照顾她的健康，提出她应减成一点钟，但周同志却提出："我可以给大家缝单衣，两个钟头任务保险完成。"现在已动手生产了。收发处魏真庵同志，他今年六十余岁了，大家决定免除他的生产任务，他却坚持："有任务要交，没任务也要交，我每天可保证六个钟头的时间参加印刷。"他的思想是：革命就是我的家。他把发给他的津贴、被子、袜子，还有两双鞋都节约了，并在墙报上以《慢板》为题写道："高兴，真高兴！有话说分明，今年不比往常年，生产节约要当先。大家努力一齐干，蒋介石内战无法办。咱支援前线能打胜，蒋介石队伍得完蛋。"

（1947 年 2 月 17 日）

# 左权民教馆元宵举行翻身展览

郝世民

【本报左权讯】左权县立民教馆，元宵节举行翻身大展览，两天参观群众达八千人以上。门口两个贫富对比的男子，富的穿着绸缎戴着大礼帽，穷的穿着破烂衣服。沐池李三女看了说："以前咱和人家地主马星平比，就是这样。"再走过去陈列着地主温之谟的缎暖肚、绸被子和五里堠刘玉祥全家五口人伙盖的一条盖了二十年的破被子，脏得不成样，黑得如煤。张四喜气愤愤地说："老刘你怎么每天盖它来，真是有熬性！"说到这里，他想起他过去受地主王修文的剥削，他的眼圈发红了，旁边的人也在擦泪。再过去是地主的大斗大秤和揭钱文书、放债的账，账上按着手印，贴有印花。说明员放大嗓子给观众一件件解说：“贫农郭大蛮借城内地主王爱保大洋一百元，人家逼他先交杂利三十元，当下没法，把自己一头[红][驴]给了人家。”庄则王老汉说：“过去老财是捉住你前腿才敢放你后腿。”正墙上贴着张小三翻身的连环画。当人们看见张小三被地主李玉贵剥削压迫的场面时，都指指点点地骂着。看到最后张小三在民主政府下揭了石板，全家过年吃上好饭，挂着毛主席的像，群众都一个个喜笑颜开。一个脱了牙的老太婆指着说：“小三！你在毛主席教养下好好干吧！”墙那边挂着群众获得的果实和参军保卫好时光的统计图表，西院里陈列着八路军在爱国自卫战争中缴获的武器。说明员向群众指画着说：“我们全县斗垮了地主三百六十三户，农民夺回土地两万八千八百三十五亩，青年参军八百九十人……”他一面这样解说一面问：“这日月好不好？”“好！”群众斩钉截铁地回答。“咱们好，蒋介石不叫咱们好，怎么办？”“咱们参军、参战，打狗日的老蒋！”

（1947年2月17日）

# 文化消息

晋冀鲁[豫]军区政治部，为开展部队文艺工作，加强思想领导，特将《联共（布）党中央委员会关于〈星〉与〈列宁格勒〉两杂志的法令》《联共中央书记日丹诺夫关于〈星〉及〈列宁格勒〉杂志所犯错误的报告》及苏联作家协会决议、《苏共中央关于戏剧上演节目的决议》、列宁《论党的组织和党的文学》等五个文件，汇辑成册出版。这五大文件，是部队宣教干部及一切文艺工作者的整风文件。

★★★★★★

太行二中学生，在春节组成劳军演剧队，赴分区直属队医院出演新编秧歌剧——《王贵与李香香》及其他小型剧，同时并组成慰问小组，到医院各重伤病员房内，给他们说快板、唱秧歌，甚得好评。

（1947年2月18日，《人民副刊》）

## 蒋区物价飞涨结果　平沪报业纷纷倒闭

【新华社延安十八日电】蒋管区物价飞涨，报业亦遭遇倒风袭击，虽官方或半官方报纸亦难幸免。据中央社连日消息报导：上海报纸已有六家停刊，除少数大报外，余皆处于风雨飘摇中。青岛有三家报纸歇业。北平《益世报》《北方日报》均缩减篇幅。太原大小报纸七家，为纸价飞涨而濒于危境，对开报每月订费虽提高至一万五千元，亦不足维持成本。广州报纸自十六日起缩减篇幅。此种原因为蒋管区通货恶性膨胀，物价飞涨，工商业在纷纷倒闭，以致广告收入减少，报社收支无法平衡；其次则为蒋政府统制外汇，限制白报纸进口。

（1947年2月20日）

## 金沟官庄文化大翻身

李西恚　徐军

金沟官庄，是山东莒南县一个一百六十户人家、七百四十一口人的村庄，在民主政府领导下，全庄文化大翻身。黑板报跟前，整日都拥挤着人。过去一年，为黑板报写稿的有四十多名，读报纸的有四十三人，而写信、路条等，几乎每个男女青年和儿童都会。回忆一下十年前国民党政府统治的情况，那时全庄只有十二三个富农地主子弟上私塾，三十岁以上的人共有五个人识字，而其中会算的才二人。当时曾发生过一件有趣的故事：一个不识字的农民董学文，过年贴对联，把“槽头兴旺”贴在自己睡觉的床头上，把“一家之主”贴到牛棚里了。现在，这个解放了的村庄，出了个“新状元”纪石福，他是莒南的青年学习模范，领着全庄人民走出饥饿贫穷的苦海，又对文化发生了强烈的要求，没有书，也没有固定的老师，碰到墙上的标语和报纸上的字就记，遇见识字的人就问，很快就识了四百多字。纪石福又到处宣传识字的好处，起先，他碰了不少人的钉子，人家回答是：“我学不学管你什么事？”可是，人担不住众语，树担不住百斧，终于识字小组建立了，掀起了全村苦学运动。每家门前都写着“生产学习结合好，文化要提高”，大街上写着“吃饭不忘学习，学习不忘生产”的标语。有些人推粪时，把字写在车把上，一边走，一边念；割庄稼时，把字在写在镰把下，写在自己的腿上；锄草时，纪石福把字写在肚皮上，一面锄，一面读；还有的人实行白天划地皮，晚上划肚皮的苦学方法。在青年男女的自学苦学热潮下，全庄人民的文化大大提高了，现在他们又提出了新的口号：把学习和文化提高一步，争取文化模范。

（1947 年 2 月 20 日）

# 文化消息

## 港粤文协号召写美军暴行

【新华社十六日电】上月二十五日上海《文汇报》讯：中华全国

文艺协会港粤分会发表抗议美军暴行声明，号召文艺作家选取抗议美军暴行的题材，以多样的文艺形式，写出在华美军所加于中国人民身上的苦难，传达出中国人民的仇恨情绪，唤起更广大的群众，为驱逐美军退出中国奋斗到底，并盼各地同胞供给该会材料。

## “文艺学院”在港成立

【新华社十六日电】中华全国文艺协会港粤分会在香港开办的文艺学院，已经开办了晨班及函授班。函授班招海外及国内学员各五十名，课程分上下两学期。上学期偏重于一般课程，如文学概论、新文学运动等；下学期为专门进修，如各国文学及作家研究、专题讨论等。讲师聘有冯乃超、黄药眠、章泯、周而复等。

## 上海文艺界纪念普式庚

【新华社十四日电】本月十日是俄国大诗人普式庚逝世一百一十周年纪念，文协及中苏文协等八团体，在下午举行纪念会。由颜惠庆任主席，郭沫若、曹靖华、罗果夫演讲，并由中苏两国文学家朗诵诗及提琴演奏等节目。

（1947年2月20日，《人民副刊》）



# 边区有哪些报纸？

葵

我们边区除了各专、县、区及各部队纵队、旅、团有其专门的小型报纸外，较大的报纸共有十二个。属于全边区性的，有晋冀鲁豫中央局的机关报《人民日报》，铅印对开，现为隔日两版隔日四版；晋冀鲁豫军区政治部编的《人民画报》，过去为十六开本，现改为四开单张，在冀鲁豫前线出刊。属于各战略区的有太行区党委的机关报《新华日报太行版》，铅印四开隔日刊；太岳区党委机关报《新华日报太岳版》，铅印四开隔日刊；冀南区党委机关报《冀南日报》，铅印四开日刊；冀鲁豫区党委机关报《冀鲁豫日报》，铅印对开两版日刊。部队报则有太岳军区的《晓光报》，冀南军区的《团结报》，冀鲁豫军区的《战友报》。另外还有各战略区武委会的民兵报纸，太行有《太行民兵》，太岳有《太岳民兵》，冀南有《冀南民兵》。上述部队报及民兵报，皆为铅印四开不定期刊。

（1947 年 2 月 20 日，《人民副刊》）

# 《新华日报》昆明办事处竟被蒋政府非法封闭

【新华社延安二十二日电】路透社南京消息：中共发言人王炳南昨日宣称，重庆《新华日报》昆明办事处于十九日被国民党当局非法封闭。王炳南称：封闭是借口该报登载了云南民变的消息。王氏还称：此等消息最先登载于天津《大公报》上。据另息，一般人士认为此事正发生于蒋介石阴谋以种种手段扣押中共驻京、沪、渝三处联络人员之际，颇堪注意。

（1947 年 2 月 24 日）

# 书报评介

## ——《文艺杂志》二卷六期

波

《文艺杂志》二卷六期出版了，该刊于去年创刊，至今已整整一年。这一年，它的成绩是很大的，以文艺形式服务了实际斗争，吸收与团结了大批文艺写作者的执导，并鼓励与培养了不少实际工作干部动手创作，开辟了群众性文艺运动的基础。而且，它实践了与继续实践为工农兵服务的总目标，有不少作品，紧紧抓住了人民的战斗、人民的翻身等主题，现实性的强烈，是它一贯保持的特色。

像人民战士不断努力改进自己杀敌技术一样，《文艺杂志》也不断在改进中。二卷六期可能给读者最大的印象：作品都相当整齐，且有不少是生动地反映了现实。从中让我们深切感到，不应单单看成一本杂志，应该看成：它是一本控诉书，是一本人民英雄的赞美诗。大恶霸蒋介石所给予人民的是无尽的痛苦和悲愁，过去是如此，现在还是如此。《永远挂在我心上的肉》（润苍）、《爸爸回来了》（林干柴）、《猎人之母》（柯岗）、《逃难者》（舒天巩）等都是不只是凄惨的故事和诗篇，而是对大恶霸蒋介石的强烈控诉，充溢了高度的憎恨，这种憎恨可以激发战斗者的意志。

懂得憎恨，才更懂得爱。《暂别沁河》（棘木）、《小民兵》（李紫）、《前线英雄故事》（炳如写）、《打断了胳膊还是求上火线》（村田写）等，描绘了人民英雄不屈的性格，就是从对大恶霸蒋介石的憎恨和对自己生活的爱、土地的爱、父母妻子的爱，自觉成长起来的。这些作品生动地描绘与记录了这样的英雄人物，这是《文艺杂志》的现实性与战斗性更加增强的表现。

《文艺杂志》今后努力的方面，像“该刊一年回顾”所说，它将来：一、采取直接为工农兵服务的方法，努力多写点老百姓能懂能读的文字；二、展开研究批评，并大胆地写，大胆地发挥创造性。该刊显然已开始注意开辟这一门径，几篇诗都能做到通俗易懂，如《猎人之母》即为较好之作。在剧作方面，佛量的《剧话》，是从几个剧本（《李自成》与《保卫好时光》等）实际的分析出发而又贯穿了理论指导，有不少精辟的见解。《文艺杂志》的这些努力，对太行文艺运动的发展，会有很大的好处。

（1947 年 2 月 26 日，《人民副刊》）

# 先锋剧团在前线

吕呐

先锋剧团于一月十六号出发到前方，适当旧历年关部队休整，随即赴各旅演出《白毛女》。演出前先到部队里收集英雄事迹、模范材料，编成快板、歌子拿到舞台上演唱，颇受部队同志欢迎，尤以在“五台”部出演，收效最好。该团到达他们住地，当晚即找宣教干部谈英雄材料，连夜写好，次日晚即演唱了三个歌子一个快板，观者都惊喜地说：“呀，他们昨天下午才到，一天的工夫就把咱们的英雄编成歌和快板了……”现该团计先后写出□敌英雄的歌子《丁秋秋》《张祥顺》《牛邦范》《庞保顺》，快板《杀敌英雄工作模范的丁秋秋》《杀敌英雄李洪喜》《模范的十一连》等，长短通讯五篇，并已开始写真人真事的小型歌剧。

（1947 年 3 月 1 日，《人民副刊》）

# 邯郸市民欢迎《老百姓画报》

赵寒

邯郸市民众教育馆去秋以来出刊的《老百姓画报》，因为紧密地配合了全市各种中心工作，深得群众好评。去年紧急备战时，发现该市干河沟特务李清心暗杀村干部，造谣“变天”，破坏备战等情况后，该报即马上搜集材料，画成连环画出刊，对群运及备战工作给了很大推动。现在春天快到，全市掀起卫生扫除运动，该报康瑶琳同志等，根据事实制出各种批评与表扬的画，更受群众欢迎。

（1947 年 3 月 1 日，《人民副刊》）

# 山东开办新闻干部学校

【新华社电】山东华东新闻干部学校，即将开学。该校设编采、出版、电务三科，专门培养为人民新闻服务的人才。校长为恽逸群，副校长包子静。

（1947 年 3 月 1 日，《人民副刊》）

# 永兴局第一厂向全区印刷厂挑战

【本报讯】永兴印刷局第一厂，贯彻与提高去年第一次支援前线运动的成果，提出“增加生产，提高质量，厉行节约，改造思想”，号召发动第二次“支运”。根据全厂职工计划，订出具体增产节约标准，并以此条件向军工一分厂应战，同时向全边区印刷厂发起挑战：

（一）增产方面。每月保证排出一百一十万字（过去平均每月九十五万），全厂平均每人每月加一个义务工。二十人以上的部门每月不超过两个人请事假。要培养出四个熟练的拼杂志版、六个拼书版的练习生；今年刚来者，在运动期内学会归各式材料和排简单稿；四个能刻题目字和五号字的练习生；四个熟悉全部打浇的练习生。限期紧活，只准提前完成。（二）提高质量。版式讲究美观，消灭模糊题目字，拣出高低字，每七万字不超过十个错字。技术工人打的纸型起码一张用二次，半年前来的练习生十分之七做到一用二。铅版字划清楚，以便保证印刷精美。（三）节约方面。贯彻去年“支运”中已有的节约制度，材料订定耗用标准，实行分红分黑制。用品规定使用期，并做到以旧换新不掉一个铅字。（四）改造思想方面。三分之一的参加政治课，在每次时局转变关头，全厂人员（包括炊事员等）分组讨论时事，成立时事骨干小组。看不懂报的人组织一个读报组，每天识一至五个字与一小时文化学习。定期出版《职工生活》，进行劳动纪律教育。（五）保证上列四点完成，实行个人登记、质量检查与退工制，进行分组生产，人与人、组与组进行立功竞赛。根据生产单位组织技术研究会，工人争取做“模范老母鸡”（教人好的），练习生发扬苦学自学精神；成立民选评判会、工人会，发扬集体领导。分别进行一周或半月一次的漫谈式检讨会，一月一次从检查个人计划作为基础的全厂团结。每个干部起码要帮助一个工友进步，并注意卫生，防止疾病。在现有基础上改善伙食，多吃花样。活跃广播台，随时表扬模范。

（1947 年 3 月 6 日）

## 华北新华书店研究改进发行

【本报讯】华北新华书店发行科顷举行科务会议，确定扩大发行工作，使各地干部有书可读。具体办法如下：(一) 扶持各县文化合作社，使能担任一县的文化教育工作。(二) 没有文化合作社的县份，当派专人协助建立，以出版物能发行到每个县为起码标准。(三) 除批发股和各地建立代售关系外，发行科应建立邮购组织，扩大邮购读者并留存一部书籍，以便远地读者随时购买。(四) 出版物以干部为主要对象，进行合理分配，使县级以上干部都有书可读。此外，他们现已克服了过去各分店以经营文具来完成生产任务而影响发行的缺点，提出经营文具常为书店的政治任务之一，保证供应读者需要，规定文具盈利全部归总店，分店生活费按供给制同总店报销(过去由文具生产中报销)。

(1947 年 3 月 6 日)

# 邯郸广播电台启事

本台创建迄今，半载有余，承各方协助，感荷实深。目前全国自卫战争日益接近胜利，广播工作更需加强，为此要求各界予以多方协助，经常提示意见，俾得改进工作，发扬宣传战线上的更大作用。本台编辑部现需各种书籍杂志、报纸以及各种稿件材料，敬希党政军民各界：机关、部队、团体、学校、报社、通讯社、书店帮助搜集与投寄图书杂志。如需代价，请予注明。稿件材料等一经采用，当致稿酬。来件请寄人民日报转本台编辑部收。

(1947 年 3 月 7 日)

# 黎城联合办公室介绍

杨克虹

黎城办公室是在党政一元化领导下，为了统一使用力量提高工作效率的要求建立的。办公室组织以县政府办公室为基础，各系统抽出专人，组织一揽子形式的联合办公室。自前年三月底组成以后，成为领导上的有力助手。联合办公室的任务，是组织中心工作的调查研究，整理总结材料，掌握县里小报，组织报导，反映和指导实际工作。

我们联合办公室共五个同志，经常有四个同志在村里亲自参加一个村的实际工作。这些村都是能带领与示范全县的典型村，办公室把他作为联系村，经常了解群众思想与工作情况，配合区村干部在实际运动中创造经验，发现问题，提供领导上研究掌握情况，指导运动。例如前年春耕还没有开始，办公室即调查了一下霞庄村的群众各阶层思想与春耕准备情形，访问了群众如何做到超过已往任何一年的大生产运动，劳动英雄王逢岐和富农王宣德都说："不种棉花、金皇后，不开展纺织，就很难做到耕三余一。"群众这种实际体验，经过办公室集中起来研究以后，反映给县的领导同志，作为在确定领导方针与路线时的根据。去年执行中央局耕者有其田的填补指示中，办公室配合区里负责干部调查了三个类型（先进、一般、落后）十一个村运动贯彻情形，发现西井、东阳关等村的封建地主还保有相当土地，奸霸地主的剥削压榨群众还相当厉害。东阳关全村四百九十八户，还有地不够种的贫农八一八户，无地种的赤贫三十八户，打破了黎城老区差不多的思想（当然黎城减租基本上是彻底的）。在东阳关、东崖底两村试验生产与查减结合的办法，以便创造经验，指导当前实际运动顺利进行。

办公室同志在指导中心工作方式上，除在自己固定联系的村子，深入了解典型材料，帮助县委研究典型经验外，有关于县区干部及区村各个组织系统定期或不定期的工作汇报，或有关工作方面的信件，在负责同志看过后，都及时的转交联合办公室，以使办公室同志经常了解全面情况；对每个运动中全面性的典型材料，办公室即把它整理编印通报，给以批评和表扬，并通过小报及时交流经验。办公室的工作，能获得成绩，主要是决定于县里的统一领导。黎城的统一领导，自上而下的干部，是从思想上解决了问题的。对一些专门问题及经验是指定专人去搜集的，但是对有关全面性的调查任务是以办公室为主，临时组织力量完成的。另外，在县委开研究中心工作会议以及区长分书联席会议时，办公室同志都有机会参加，以增强对实际情况的了解，提高办公室同志分析批判问题的能力。经验证明，办公室工作搞好，不但是起了领导上的助手作用，同时提高了干部工作能力。

办公室编印小报，一方面指导了全县的中心工作，另一方面又保存了材料。在指导中心工作方面，它是不定期而且也不拘形式，下边实际工作做甚，我们就登载甚，有些专门典型经验，就以通报形式印出去。如春耕时，我们一天可收到二十七件稿子，根据下边写来的稿件，我们了解了实际工作的发展情况。

县里过去是联合办公室领导区村通讯工作，去年春县里整顿通讯组织时，又以联合办公室为基础，组成通讯委员会，县委宣传部及县府教育科长都参加了，加强了对通讯工作的领导。区里组织了中心通讯小组，村里边的通讯小组，是以小学教员为骨干，结合村干部研究以后，由小学教员执笔。有的村里把写通讯读报黑板报结合起来，如北流逄十干部就学习一次，研究一次工作，把前十天的工作情况报导一次。这样在提高干部推动工作上，都起了很大作用。

（1947年3月12日）

# 发扬黎城通讯工作经验　开展群众性的通讯运动

黎城在通讯工作上给我们提供了系统而完整的健全通讯小组培养通讯骨干的经验。发扬这些经验，把它推广到全区，将会开展一个热火朝天的群众性的通讯运动。

我们在通讯工作上的两个基本口号是："做什么、写什么"与"大家事、大家写"。就是说报纸——通讯要与实际工作结合，反映实际从而指导实际。自己做的事，自己创造的经验由自己写出，将会特别亲切、具体与切合实际，因而指导作用会更大。事情是大家做的，报纸要想反映解放区各种工作与各个角落，就必须参加这些工作的人都动起手来，才能开展一个群众性的通讯运动。

黎城通讯工作所以取得具有一百四十四个通讯组、八百一十七个通讯员，经常反映全县工作动态与工作经验的伟大成绩，除了全体通讯员真正认识了通讯工作可以推动自己的工作，提高自己的总结、分析能力和政治、文化水平外，负责同志认识开展通讯工作的重要，亲自动手并认真推动也是重要原因之一。县委经常利用工作会议教育干部，组织写稿，给予一定的写作时间及取得材料的便利，遂使全县通讯工作蓬勃开展起来，做到了通讯骨干与广大通讯员的结合。而且，在组织上，奠定了村通讯小组与区中心小组、县通讯委员会健全的基础。最值得宝贵的，黎城各级通讯组织，都能起一定的作用，太行《新华日报》每月收到黎城稿件一般都比他县为多。在这中间，黎城办公室在通讯工作中所起的骨干作用，值得我们予以足够的注意。它在工作上是个调查研究机关，是领导同志的得力助手。但它是县通讯委员会中的骨干，联系与推动了区村通讯组，并在作典型系统的报导中，成绩卓著。希各比都能研究这一经验，把通讯运动认真开展起来。

（1947 年 3 月 12 日）

# 新教育社启事

一、本刊第二卷第五期因编者参与别种重要工作而误期，现已开始整编，不久即行付印。

二、现因稿多人少，□难一一发表及复函，深望投稿诸同志体谅。今后本社当努力改进之。

三、以后来函、稿件，请寄“晋冀鲁豫邮政总局转新教育社”，邮购函、款请径寄“武安阳邑裕民印刷厂”是盼！

二月廿七日

新教育社谨启

（1947 年 3 月 13 日）

# 苏联文化消息

## “苏联青年作家联盟”开大会

【塔斯社电】莫斯科现正举行青年作家联盟会议，由少共中央委员会书记尼可拉·梯海洛夫主持开幕礼。苏联作家联盟秘书长亚历山大·法捷耶夫报告《苏联文学与艺术的观念原则》。会议的计划是审查有天才的青年作家的作品。一切与会者之实际作品，将全在分组会议上讨论，最好的小说、故事、诗歌和戏剧，将由苏联作家联盟推荐出版。

## 书籍出版倍增

苏联国家经济发展的新五年计划中，准备大大地扩展印刷工业。苏联国家出版公司协会将大量增加小说、科学、技术及农业著作的出版。建设新印刷公司的计划已经拟好了。将在乌蓝拉托夫设立的印刷公司，每年将出版书籍七千五百万册，其出版之多等于一九四六年加入协会的一切出版公司出版的数量。一九四七年要出版的书籍，将要是一九四六年的两倍。

## 欧美出版大批苏联作品

【新华社电】据苏联作家协会外文部副主席亚历山大日前报告，过去五年中，在欧美出版的苏联文学作品，计达一千二百部。一九四五年在英国出版了的苏联作品，几与二十年来在英国出版的苏联作品总数相等。西蒙诺夫描写斯大林格勒之战的《日日夜夜》一书，在美销行五十万册。

（1947 年 3 月 13 日，《人民副刊》）

# 邯郸广播电台深受全国赞扬

定出奋斗目标再提高一步

【本报讯】在万难中诞生，成为全国人民号角之一的邯郸广播电台，已获得全国人士的好评。平、津、京、沪、昆明等地的听众，纷纷致函赞扬："邯郸广播电台很好，声音很清晰。"现该台人员为了更提高一步，经过深入讨论，已定出上半年的奋斗目标。首先要争取宣传上的主动，有计划有组织地报导，达到这一目标的步骤是充实人力，健全组织，使通联、编辑、资料、图书、文艺等各部门，迅速建立起来。要做到节目多样丰富，新闻及时，词句要尽量口语化，简短明快，播音时咬字清楚，口齿流利，抑扬顿挫，充满感情，并播送戏剧、故事、歌曲等小型节目。该台“三八”妇女节的广播，开始做到了更加充实、生动和活泼。在各机关衷心关怀与多力帮助之下，全台人员，正为提早完成并超过他们的战斗目标而努力。

（1947 年 3 月 14 日）

# 阳谷张岱庄分完田　农民作诗庆翻身

【本报冀鲁豫十日电】阳谷张岱庄分完了地以后，全村老少喜成一片，三五一堆地纷纷谈论翻身：“我分的那三亩地种谷子可好哩！”“看我那三亩，种麦收不了一石也收八斗。”王存兴更是高兴，原有三亩地，这次靠着他的地又分给他三亩，他到处夸：“咱添地不离边，用金豆子也买不到啊。”翻身模范贾瑞亭在分到地以后，清早起来没吃饭便跑到村西头去看那块才回家的地，心眼里说不出的痛快。他接着就计划：今年种上三亩高粱，二亩谷，还得点上些金瓜。他想到他的过去，汉奸在时，因为拿不起款，伪乡长张信之把他押到城里，又把他的五亩地霸占了。最近斗张信之时，他积极提了意见。他向记者说：“我的五亩地又盼回来啦，气也出啦，就算今天得病死了，俺贾瑞亭也值得啦。”全村得到地的农民都热烈感谢共产党，已经买了三尺红绸子做成一个匾，送给阳谷中共县委会。贾瑞亭小时念过几天书，他品味了四天的工夫，想出来两首诗写到匾上：“自己得种自己田，□出力气心也甘。粒粒粮食归自己，早起晚睡心欢喜。”“娘生俺，爹养俺，地主恶霸欺负俺，共产党领导的俺把身翻，打垮蒋介石，晴天万万年。”

（1947年3月14日）

## 为群众文化事业服务　潞城文化合作社立功

常江河

【本报潞城讯】潞城文化合作社，组织群众生产揆文具课本解决购买困难问题，并积极结合群众生产娱乐开展宣传教育，年来成绩很大，太行行署特通报表扬。该社成立于去年一月份，一年来在他们积极主动努力和县领导上的关心与具体帮助下，成绩显著。他们原仅接受教育科课本发行股资金二万五千元，但他们又发动文化界入股，吸收群众资金，现股金已增至二百零一万八千二百七五元。发行上，他们想尽办法直接送到读者手里。农忙时，两个分社各派一个营业员挑担子下乡把文具课本送到学校。为解决群众购买困难，又发动群众积麻头、编草帽，以货交换，既增加了群众生产，又解决了自己纸厂、草帽庄的原料问题。一年来共造纸三万四千五百张，印出课本五万二千二百本，使太行区几年未解决的课本问题首先在潞城求得圆满解决。他们并积极参加社会活动，适应群众要求，印出各种适应群众需要的画报剧本等。元宵节他们利用休假集体创作谜语小调结合拥军大会，组织文艺乐团，在夜间发动群众打灯谜，观众拥挤每夜达四百余人。这种新型的文化合作社，是我们文教战线上的新创造。太行行署除通报表扬奖予一万元鼓励其功上加功外，并号召各地文化合作社学习他们虚心研究、改进创作的为人民服务精神，开展文化合作社为人民立功运动。

（1947年3月15日）

# 要用智慧作战

## ——介绍《恐惧与无畏》第二部

刘备耕

苏联别克著的《恐惧与无畏》第一部，着重表现红军怎样建军治军，而它的第二部，则是描写潘菲洛夫部队在保卫莫斯科战争中怎样打仗，明确地生动地说明一个非常重要的思想，这就是“要用智慧作战”。

一九四一年秋天，希特勒的军队逼近莫斯科，潘菲洛夫师团担负了关系于全人类命运的任务：以少数兵力在莫斯科西面抵挡住敌人，一直抵挡到援军开到；要争取时间，要夺取敌人的时间。潘菲洛夫师团从不间断的作战中，完成了这个任务，把希特勒侵占莫斯科的企图打得粉碎。这本书透过巴武尔章的一个营，告诉我们潘菲洛夫师团是怎样打仗的。

“要用智慧作战”是潘菲洛夫喜欢说的话，他教导他的干部：“指挥官的主要责任、主要事情就是再三思索。”

潘菲洛夫视察警戒线，问挖交通壕的战士：“你们用什么挖呢？”他觉得只会用铁锹挖是不够的，因此潘菲洛夫教导战士：“要用脑筋去挖。你们要去挖假阵地，要用计策，要欺骗敌人。”他对岗兵也是这样说：“当兵士的总要好好地想，兵士要用脑筋打仗。”

有两个不同的例子帮助我们了解：勇敢要同智慧结合，胜利要在战斗前准备。一次巴武尔章为了布置一个伏击，费尽了心机，反复研究敌我双方的情况，想得连饭都不愿吃了，结果公路上第一次战斗，敌人遭受了严重的火力杀伤，顿斯基排打死了一百来个希特勒官兵。第二天，巴武尔章没有设想到敌人上一次当是会学一次乖的，他命令布鲁得内排采取同昨天一样的打法，因而布鲁得内排被敌人打跑了。

这样，巴武尔章才体会到这是由于自己在战前“思考少了”造成的过失。

用什么思想作战呢？潘菲洛夫反对被动的单纯防御的挨打战术，主张采用积极、主动、灵活的进攻战术。一营人要担任八公里长的防御，巴武尔章感到没有把握，万不得已时只好与阵地共存亡。潘菲洛夫告诉他不要急着去死，而要学习打仗，要采取先发制人的手段，实行进攻，必要时应该把战士从战壕里调出来打仗，主要的是守住道路，不必死守住战壕。这种思想支持了巴武尔章，使他在极端困难的情况下，防线被突破，与团部失掉联系，敌人兵力比自己多，他并不想怎样逃脱斗争，而是利用一切可能，寻找敌人弱点打击他，只有积极的出击，才完成了争取时间的任务，也才能使全营打回瓦洛科拉木斯克与主力会师。

在战时又该怎样爱护兵士呢？潘菲洛夫说：“决不能叫步兵挺胸作战，要爱护兵士，不是空话来爱护，而是用动作，用火力爱护。”换一个说法就是：一个指挥员，在打仗时，要会用思想，要会组织和发扬自己的火力，给敌人严重杀伤，使自己的伤亡减少到最低限度。做到这些，战士必定信服你。巴武尔章的队伍，最后可师团部会合的进行中，德寇的卡车不断地在公路上奔驶，地形不利于巴武尔章，他们必须通过有一公里宽的平地，部队的长期作战行军得不到休息，炮弹几乎打光了，子弹也不多，伤兵、车辆和大炮等又需照顾。在这样不利条件下，巴武尔章没有慌张，而能用自己的思想决定把七百余支步枪组织起来，以排射打得敌人头都不敢抬起来，卡车也被打得乱跑，于是全营人马车炮通过公路，一直走到瓦洛科拉木斯克。

潘菲洛夫善于总结实际战争经验，并以此来提高部队的战术素养。他对巴武尔章说：“我的军队，就是我的研究院。这话也是对你说的，你的一营人，就是你的研究院。”

《恐惧与无畏》，可以看作一本活的“战斗条令”，但从它具有丰满的思想内容和活泼的艺术手法来看，又是一部优秀的写实的军事小说。它对我们前线部队的教育意义极大。我们已经从第一部中学到了如何教育部队，如何训练部队，这些方法并且在实际战斗里已证实了它的力量。它的第二部将要帮助我们指挥艺术的更加提高。

（1947 年 3 月 16 日，《人民副刊》）

# 振奋士气迎接胜利　前线展开歌咏运动

【本报冀鲁豫十六日电】为振奋士气，迎接胜利，我前线各部队正热烈展开歌咏运动。某部在号召广泛开展歌咏指示中指出：雄壮的歌声能鼓励我军士气，歌词又是很好的政治教材，能把我军为什么而战、我军军民关系、官兵关系、战斗作风等优良传统简明扼要教导部队。因此我们要创作适合当前要求的军歌，让部队中普遍唱起来。现该部已开始练习，并赶印《人民解放军歌集》第一集，普遍征集稿子。又张副政委对唱歌运动极表关心，他认为歌唱就是表现士气。以前中国红军经常唱着非常雄壮的适合当前任务、情况的歌子。歌子很快地反映现实，常常敌我对峙山头，我们是歌声嘹亮，士气昂扬；敌人死气沉沉，士气不振，给敌人精神上很大威胁。他谈到唱小调问题，认为小调是农民的，刚参加部队的农民自然喜欢小调。但在部队里，他们的生活也改变了，小调不能表现部队的生活内容了。因此部队中一定要唱雄壮的军歌，不能唱小调，这是在精神上进一步和军事生活的结合。

（1947 年 3 月 18 日）

# 新大众社发出第五批劳军书

【本报讯】三月一日，新大众社配合各地的立功运动，发出第五批劳军书，计发给冀鲁豫前线及太岳太行冀南野战兵团、地方部队与寿阳、兴县、焦作等县独立营、武工队、游击队、民兵队，共七千六百十四本。此外特别慰劳了比较出色的冀南平原爆炸英雄寇明珍及其领导下的爆炸队，太谷杀敌英雄贾毛猴及他领导的民兵，太岳晋南游击大队赵川支队，尚清福飞行爆炸队，高辉达战斗队，平遥常则村、洪洞阴底村的民兵，霍县四区游击队等。

书的种类有：《宁死不屈》《人民是不朽的》《爱与恨》《铁流》《独子》及大量的苏联红军英勇故事，及本区新出的《福贵》与最近《新大众》等十余种。

（1947 年 3 月 18 日）

# 沁阳游击区的报纸发行工作

程庆丰

敌人去年十一月十四日侵占了沁阳城以后，邮局同志撤退，沁河以南的人们啥也不知道了。随着敌后游击战争的开展，邮局同志到沁河南开展报纸发行工作。当报纸送到读者手里，读者真是高兴极了。这时正是十一月廿五六日，报纸的预订期间过去了，原来的发行组织也垮了。这样邮局同志便和区公所借了部分款，把报纸订下。报纸送到读者手里，他们十分感激，报费当然照数交给邮局。这样发展之下，第二个月就照常订起报来。虽是地区缩小，环境改变，但是报纸的份数却增加了。就以太行《新华日报》来讲，十一月份一百六十五份，十二月一百廿份，今年一月份后一百八十五份。《人民日报》由四十五份增到五十七份。他们共发三种报纸（《新华日报》《人民日报》《新生报》）共是二百三十八份。游击区和巩固区一同算上也不过七十几个自然村，每个村子差不多平均到四份报纸，对象是军队、政权、商人等等。乡村邮站、邮政代办所也重新建立，发行的基础巩固了。

沁阳邮局如何能收到这样的成绩呢？首先在张局长的领导之下，发行人员为党报发行，为群众服务思想上很明确，并且有充分的信心，他们体会到群众对党报的爱戴。在邮局住的村子，如果老乡们知道他们是发行报纸时，就有不少的人来找报纸看，来问胜利消息。他们这样地问："现在打得怎样了？""什么时候打沁阳城？"邮局同志也帮助村里工作，常见干部在看报纸，找翻身的例子或是分配果实的办法。××村的老乡要演剧，没有剧本，找邮局同志想办法。后来在《人民日报》的副刊上找到了一些快板和故事，老乡们很高兴，并笑着说："只当报纸光登消息，谁知道还有这些事，真好，咱们也订几份。"义务教员说："不看报纸，上课就没讲的了。"这样许许多多的事实，邮局的同志知道报纸为群众所需要，就更积极地想尽办法把报纸送到读者手里。

再者，他们有很好的发行组织，第一步在中心的村子或是集镇的地方，设立有报纸代订所，便利群众订阅，并给予百分之十的手续费，这样代办所订报、转报就更负责。第二步是建立乡村邮站，每个站组织有二十几个人，轮着送报、邮件、公文等，比以前的捎报是要保险，减少了遗失和积压的现象。时间当然很快，太行《新华日报》第七天全县都能看到。

再者在手续上是严格的，送报纸一定要有登记簿，从来没有遗失过一份报纸。

如果你的地址转移，只要你通知邮局，就能将报纸转给。他们又采取由外而内的取报办法，过去是博爱送沁阳，现在是沁阳到博爱拿。沿站并能将报纸推发，这样亦不怕地址找不见。

最主要一点，他们是依靠群众，党政军联系密切。乡村邮站、代订所，都是利用群众组织，依靠武装。

（1947年3月23日）

# 文化消息

## 敌后的人民报纸

【新华社华中电】坚持苏中蒋占区后方的二十二家人民报纸在艰苦的反“清剿”环境中照常出版。这些报纸的名称是：《江海导报》《江海新闻》《人民报》《如东大众》《南通大众》《海启大众》及其他十几个县的县报，大部均为铅印，其中《江海导报》为日刊，铅印四开两版，发行八千余份。全体报纸工作人员在反“清剿”中坚持工作。上月蒋军“清剿”如（皋）东时，《如东大众》报工作人员白天分散办公，晚间印发。蒋军一来，即随同当地民兵行动，并把我军的胜利消息向群众宣传。蒋军一度封锁栟（茶）丰（匍）线，该报即分成路北路南两处，同时出版。处于水网地带的紫石大众报社同样在蒋军许多路穿梭式“扫荡”中将办公处与印刷厂分散，辗转坚持出版铅印报。蒋军全面“清剿”如（皋）南（通）海（门）启（东）地区时，江海导报社全体工友并组织了武装工作队，保护着工厂、报社，与敌人进行纠缠斗争。各报消息来源，依靠广大干部群众，《如东大众》报即拥有工农通讯员五千余人。他们利用战斗空隙，放下枪杆拿起笔杆，报导各种斗争动态，使报纸越加与实际斗争密切结合，威信日高。

## 东北自制影片成功

【新华社东北电】中国解放区首部自制影片、东北制片厂摄制之《追悼李兆麟将军》及《活捉谢文东》两部新闻纪录片，已于哈尔滨市电影院公演。据该厂厂长袁牧之谈，反映农民翻身、延安生活、抗暴运动等片也将于短期内制竣。该厂并已派编导、演员及其他工作人员深入农村，参加实际工作，闻不久将摄制群众生活影片。

（1947 年 3 月 25 日，《人民副刊》）

# 太行定于今秋开二届文教会

【本报太行二十五日电】太行文化教育界为更好服务于自卫战争与翻身及大生产运动，决于今秋召开第二届文教大会，以总结与交流一届大会以来的成就与经验。大会筹委会已于日前成立。决定大会内容包括：学校教育、社教、文艺创作、卫生育婴、宣传鼓动工作、读报通讯、民兵自学。一切文教工作者包括教员、作家、医生、保母、歌手、板人、演员、文教干部等的集体与个人经群众选拔之代表与模范均可与会。筹委会已发出第一号通知，号召全区文化、教育、卫生工作者紧张工作以迎接大会。

（1947 年 3 月 28 日）

# 新华书店设流动书店

一山

【本报讯】华北新华书店为扩大读者群，利用××、××骡马大会，派人担去书籍文具开设流动书店，得到群众热烈欢迎。翻身农民争购通俗读物，儿童们买课本、纸笔等，总计两次售出十万余元的书籍。最近该店正准备参加涉县××骡马大会，特为流动书店制备粗布棚，画广告画。该店今后将继续以流动书店方式推销书志，将出版的新书迅速送到读者手里。

（1947年3月28日）

# 边区文联调整阵容开展群众文艺运动

【本报讯】边区文联最近讨论工作方针，确定大力开展边区群众文艺运动，并在群众文艺运动的基础上，提高自己的工作。拟经常派遣干部赴各地调查研究，了解某些农村剧团的工作及活动，发动典型，集中表扬，并帮助其提高；研究边区各地出版的文艺读物，加强介绍批评，以提高创造热情。干部经常下乡，到实际工作中学习，锻炼与提高自己，为创作准备。除继续编刊《北方杂志》外，并将编选文艺和其他丛书。为实现这些方针，文联内部阵容亦有新的调整，决分设编辑与研究两部，原组织部并入研究部中，研究部下设资料室、创作组、美术组及通讯联络股。现文联除留少数音乐、戏剧工作者继续在北大文艺研究室帮助工作外，大部干部已集中边区机关驻地。研究部夏青等同志已赴襄垣、武乡、左权一带调查群众文艺活动。曾克、葛洛等同志已赴冀鲁豫前线工作。

【又讯】边区文联亦展开生产节约运动，许多同志已开始纺花，并进行农业生产。预计全年除完成生产任务外，并节约小米四千余斤，经常费二十四万元。

（1947年3月28日）

## 前方需要什么样的文化食粮？

郭竞仁

某纵队一般干部对时事文摘时文特辑很感兴趣，时文特辑中许多材料大部分是蒋管区民主人士的言论，他们骂国民党蒋介石骂得理直气壮，他们叙述了我们根据地很多看不到听不到的事情。他们写的文章是各种形式的论文、通讯、诗歌、打油诗、短评等，而这些却是我们解放区文坛上所缺乏的，所以适合干部口味，又大大提高其胜利信心。关于小说以《恐惧与无畏》最受干部欢迎，《人民是不朽的》次之。关于《恐惧与无畏》，纵队党委曾作了决定，号召干部必读。记得我们去二三部队帮助工作的时候，雷首长在干部会上强调提出学习这本文件，各团党委也都下达了这个决定。六七部队一营副政委李克同志读了之后，再去排以上干部中去集体读。三营营长王得胜同志对我说："我已读了一遍，还要看两遍。"……由于部队中许多干部的要求，并使一般战士都能明了这本书的内容与意义，平原剧团有的同志现正想试验把《恐惧与无畏》编成剧本演出。

为什么《恐惧与无畏》这样在部队中受到欢迎呢？有两个最主要的原因：一、部队正在严整纪律，这本书中在这方面的内容对我们部队有很大的教育意义。二、书中所写的红军部队，是一个新部队，十三个月之后竟变成主力，这一点与我们部队的现状有些相同，我们部队的新成分很多，干部发愁的是："打起仗来新兵怎么往上带呢？"读了这本书后，大大增强了他们在这方面的信心。因此我建议继续多翻印这样的小说，给部队更多的供给对于工作战斗有帮助的文化食粮。

（1947年3月28日）

# 前线的图画宣传

齐语

冀鲁豫前线野战政治部宣传部人民画报社，印制各种彩色画片及毛主席肖像，分赠前方指战员。第一幅为毛主席美术照像，分一寸及二寸两种，在彩色花纹上面并印有为人民服务、戒骄戒躁、再接再厉、同心同德奋斗到底及坚定的政治方向、艰苦的工作作风、灵活的战略战术等毛主席的名言。第一批一千二百份已于三月十七日发出。第二种为明信片。第三种为木刻彩色画片。画片的第一幅画着三位骑马的英雄，下面写着："太阳红来花更红，互助立功当英雄，红马白马大花马，功上加功再加功。"第二幅画着战士攻城情形："炮打城头一片红，三人互助一条心，我投炸弹你打枪，掩护部队往上冲。"第三幅是："满天尘土满地草，打得敌人无处跑，你捉俘虏他缴枪，我来扛上迫击炮。"某部野战宣传部美术组艾炎等同志在部队整训期间，深入前线某部队，创刊《整训画报》，以墙报形式上连队上张贴展览，画报内容包括了整训英雄、伙夫及卫生员的活动速写，画面涂以彩色。他们并亲为战士们讲解。许多连排的干部因文化水平较差，不能看报，但对于描写士兵生活的彩色图画颇为欢迎，此类图书墙报之出刊，对于前线野战部队战士们的文化生活将大为提高。

（1947年3月28日）

## 太行第二专署文工团启事

本团现存有旧剧箱一付，除文武前场没有外，其余应有尽有，均是缎绣品。现决定廉价出售，如欲购者，希于四月初派人亲临本团看货议价，购者从速。

地址左权石匣村

（1947年3月30日）

## 豫北部队文化生活活跃　快板广泛流行

【本报讯】豫北前线任大卫同志报导：目前豫北部队文化生活甚形活跃。朗诵快板、读家信、写稿、画画、唱歌、看戏等，已成为战士生活中不可缺少的一部分。前线政治部先锋剧团在战役间隙轮回公演，演的都是战士剧，有《刘顺清》《军民互助》《苗秋年小炮班》等，后者是该团创作的本部队的秧歌广场剧，布景及演出都很战斗化。当《苗秋年小炮班》在“汉阳”部队演出时，并请小炮班全体战士本人出来介绍及摄影。战士王富喜说：“苗班长牺牲了，我在戏上还能见到他，真高兴！”董金保听到他班上了戏，高兴得跳起来说：“我没病了，回班去！”调到一班的郭贵子见戏中有他，向小炮班说：“我回去你们要不要？”新战士张文东在照相时对班长说：“一来就到光荣班，我保证不落后。”“福建”部队的同志看完戏赞扬他们演出有三大特点：一、白天演出，一天两场，既节约，又战斗化，不会因为晚上看戏睡迟了影响第二天练兵。二、可以三面看，人多些都能听见。三、人不等戏，戏等人。

快板成为战士文化活动中最广泛喜爱流行的一种形式。它不仅活跃了连队生活，而且也提高了战士的文化程度。“汉阳”队在治挤与练兵运动中，产生了大批优秀的快板作品，他们创造的能力是惊人的，你一句，他一句，七拼八凑就成了一个完整的东西。而这些快板的内容，又都是密切结合每一时期的任务，有的是歌颂工作中的成绩，有的是歌颂英雄与模范的事迹，还有的是歌颂胶一样的内部团结与军民团结，也有的批评不良的倾向。不仅流传在口头上，还见之于墙壁上门板上。

读家信亦成为战士文化生活之一，当某一个战士在朗读他家里刚寄来的信，读到分得翻身果实时，大家就报以热烈的鼓掌。他们都懂得今天进行的战争是爱国自卫战争，与自己的利益密切结合在一起的。家里得到斗争果实的来信，会更鼓舞起战士勇敢杀敌与保卫翻身果实的热情。

某团的各连队小报在四天大练兵中，接到战士来稿达一千七百七十四件。秦启忠、连文书、乔永秀办的《前进报》，已出到十期，《前进画报》亦出了两期。他参加了办报的全过程，从采访编辑，到复写，都是由他一手完成。他采访的方法是跟着战士一块练兵，边看边写，战士们见到他，做动作就特别有劲，大家都想上报。报一印出来，就争着看有没有自己的名字，纷纷议论报上事情。

（1947 年 3 月 30 日）

# 平顺武乡等县积极组织本报通讯网

冰

【本报讯】平顺县委会宣传部三月中旬成立党报通讯员报导委员会，组织领导一百七十七名通讯员为本报写稿。委员会任务为经常和本报联系，向各通讯小组传达本报报导方针，阅读修改或综合通讯员稿件并随时提出意见，总结成绩与经验等。该县通讯员除县级二十二名外，余均为各区（共六个区）负责干部及实际工作同志，包括区长、分书和高小校长等。他们不少是粗通文字的工农出身干部，有不少实际经验，大部分曾写过稿子，也有个别同志目前尚不会写，但对报导都很关心。七区妇会主席陈发先同志说："我不会写，我告给别人写。"据他们来信说：目前更有部分村级通讯网组成，若干村长、农会主任、民校教员开始向党报写稿。三月份以来，全县平均每天有两件稿子投寄本报。

【又讯】武乡县政府机关通讯员于本月十九日开会检讨通讯工作，当有李芳、程步鳌等八位同志报名成立本报通讯小组，提出每月每人至少写两篇稿子。大家说："给党报写稿是光荣的，登了要写，不登更要写。"会后，各同志都订一个稿簿，计划把投稿数目、报纸用稿比例等都登记上，每月底开会总结一次，以求进步。

（1947 年 3 月 31 日）

# 蒋介石用卑鄙办法绞杀言论自由

【新华社陕北一日电】蒋管区各大城市民营报纸因蒋介石鼓励纸

商操纵市场，限制□纸进口，已纷纷被迫减缩篇幅或无法维持而停刊。据最近上海消息：天津出版之《大路晚报》《社会日报》、平凡通讯社，汉口出版之大中报导报等均因经济困难而被迫停刊；北平《大公报》、天津《益世报》《北方日报》等则已减缩篇幅。众信此为蒋介石绞杀言论自由之又一毒计。

（1947年4月5日）

## 午前学习午后互助生产　武安八高创小书房

柴任平 秦顺如 张靖国 郭如升

【本报讯】武安八高为了提高学生文化质量，发扬创造性，展开自学运动，根据学生意见及需要，创造出“立功室”，设有“广播”“壁报”“挑战”“问答”“意见”等栏；订出教职员、学生、炊事员立功标准，实行人与人、组与组、班与班挑战办法，并随时总结经验与创造，民主评选各种模范。在“立功室里显本领展开自学大运动”的口号下，学生们热火朝天的卷入自学浪潮。在这一运动中甲班学生魏凤岐领导同学互助学生字，一天内识到五十五个，学会看报，并经常当小先生。这次参军运动中，他带头自动报名，他说：“保卫好时光青年上战场！”影响十个同学都自动参了军。女生武秀珍、朱梅英，自学编快板外，并组织南北上白石妇女小工厂，得到群众拥护。另外创造了小型展览会，大家提出“比成绩显本领，展览会要立功”，每个学生笔记日记生字快板歌本仿纸等，都在“立功室”里进行展览。经这次时事学习成绩展览后，学生们学习情绪空前高涨，自动订出具体学习计划。南北上白石学生，因离校远不能经常到校学习，他们便创造了小书房，集体睡觉，午前集体到校学习，午后集体互助生产，在生产中讨论时事，还不误优抗送信。如北上白石小书房学生苏□有、温林河等自编小书房标语：“午前学习午后生产两不耽误”。南上白石小书房学生李新河并吸收了校外青年张香山、民兵张有廷、李存拴等也到小书房学习。现在南北头两个小书房共人数二十名，大家劲头很大。

（1947 年 4 月 5 日）

# 邯郸广播电台征求唱片启事

本台现在需要各种唱片，敬希党政军民、各机关、团体、部队、报社、通讯社等，大力协助，代为搜集。如需报酬，请来信注明，来件请寄人民日报秘书室转本台。

（1947 年 4 月 9 日）

# 我怎样写稿

李文波



我是最爱看报的，特别那些战斗通讯、新闻故事、部队工作一类的文章更是亲密。往往看到一些文章发生一种“这事我们也有哇”的想法，就是不敢写。这是有两个思想支配着，一个是：“通讯员多着呢！能看起咱了吗？”另一个是：“文化程度低，写不好多丢人哪！？”后来，教育干事法生同志逼着我写了个《八路军人强心好》小故事，连载了两次，鼓起了我的勇气，可是又发生了两个想法：一、是怕人家说出风头；二、咱是营长，怕被写的人骄傲了，于是又不敢写了。心里想："我表扬他一下算了，还写什么呢?!"打完了邵耳寨，有很多英勇故事的模范人物，想表扬吧，那些同志又不在了，这才写的《袄袖上的血》和《五十九个负伤的》，结果又刊出了，报社还来信鼓励了我，这下勇气才提起来了，便到处收集写稿材料。这会儿又出了毛病，就是这个也不生动，那个也不值得写，下功夫收集材料倒没得写了。后来我参加了王楼战斗，有好多同志在战场上向我报功，并要求给他上报，趁这个机会我写了《王楼战斗第三营》。后来，围困金乡十几天，写了《城下见闻》。这些稿子载出以后，连里讨论了一下，他们认为很真实，好多同志说："只要给上报，不给奖品也高兴。"从这里我得到了一个经验，那就是"写稿不一定非成一套才行"。自此我写稿的情绪空前提高了，进而知道写稿不该是光为表扬人，而是自己的责任，自己向群众学习的一个好方法。可是这会儿又有了问题，至今还没有解决。就是："到处是材料，什么都该写。"结果是什么也写不成，这该怎么办呢?

（1947 年 4 月 10 日）

# 茅盾由苏回国

【新华社陕北七日电】中央社消息：名作家茅盾夫妇，已于五日由莫斯科启程回国。茅氏系应苏联对外文化协会的邀请，去年十二月二十四日赴莫斯科的。在苏联曾遨游过列宁格勒、乔治亚、亚塞拜疆等地，并且会晤到许多苏联作家。苏联对外文化协会对他们游历各地，曾给以热诚招待和协助。

（1947 年 4 月 10 日）

# 太岳新华书店二分店担书下乡深入边沿区

何微

【本报太岳七日电】新华书店二分店同志，在经理张更新同志带头下，亲自挑书深入农村与边沿地区，使读者获得方便，书店营业获得进展。去年九月蒋军侵占翼城、浮山后，该店转移在浮山后方。因交通不便，村庄分散，经理张更新同志即想出“挑书下乡”的办法。开始营业员们思想打不通，更新同志即首先于十一月挑了一担书下乡试做。他在浮山、翼城境内跑了四天，把书直接送到读者手里。大家对书店这种“为读者服务”的精神极为满意，二地委机关同志更热烈赞扬这种艰苦作风。接着他们划分了四个中心区：寨圪塔、郑家桥、韩村、王壁分由四个营业员担书去卖。逢集赶集，逢会赶会，访村干部，串小学校，深入群众中去推销，也深入到军队机关中去推销，新书很快就能和读者见面。他们不能挑来所有的书，但如果购者要读某种书，哪怕三本五本，也要派人送去。所以他们在读者中信用很高，业务也有很大发展。以后他们觉得边沿区群众更需要读到关于时局的书籍，于是进一步挑着《蒋军必败》等时局论著和新的小学课本，深入绛冀公路上的乡村小学校。这里干部群众从来想看书而买不到，现在书挑子突然出现在门口，引起他们很大惊奇与兴奋，所以每次都可以推销两三万元的书。更新同志每离开一个村庄，小学教员总是殷殷嘱托他：“下次再来。”

（1947 年 4 月 11 日）

# 名文学家阿英长子钱毅同志殉国

【新华社华中电】名文学家阿英的长子，新华社盐阜分社及盐阜日报社特派记者钱毅同志，因坚持蒋军侵占区后方新闻阵地，为人民服务，于本月二日在淮安南郊石塘镇采访时，在突围中不幸被蒋军俘去后英勇牺牲。当蒋军迫其“自新”时，钱毅同志即厉声回答：“你们没有资格和我谈话！”又说：“宁可枪毙，绝不自新。”次日即在石塘镇外从容就义。钱年仅二十三岁，中共正式党员，自一九四二年来苏北解放区即从事农村戏剧及新闻工作，曾被选为盐阜一分社模范工作者。噩耗传来，分社及报社同志万分悲痛，中共淮安县委并决定以钱毅同志殉国处易名钱毅乡，以资永久纪念。

（1947 年 4 月 15 日）

# 行知学校征募图书启事

本校开办伊始，诸事草创，各种设备均极缺乏，尤以图书一项更付阙如，特登报征募。举凡自然科学、社会科学、文学、艺术及其他各门各类之书刊图片，不问程度深浅、版本新旧，如蒙惠赠，请径交边府教育厅或阳邑本校，抑函知本校，当尚人往取。敬祈各方慷慨赞助为幸。

行知学校敬启

（1947 年 4 月 17 日）

# 热诚的期待

## ——为本报周年纪念征求各界意见

本报创刊周年——五月十五日即将到来，这个日子，对于报纸本身应该是检讨过去工作，总结经验，力求报纸的改进与提高，使报纸更进一步联系群众、联系实际，在为人民服务的事业中起更大的作用。为使这一检讨总结做得更好，确实成为今后改进工作的基础，我们热诚期待全区党政军民工作同志、文化工作同志、小学教员同志、本报通讯员同志与爱护本报的广大读者能踊跃地提出你们对报纸的希望与建设意见，对过去报纸哪些方面好，应加提高；哪些有缺点，应加改进，亦请具体提供出来。个人的或集体的均所欢迎，形式不拘，用写信或文章均可。为使搜集意见广泛起见，我们特别希望本报通讯员同志能代收集别人意见。如条件允许时，设法召集小型漫谈会搜集更多的意见。我们将辟专栏陆续披露，并计划于周年纪念日特出专刊登载；我们并将根据这些意见，改进报纸改进工作。

来信来稿请径寄本报通讯联络科。

本报编委会

（1947年4月17日）



# 邯郸新华电台增加文艺节目

【新华社晋冀鲁豫十八日电】邯郸新华广播电台顷发出节目预告。该台自本月二十五日起，每日增加文艺节目半小时。每天十七点起，轮流播送新闻、新华社社论、一周战况、一周国际动态、晋冀鲁豫解放区战况及各种专论等。二十点起，轮流播送重要新闻、通讯、故事、解放区文艺作品介绍、话剧、歌剧、歌曲、秧歌、小调、快板等。十八点至二十点转播陕北新华广播电台XNCR各种节目。邯郸广播电台的呼号是XGHT，波长四十九点二公尺，周率六〇九六千周。

（1947年4月21日）

# 邯郸广播电台启事

本台从本月二十五日起，在原定时间内，增加节目内容，特别是增加文艺节目半小时，因此亟须各地宣教机关、报社、新华分社、书店、剧团供给出版物和资料稿件，希望大力协助。各种书报需价若干，当即照付；来稿一经采用，当致稿酬。信寄人民日报馆转本台编辑部。

（1947年4月22日）

# 冀鲁豫七支社战地坚持出报

【本报冀鲁豫二十二日电】冀鲁豫分社七支社为加强战时通讯工作，已单独在七分区游击区分散活动，他们在广大群众掩护下，分头到敌驻地附近村庄采访，随时随地写稿报导。四月八日敌主力在××公路上来往调动，但记者邓光耘同志仍在公路附近三里之某村采访，报纸也常在离敌一、二里之村庄付印。晚上分散到各庄去住，白天在指定地点集中办公。在工作上进行了合理的分工：有的采访印报，有的侦察警戒，有的做饭、担水、送信、送报。敌情了解得很清楚，报导亦及时。目下支社报社对各县站、各区小组正加强联系，号召加强战时办报，发挥战时顽强性。现《运河日报》三日刊战地版已出版，并采取巡回办报方法，在这县出几期，再到另一县出几期，这样既可以反映各县情况与经验，又可解决发行的困难。

（1947 年 4 月 24 日）

# 山东新华书店太行办事处启事

本处自四月十六日，已合并于山东新华书店临清办事处，今后各界如有与本处来往、信件等事，可直接寄山东新华书店临清办事处是荷。

四月十六日

（1947 年 4 月 26 日）

# 冀鲁豫边区画塑研究会为王克勤绘像

冀鲁豫边区民间艺人画塑技术改进研究会委托前方战友报社转给王克勤同志本人之巨幅画像一帧，及信一件，画像神貌毕肖，庄严雄伟。原信称：“战斗英雄、人民功臣——王克勤同志！你的英雄事迹，不但在部队中人人敬仰，更传遍了民间，鼓舞了人民。我们现在正为你画像，并在大批的精印，要千千万万的人向你学习，争取爱国自卫战争的胜利！现捎去放大像一幅，请收！并望回信！祝你努力前进与大胆创造！画塑技术改进研究会全体致敬！（执笔人部怀林）”

（1947 年 4 月 26 日）

# 激励人民战士的新英雄主义　毅字部队创造门板报

勇进

【本报前线记者团消息】李寨毅字部队政治工作上新创造“记好学好运动”与“门板报”。毅字部队自出现门板报与开展记好学好运动后，政治工作上飞跃前进。只毅字部队即有五十块门板报，二千多个战士通讯员，门板报具有广泛的群众性。一个团半月内即写稿一六二〇篇，表扬了二千余人。该团特务连即有百分之八十三的同志写稿，每天平均三十余件稿子，四连一天就写了八十多篇。门板报多是每天一期，昨日的事和当天的事马上都能得到反映。他们在最紧张的战斗中和连续的行军中，一样坚持着出报，及时地表扬了英雄与各种模范。当老田庵战斗后，虽然战士们一天里没睡觉，战斗后英雄们马上在门板上出现了，许多战士夜行军到达地点都是写完了稿子再睡觉，战士们用简单的几个字、一幅漫画或几句顺口快板来表扬自己班排连的同志。在徐楼村，老百姓看着部队群众纪律好，也写稿往门板报上贴来表扬战士。干部表扬战士，战士表扬战士，战士表扬干部，老百姓表扬战士和干部。

记好学好运动与门板报是紧相结合的。记好运动是立功运动的引申，战士干部每天都互相找找大家做的好事情，记在记好簿上，登在门板报上。毅字部队自开展记好运动与出现门板报，改造了不少的落后分子。在某团干部都有这样的感觉：现在他们更加了解群众，更加接近群众了，工作比过去做得又多还又轻松。战士与战士、战士与干部也都团结得更好了。在一个交流经验的干部会上，苏××政委对门板报的评价是：用这样的门板报来联系群众，来发扬群众的积极性和创造性，还不只是一个报纸的问题，而且是一个新的好的领导方法。

门板报的形式很简单，军队住到哪里，只须把收集起来编好的稿子贴在一块门板上就成了，不讲求什么编排形式。其所以效果大，指导性强，是因为门板报的内容是表扬为主，有广泛的群众性，门板报到处有，随时可以贴。战士干部干啥表扬啥，能激励人民战士的新英雄主义。

又，毅字部八区队在战斗中坚持门板报的经验：

（一）首先要干部打通思想，认为在作战当中能够坚持，认识到作战当中出版门板报是群众性的连续动员鼓动工作的一种好方法。（二）干部带头亲自下手，干部带头写，分头掌握各小单位写。（三）党内保证，党员带头写。（四）互相提出比赛，及时表扬写稿积极的人。（五）战斗时要多写战场活动。（六）在极其分散的情况下，可不用板把写稿子订成小本子设法传读。

又，毅字部队政治部主任姜思毅同志在座谈门板报的会议上总结门板报的十大好处：（一）及时记好，发扬正气。（二）提高觉悟，提高文化。（三）广播消息，交流经验。（四）自我批评，开展思想斗争。（五）帮助领导了解下层。（六）互相勉励，增强团结。（七）推动工作，改造落后。（八）群众评议，功过分明。（九）发动竞赛，造成热潮。（十）宣传主张，实现政策。

（1947 年 4 月 29 日）



## 豫北前线部队在战斗中开展群众宣传运动

【本报豫北前线二十六日电】豫北战役中前线各部队开展大家动手、动嘴群众性的宣传运动。宣传员以及各级干部、战士，都成为极活跃的宣传者。不分昼夜，在战斗和行军中，普遍地刷写标语，散发宣传品，向群众进行口头宣传。特别是在蒋占区内，所经村庄标语满墙，捷报、漫画散遍民间。四六部队各单位组织流动宣传组，做到了不留一面空墙，某团二营宣传组五天内写了三百条标语。九连霍全本同志一夜行军贴了四十多张宣传品。二〇一部机枪连司务长萧德信，在领给养的路上写标语二十条。一营炊事员同志们每到一村做完饭后，即向群众报告我军胜利消息，和讲说八路军和老百姓的关系。土山村一个八十四岁的老先生听了他们的话以后，摸着他小孙子的头说："八路军是这样的好队伍，你长大了一定要去参加。"

前线野战政治部在急行军中，宣传队和宣传部的同志们，把毛主席、朱总司令的木刻像、捷报、漫画和《蒋介石十大罪状》的小册子沿途散发给老百姓，在夜间行军中，他们随身带着浆糊筒，跑在队伍的前后把刘邓两将军的大布告和捷报贴在所经村子的墙壁上。

（1947 年 4 月 29 日）

# 门板报活跃了毅字部

勇进

在毅字部队里，你随处都可看到战士们所出的门板报。门板报在部队中所起的作用，出乎意料的大。

当山东捷音在电话上频传的时候，特务连电话员首先听到了这个消息，他马上把这消息用红笔写在门板报上，全特务连的同志都兴奋得鼓起掌来。

门板报的作用，不仅在于传播消息，鼓励士气，更重要的是在于发现好处，发扬正气，推动工作。

冀鲁豫西线战役开始的时候，毅字部队开展行军竞赛，三营部的通讯班和其他一个班提出了挑战，鲁玉山班的魏得胜一个脚上打了八个泡还不坐车，后来他脚上的泡里又磨了泡，他为取得全班挑战的胜利还不坐车，他说：“把腿走断也不能坐车呀！不能为班里丢人。”鲁玉山班里另外还有个战士，他有两个诨号，一个是全团里都知道的“火力崩子”，另外还有一个诨号叫“橡皮脸”。他口里常说的两句话：“吊儿郎当，挡不着吃香；精明能干，也挡不着难看。”他平时是调皮大王，就是在战斗上很勇敢，这天行军他脚上有两个像豆颗一样的小泡，他也坐了大车，这一下全班里都战败了。晚上，门板报贴出来了，魏得胜自然得到表扬，另外却也有一张小小的漫画，画着一个小驴拉着一架大车，上面坐着一个兵，上面写着：“我是火力崩子，好坐大车。”“火力崩子”看见门板报的时候，橡皮脸上也不禁红了起来了。第二天他不再坐车了。门板报上马上就表扬了他。第三天是老田庵战斗，他一夜在敌火下来往送了十来次信，回来时又背了一个伤员。门板报一连几次表扬他的这些好处，现在他成为班中的积极分子了。

侦通连里的“三遍嘴”，是骑兵通讯员，他是说怪话的老祖宗，一般的人是不敢叫他去送信的，他的一个小红马不说给别人骑的话啦，摸一摸也不行呀！他一不高兴就蒙上被子睡觉啦！斗争他时他的嘴巧得很，一关他禁闭他就说了：“关个禁闭多好呀！又不送信，全在休息休息。”他是个七八年的老战士，干部战士也不好意思怎着他，一天他给指导员说：“指导员！我啥时候登个报呀！”指导员告诉他只要你好好地工作就能登报，当天行军他把马让给了病号，第二天战士徐云记就写了篇稿子来表扬他。第二天他马一会儿也没骑还背了别人一支大枪，门板报上继续表扬了他。三遍嘴同志更加高兴了，当天行军又背了两支大枪，又登了报。到宿营地后他给老百姓打水扫院子，门板报上又登出一篇稿子来表扬他。

此后三遍嘴的名字在报上不断地出现，他现在没有怪话了，已被选为互助组长。

门板报上战士还批评干部呢。这里有卫生员刘新民的一幅漫画，上面是一个挑夫挑了很多很多的东西，另外一个人带盒子枪什么也没拿，上面写着几个字，是："挑夫王东至挑的东西很多不嫌累。"下面的那个人是："你叫王东至同志挑十九个（按规定一个干部只能有十一斤东西归挑夫同志挑），干部应当起带头作用呀！"第二天干部便把超过规定的东西拿下了，这是多么有趣味有力量的漫画呀！

西台集战斗解放的梁秋高，他本来是个很好的伙夫，解放后他说："我只会做小米。"后来报上登了他，说他做小米做得好，他非常惭愧地找到营长说："营长！过去我真不对，我本来会做五种饭。"一个台湾同志黄树体，他不吃窝窝头，后来班长给他煮小米他也不愿吃，他顽固地说："饿死在八路军里算球啦！"他认些字，别人叫他帮助别人写稿，也在门板报上表扬了他。

后来他自己写了一段稿子贴在门板报上："八路军才是人民的好队伍，我要革命到底，做个良好的革命军人。"那天行军八十多里路，他没休息还给别人写稿。

从门板报出版到现在，还不到一月，毅字部队的英雄们拿起了自己的笔，一个战士刘新民就写了五十八篇稿子。在半月内只一个营就有四十八个落后分子被改造了，二十一个已成为积极分子。

从毅字部队的门板报上可以鲜明地看出英雄们的笔在鼓励着英雄们的战斗意志，在部队中发挥了它的极大的作用。

（1947 年 4 月 29 日）

## 前线部队的新创造——门板报

康健

在保卫陕甘宁、保卫毛主席的烈焰中，我冀鲁豫前线毅字部队，立功运动深入开展，具体实现“人人立功，事事立功”，创造出找好、记好、学好运动和连队支部的门板报。

战士们每天晚上自由地集合一起，相互找好；行军时则在进房子之后，大家边烫脚边找好；战斗下来，找好结合检讨会。每个战士、干部每天都从一天的行动中找出成绩，大家同意就记到记好本上，并由班里识字人写成（或画成）稿子，贴到支部出版的门板报上表扬（有时也有批评）。

门板报就是每到宿营地，便竖一块门板在部队集结场所，收到稿子，经审阅修改，不管是三角四方破皱纸张，只要写了就贴上去。因为要求低，能写就写，不会写可画画。现实性强，通常昨天的事今天早饭就可在门板报上看见。群众性大，刘陈团参加门板报写稿的人数占全团总人数百分之三十七强，特务连最高达百分之八十三。

找好、记好、学好运动及门板报创造出来不到一月，官表扬兵，兵表扬兵，兵表扬官的群众性的表扬方法，使部队换了一个样子。

（1947 年 4 月 29 日）

## 太岳增设随军书店

【本报太岳二十八日电】太岳新华书店增设随军书店，保证新收复区及前方战士及时看到书报。总店派出七个同志担书到连队上去卖，并在新绛、曲沃等地设立支店、代销处等。随军书店除二分区原存之二百七十七万九千六百一十元的书籍外，近又送去价值百余万元的时事教材及翻身课本等。

（1947 年 4 月 30 日）

# 晋察冀广播电台五月一日恢复播音

【新华社晋察冀二十九日电】晋察冀新华广播电台（XGNC），决定从五月一日起正式恢复播音。时间为每日十七点半起到二十一点半，波长仍为三十五公尺，八六〇〇千周。节目时间分配为：十七点三十分至十七点三十五分预告节目，十七点三十五分至十七点四十五分音乐，十七点四十五分至十八点简明新闻，十八点至二十点转播陕北新华广播电台节目，二十点至二十点三十分综合新闻、评论及其他，二十点三十分至二十一点轮周节目（包括国际一周、民主呼声、四大家族、蒋灾、星期评论汇集等每天一种），二十一点至二十一点三十分解放区介绍（星期一、四解放区介绍，星期二、五解放军介绍，星期三、六文艺）。星期日有特别节目。该台即原张家口广播电台，请各地注意收听。

（1947 年 5 月 1 日）

晋冀鲁豫边区邮务总局人民日报馆联合通知（联发字第一号）

# 新收复区报纸发行办法

各区、分、县邮局：

关于新收复区报纸（指《人民日报》）发行办法规定如下：

一、赠阅。邮局对赠阅新收复区报纸应认为这是自己的政治任务，赠送对象由各邮局会同县委宣传部及县政府教育科，按当地情况，协商规定，然后由邮局负责分发。赠送数大县最多一百份，较小的县最多五十份，由报社发行科酌定赠送时间，一般赠送半月，最多不超过一个月。

二、预订。在赠阅时间应即努力宣传征求预订，在不影响赠阅之情形下，有预订者邮局可商同县委宣传部及县府教育科酌量在赠阅数内预订之，但若预订数大则应另行预订（按发行简章办理）。如因情况变化，无法继续分发者，其未发够预订数及订户姓名、原预订份数日期等应即通知报馆，以便将来补发新报。

三、零售。为适应新解放城市之习惯，开始可在赠阅数内零售一部分，但以不超过赠阅份数百分之二十为限，所收之报费应于月终除扣去百分之十手续费外一律汇交报社。如情况较稳，须长期零售者，可向报社单独预订零售报纸（办法按发行简章办理），在零售过程中有增减必要时可随时通知报馆增减份数，或停发（自报社接到通知之第二日起开始）。

四、张贴。为便利群众阅览，各地邮局可于赠阅数内，在城市内之闹市路口张贴一部分报纸，报馆在赠送数内专备有单张报纸以便张贴。

五、邮局应将发行情况、读者意见等，随时反映报馆，并于每月终总结报告总局，以便研究。

特此通知

邮务总局

人民日报馆

（1947年5月3日）



## 苏联作家联盟电贺中国文艺节



【新华社陕北二日电】莫斯科三十日广播：际逢行将到来的中国

文艺节（五月四日），苏联作家联盟特向中国进步作家致电祝贺。原电称：“代表苏联各盟员共和国作家团体，我们向我们的同行——中国进步作家们——致兄弟的贺忱。我们祝贺那些作家们，他们的作品为‘解放人的一切力量以创造不愧为人的生活方式’（高尔基语）崇高的理想鼓舞着。中苏文学界的友谊已钢铁般的巩固，在艰巨的战争考验中更得到了增进。我们切愿伟大的鲁迅的话‘我祝贺中苏文学界携手’更洪亮起来，使大家都能听到。”签名者有法捷耶夫、萧洛霍夫、西蒙诺夫、梯航诺夫等。

（1947 年 5 月 4 日）

# 前方来信

## 其一

“……从这几天和张副政委、陈斐琴同志等的谈话，并看了这里出版的一些报章书籍，觉得有些意见值得提给你，在今后的工作中注意这些问题。

“我们一出门，就感到开展音乐工作在今天是如何迫切的需要。一路上和我们同车的有一班警卫团的战士，一路上他们都要求我们教他们唱歌。我们要他们唱歌，他们唱的不是‘老古董’，就是非常不像样的小调，如有一个小调是拿《张生戏莺莺》的调子配上自卫战争内容的。来这里后和副政委也谈到这个问题，他说已作了两次号召，但还不能搞起来。他把这问题看得很严重。

“……另一方面，我们深深感到前后方文化工作联系的不足。前方的文化工作是相当蓬勃的，有很多收获，有很多的经验，也还存在许多问题，但过去我们对这些都完全是隔膜的。拿前后方发表的反映战斗的作品为例，前方认为好的作品，我们一点也不注意；在后方我们认为好的，在这里又表示非常冷淡（事实上，我们看一篇作品的好坏应该首先看它对实际所起的作用）。这里认为最好的一篇通讯，是卢耀武写的《多余的耽心》，作者是一个旅的联络部长，这作品曾得这里通讯奖金甲等奖，刘师长说它是自卫战争以来最好的一篇通讯，并受到总社（延安）的表扬。

“其他这里认为好的作者和作品，有李文波（他是一个营长，工农出身，原宣传员，这里正在出他的作品的小集子），他已成为干部写稿的典型，他的代表作是《袄袖上的血》等（《平原文艺》二期曾转载）。三纵九旅教育科长王若的《无比的爱》，还有《黄河里拉大炮》《一封血泪的信》《起死回生》（可惜我们不能一下把这些作品都找到），都是受战士欢迎的好作品。

“这里长东西是吃不开的，这里称一千五、两千字的作品就是长东西，两千以上的就是‘大地主’了，普遍的作品都是几百字到一千来字，长的东西读的人很少。”（曾克、葛洛）

## 其二

“……最近前方准备出版一些小册子，歌集与诗已各出一册。歌集我翻了一下，共十三首，第一首是《义勇军进行曲》，第二首是《三大纪律八项注意》，其他虽是新的，但还没有旧的吃得开。至于歌，张副政委有这样的意见，秧歌是不适合部队唱的，部队需要雄壮的歌。

“音乐工作者非常缺乏，大家需要文艺工作者！”（胡征）

（1947 年 5 月 4 日，《文艺通讯》第 1 期）

# 边区文联发起征求前线歌词

为适合前方战士普遍需要，边区文联特发起征求前线歌词，其办法如下：

一、内容。凡与前线有关主题，如野战军进行曲、立功运动、军民关系、尊干爱兵、互劫等，以及参军、拥军优抗、支援前线等，均所欢迎。

二、歌词可单独应征。曲谱节奏须雄壮有力，适于齐唱。

三、来稿一经采用，每首歌词先由文联发给稿费一百五十—五百元，曲谱每首二百元—六百元，曲每全首（连词）三百五十元——一千元。发表时稿费仍归作者。在前方流行获得欢迎者，一经前线反映，另发奖金以资鼓励！

另音乐工作者可即日起来信登记，文联收到歌词后当油印写发，以供谱曲。

（1947 年 5 月 4 日，《文艺通讯》副刊第二期）

# 农村来信

夏青

## 其一

"……最近也了解了一些职业剧团的问题。他们工作得很有成绩，如上面说的黎明剧团、屯留剧团及其他很多县的剧团，但是据我这半月来所知道的，也有两个迫切需要解决的问题：一个是在某些职业剧团中，旧戏演得多，新戏演得少；旧戏演得起劲，新戏就演得差一些（因此观众看的劲头也就随之差劲了）。一个是花费大，戏价高。据黎城文教科徐科长和我谈，某有名新剧团，在该县某处演戏三天，戏价要了十余万元，吃喝、汽油、化装费、零星花销（包括在演戏中途从台下往台上送上盘酒菜，往台上撒花生、红枣等等）也十余万元，全部约三十万元。据事后他们与村干部研究，这三天唱戏的花费，超过该村全年的负担。真是吓人！某一中等人家，在这三天内连摊派及请亲友看戏，全部花了五千元；如果再算上目前春耕时的宝贵劳动力，就更加惊人了。所以我觉得我们今后应更加重视职业剧团的问题，希望能专门派人进行这项研究工作，使他们在政治上、艺术上提高一步，是迫切需要的……”

## 其二

“……根据现有材料来看，现在职业化的剧团，问题很多。据不久前二分区教育会议的总结材料上看，演旧戏已经成为一种风气了。甚至很多过去禁演的旧戏，在赚钱的诱惑下，也出演了……在农村方面来说，大请教师之风甚炽，向堂铺曾花了二十八万请了个旧教师。长乐村用二十万请一个旧教师排了一个旧戏《吕蒙正赶灾》，左权、武乡有好些村庄也是如此。在群众方面来说，他们所以爱看旧戏，愿花大价钱写戏，则是与翻身后的大吃大喝有关。这个问题确是值得研究。

“在群众文娱活动上，根据十个县的总结材料来看，今年的成绩是惊人的，规模之宏大、雄伟，确非往年可比。可惜只是一时的。而这一运动的光辉成就与正确的政治与组织路线，不能为职业化的剧团所采纳，而互相结合起来，甚至在某种意义上讲，两者是背道而驰的，确使人惋惜、焦虑。根据这样一种情况，我初步有这样一个想法，就是过去我们恐怕都没有把春节文娱活动给一个适当的估价，把它明确地作为指导本年度的群众文艺活动的一个起点，而又使得职业化剧团，如何来继承春节中这一切光辉的成就与创造。我想在今后找更多的材料来继续研究这个问题……”

（1947 年 5 月 4 日，《文艺通讯》副刊第 1 期）

## 冀鲁豫文联开干部会讨论工作方针

【冀鲁豫二十二日电】四月十日冀鲁豫文联召开全体干部会，讨论编辑方针、剧运方针以及民间艺术、思想领导等问题。会议连开五天，经过大家热烈发言统一意见为：（一）《平原文艺》以区、连级以上干部及中学以上程度者为对象。《新地》以区、连级以下干部及中学以下程度为对象，并向着以适合广大工农兵口味的方向努力。《画报》以广大工农兵为对象。此三刊物均以反映边区现实、结合群众为原则。（二）文艺工作团以开展本区农村剧运为方针，根据本区现有的民间艺术加以改造，创造更适合反映本区现实的新形式。京剧班改造的民友剧社，以创造新观点的历史剧本及排演新观点的历史剧为努力方向；内中评剧组向着排演现实剧方向努力；高调班改造的群众剧社，向着出演现实剧方向努力；各地新生的农村剧团均禁止买旧戏箱穿古装演历史剧，提倡以各种形式出演自己生活现实的戏剧为原则。（三）民间艺术部，以联络并改造广大的农村艺人吹的、唱的、弹的、拉的、画的、刻的等，使之为边区现实服务，前半年以改造洋片为中心，后半年以改造年画为中心。会末并规定大会四个月开一次，有临时急务可随时召集。

（1947 年 5 月 4 日，《文艺通讯》副刊第 1 期）

# 《文艺通讯》征稿条例

为更多地了解各地区前方文艺活动及农村秧歌、戏剧、鼓书等群众文艺活动情况，并借以交流经验，取得联系，边区文联特在《人民日报》四版创刊《文艺通讯》，暂定半月一期，希各地区文联、宣教部门、文工团、剧团同志多多予以帮助，踊跃赐稿为盼！本刊欢迎下列各种稿件：

一、各种艺术活动之消息报导。

二、农村剧团、秧歌队、鼓书队的组织与工作情况之调查研究。

三、各种艺术活动之点滴经验及创造，如改造旧戏旧艺人等。

四、书报介绍，文艺短评，各项有关文艺活动问题的讨论。

来稿务求注意实际，短小精悍，情况的报导及调查数目字等希力求精确。来稿寄武安冶陶邮局转边区文联编辑部。

（1947年5月4日，《文艺通讯》副刊第1期）

# 通讯往来

第十四号

豫北安阳、汤阴、内黄、滑县、辉县、武陟、汲淇等县办公室：

请大力报导新收复地区工作情况，把你们如何组织力量发动新区反倒算复仇运动与新收复区建立民主秩序放手进行土地改革的运动规模作及时迅速的反映。重点是抓紧充分揭发蒋匪程道生、司华生、扈金禄、王自全、郭清等封建霸王统治集团的罪恶，反映人民复仇斗争的要求及壮烈行动，如有典型创造请及时总结写出，并请把新恢复地区及城市通讯工作建立起来。

太岳沁县县委会：

你们介绍动员生产结合群运解决领导思想的经验很好，请继续报导：如何动员干部群众解决阻碍生产思想障碍，组织各种劳力互助变工，突击下种的情形及在生产中发现和解决遗留问题的方法。希抓住不同类型地区突破典型，掀起一定运动规模的经验，及时作总合报导。并希动员通讯员同志及时向太岳《新华日报》及本报投稿，以充分反映你县运动发展情况。

本报通讯联络科

（1947年5月5日）

# 边区文联征求前线歌词、歌曲

据前线来信称：战士普遍缺乏歌唱。我前线将士为人民立功，不断获得伟大胜利，自应有雄壮歌声予以歌颂与鼓舞！边区文联特为此发起征求，希前后方文艺界热烈参加。现将应征办法列下：

一、内容。凡与前线有关主题，如野战军进行曲、立功运动、军民关系、尊干爱兵、互助等，以及参军、拥军优抗、支援前线等，均所欢迎。

二、歌词可单独应征。曲谱节奏须雄壮有力，适于齐唱。

三、来稿一经采用，每首歌词先由文联发给稿费一百五十—五百元，曲谱每首二百元—六百元，歌曲每全首（连词）三百五十元—一千元。发表时稿费仍归作者。在前方流行获得欢迎者，一经前线反映，另发奖金以资鼓励！

四、音乐工作者请即日起来信登记，文联收到歌词后当油印寄发，以供谱曲。

五、来稿（特别是曲谱）务祈用毛笔钢笔抄写清楚，在信封上注明“前线歌曲应征”，寄晋冀鲁豫边区文联。来稿文联有修改权及优先发表权。

（1947年5月5日）

# 豫北翠屏山战斗中门板报起了大作用

【新华社豫北前线三日电】解放军毅字部队在豫北翠屏山（浚县北）阻击战中，出版门板报，鼓舞战斗热情，效果极大。该部八区队二分队接受了固守翠屏山的任务，分队部的门板报上即写出：《要作好工事，挡住飞机大炮，在山头上立功》的社论。战士们看了，先赶筑工事，展开了作工事竞赛。战斗开始，敌人炮击山顶，战士们一面在工事里作战，一面继续写稿读报。机枪射手戴元成把敌人打退后，立刻写稿说：“我的机枪把敌人打退了，保卫毛主席，我们要在翠屏山上立功，等一下去看门板报吧！”十八岁的小炮手曾现以七发炮弹打垮百余敌人的进攻，马上给门板报写消息：“敌人冲锋不可怕，七发炮弹就打退啦！”在两天阻击战中，战士们写稿将近二百篇。某政委说：这次战斗的胜利，门板报起了极大的作用。

（1947年5月6日）

# 茅盾夫妇返国抵沪

应苏联对外文化协会之邀访苏之我国名作家茅盾夫妇已于四月二

十四日下午六时乘苏联邮船斯摩纳尔号返国抵沪。

（1947年5月7日）

# 前线文化活动

## 一、王克勤运动收入镜头

关于部队的王克勤运动之摄影报导，已由前线摄影组配合部队摄影记者积极进行。关于战斗英雄王克勤同志本人及其英雄战友们的火线活动，已拍成鄄南战斗等照片，现正协同部队摄影记者，专门跟随王克勤排活动，从事摄制其实际活动。（持）

## 二、活跃在前线的部队刊物

豫北前线“沈阳”部队通讯立功运动与文化活动日趋活跃。《战斗报》在缺乏油印员与编辑的困难条件下，已出至十七期，还创刊了交流部队工作经验与文艺性的综合刊物《战斗通讯》，现已出至第三期，在行军与战斗中仍坚持出版。在下层通讯工作热烈开展的基础上，各种形式的连队报纸均成为加强部队战斗力的有效武器。一小队九连深受战士们欢迎的《露天报》，每天满载着战士们自己创作的快板、漫画，表扬模范的稿件在首要地位刊出。（抵千）

晋南人民解放军某部发动士兵编快板运动，对士兵教育起了很大作用。这一运动由某团五连开始，现已普遍到旅。战士们非常积极热情，睡觉都在编快板。整训时以快板传播练兵模范，领导练兵的方法。行军时以快板表扬行军模范。作战时以快板描写战斗，表扬英雄，提高战斗情绪。由于编的人多，稿件拥挤，团、营报纸不能全载，他们又创造了各种类型的报纸。如某团的《流动活报》，某团的《生活日报》等。另一种发表办法是拿到各连排班诵读或传阅，或在部队集合时由作者朗读。快板运动现正从单纯的个人独白发展到对话。据领导上估计，有进一步发展为快板剧的可能。

### 三、剧本《王克勤班》在部队公演

军区文工团和一〇三六文工队到四五部队公演，博得了全体战士的欢迎，特别是《王克勤班》的演出，收效更大。该剧演出后战士班长都进一步认识了王克勤运动的意义，认识了互助组的好处。他们看了《王克勤班》演出后，就自发地开会检讨个人对这一运动的认识，以及在这一运动中所存在的缺点，决心加以克服。

（1947年5月7日）

## 某部随军记者宋琦同志光荣殉国

苏众

【本报豫北前线八日电】前线野战兵团一零三六部某部随军记者宋琦同志，在汲县外围作战时，在火线上进行采访，不幸光荣牺牲。宋琦同志河南涉县台华村人，一九四四年初入伍，系共产党员。战斗开始时，在火线上他与战士在一起，拿着枪，伏在工事里坚持了一昼夜。四月二日他挂了彩，他坚持不下火线，不幸又一颗子弹打进他的心口，宋琦同志乃为人民流尽了最后一滴血。当卫生员任庆善冒着炮火去救护他时，见到他的日记本和尚未写成的稿子，还留在他的身旁，已经染上了鲜血。他那个营里的全体指战员听到宋琦同志的死，莫不痛惜。

（1947年5月10日）

# 悼宋琦同志

苏众　德明

## 一

四月二日，一〇三六部某营兼随军记者宋琦同志（原四连文书，后调营部文书，共产党员），在扫除汲县外围据点时殉职了！记得在三月九日，×旅群英大会上，他被选为全旅一等通讯报导模范，旅的首长曾号召部队文书向宋琦学习，指出他的方向，是文书的方向！这之后，×旅的通讯报导工作，空前的活跃起来！在这时，宋琦同志的死，确是一个很大的损失！一提起他来，大家莫不十分痛惜！

读他遗作《为啥要投稿》可以看到他的个性，可以从他体现出人民军队的本色，可以看出他写稿的朴素与简练。

## 二

这次行军中，宋琦同志为及时报导，跟着连队一起走；趁休息时，就将所得材料记在本子上；走路时，想了解战士的思想状况。他与战士们边走边谈，怕战士行军疲劳，他常给战士们背枪，扛子弹；平时他帮助战士，认字、写家信、读报、写稿，行军又扛机枪说笑话，因此战士十分热爱他，愿意同他谈知心的话。每天宿营后，大家都睡了，他还在灯下整理路上收集的材料，耐心地修改各连文书写的稿子（他是报导组长）。三月二十三日，行军六十多里，他还写了五篇稿子。二十五日，出发大集合时，部队一时没有来齐，他就坐在一边，写了两篇稿子。行军中他尽力利用时间来表扬行军模范。

汲县战斗前，他跑到四连一排，鼓励战士说："保卫毛主席你们好好打，我跟上你们。打好后，我负责与你们写稿登报！"战斗开始，教导员叫他跟大行李，他说："不，我同大家一块，好亲眼看到英勇事迹，及时报导！"在火线上他与战士在一处，拿着枪，坚持了一夜。四月二日，他挂了彩也不吭，不幸又一颗子弹飞来，穿过了他的心口，他为保卫毛主席，流尽了最后一滴血！当卫生员任庆善爬去时，还见到他的日记本和稿子遗留在身边！

（1947年5月10日）

# 为啥要投稿

宋琦　遗作

我的投稿有两种原因，一是看到大家同志们也是个兵，他们去前线上打击敌人，首长叫我在后边看守行李，我感到非常惭愧；另外客观上大家同志为群众服了务，出了力，自己就想把他们的英雄模范事迹告给大家。

## 登报后的群众反映

已登出来的英雄模范，感觉到上级有眼力不埋没功劳，大家都很羡慕，无意中向英雄们看齐。这样大家就对报有了渴望，于是我趁机给同志们随时随地读报，但在未读报前预先对报上先读一遍，以免读时打疙瘩（有拦路虎之意）。可是读报忌先读国际、国内，应先从眼前边开始，如本团的报和旅的小报，以后再谈国内消息国际消息。读报时间不可过长。

## 投稿对自己的帮助

因为投稿，使自己揣摩了一些经验，并且帮助了干部，容易了解下层，提高自己的文化。

投稿的数目，自从杞县战斗到现在，投了十五篇，题目、时间、地点不再详写（参看群英会我的介绍书）。

## 投稿的经验

采访稿子，应从排班长汇报中，及其他本人和群众三方面材料而编成，报登出来一定要适合群众的口味。另外还可以引诱收集稿子，这个最好在行军路中一面谈故事，一面拉笑话，有意识地从侧面谈别团的英雄模范事迹。这样一谈他可以采取人家经验提高自己，另外他也可能谈说像这样的事情咱组里有的是。其次还要照顾大家，如写信，教他认生字（如生字片、生字牌），生字一定要联系他生活，做啥学啥，生字片的应用每人要有一个，一天轮流换一次。交换时，班排长要检查，看是否认会、写会、讲会。

（1947 年 5 月 10 日）

# 通 讯 往 来

第十五号

本报前线记者团转苏众、化波、瞿勃、葛洛等同志：

你们配合本报记者团及时而生动地报导了我军解放汤阴、歼灭伪孙殿英部战斗的各个侧面，使汤阴战役能给读者以较清晰的印象。特致慰问之忱，并希源源撰稿。

太行区党委研究室魏效泉同志：

你写《十年斗争翻透身》一文，完整而清楚地反映了武乡韩壁农民经过十年斗争获得土地的全部过程，具体明确，特致稿酬一千七百元，另赠本报周年纪念册一本，纪念稿纸一百张。希继续撰稿。

本报通讯联络科

五月十三日

（1947年5月13日）

# 文化消息

## 沪文化界欢迎茅盾

中苏文化协会上海分会及中国作家协会，欢迎旅苏归来之中国著名作家茅盾夫妇，出席中苏文协分会会长李兆璜，作家叶圣陶、郭沫若、田汉、阳翰笙、陈白尘、柳亚子及苏总领事、苏联团体代表、社会名流、新闻记者与艺术家二百余人。李兆璜、叶圣陶分别代表中苏文化协会及中国作家向茅盾致候。继由茅盾夫妇谈其旅苏观感。

## 文艺节在上海

上海热烈庆祝中国文艺节。三日，文艺界举行盛大集会。鲁迅夫人景宋先生高呼：“人民大众要求终止内战”。会上并宣读苏联作家联盟致中国进步作家的贺电。四日，作家、科学家、艺术家与学生等两千余人，举行庆祝大会。茅盾先生于大会上讲演旅苏印象。

## 全国文协加强国际联系

上海全国文艺协会总会，曾于三月廿二日召开理事会，决议成立一国际联系委员会，推曹禺、萧乾、杨刚、马宗融、李健吾、戈宝权、胡风七人为委员；并通告各分会，凡有关对外工作，统由总会负责办理。会刊《中国作家》，推叶圣陶、靳以、适夷三人为编委，由叶圣陶任主编。

（1947 年 5 月 13 日）

## 本报启事

### （一）

今日为本报创刊周年纪念，承蒙党政军民各界惠赐题词、诗文、贺幛等，并蒙寄赐对报纸改进意见，特此一并致谢！对报纸改进意见，我们除在工作中实践外，因篇幅关系，拟摘编于《报纸工作》小册中，希予鉴谅。

### （二）

今日增印《人民日报画刊》一张，随报附赠，请读者注意。

### （三）

今日本报放假，十六日无报，十七日照常出版。

（1947 年 5 月 15 日）

# 《人民日报》是人民的报纸

## ——纪念《人民日报》一周年

滕代远

《人民日报》是晋冀鲁豫人民的报纸，也是晋冀鲁豫人民军队的报纸，它是在中共晋冀鲁豫中央局直接领导下的，这是《人民日报》的立场，这是肯定得很，明确得很的！

《人民日报》只有一个任务：反映现实服务人民。什么是当前的现实？当前的现实就是伟大的人民爱国自卫战争，人民消灭封建的土地改革，人民的生产建设。党的领导方式之一即是通过《人民日报》来指导人民及其军队来进行现实的战斗，党教育人民，从思想上领导人民及其军队勇猛前进；党又从报纸获得人民及其军队在现实行动中的丰富经验和创造，从而又指导人民斗争，我们称其为集中起来坚持下去，这就是党对《人民日报》的政策，这也叫作群众路线。

《人民日报》出版一周年了，这一年来《人民日报》是紧紧站稳这一立场，循着这条路线前进的，它已日益成为全区人民实际生活中不可缺少的东西了。它鼓舞人民斗争，歌颂和表扬人民的业绩和典型，它成为党的重要领导方式之一。这是一个重大的胜利，这是值得庆幸的！它虽有困难的一方面，但那是技术问题上的困难，是可以克服的困难。

进一步发挥《人民日报》的领导作用和帮助其克服实际的困难，是全区党政军民共同的责任和义务。我觉得第一个问题是如何让我们的《人民日报》普遍深入各个区域，深入村庄和连队。由于交通困难，报纸及时传递至各个辽远的地区是困难的，唯一的办法是有效地将《人民日报》的稿件组织到各地方报纸上去。第二是组织人民，特别是干部普遍阅读和学习《人民日报》，共产党员、人民解放军的指战员阅读和学习党的机关报，并将报纸向群众宣传乃是无条件应该做到的。各级领导干部应经常检查这一工作的执行，这是领导者本身的责任和义务。第三是组织广大群众为《人民日报》写稿，经常反映人民当前斗争中的业绩和典型，也要有系统地暴露反动敌人的罪恶。这也要求领导者及领导机关，首先动手和亲自动手，我们应该表扬和学习营长李文波同志写作的精神。

我们的报纸是和资产阶级的报纸绝对不同的，我们绝不追求小市民趣味，绝不追求形式和铺张，我们的就是我们的样子，我们的报纸是受政治领导，充满以生动的革命精神。我们的报纸不是报馆老板一人办的，是党和人民共同办的，是两者的结合体。我们应永远遵守这个特点，我们的报纸也就永远为人民所喜爱，永远是人民的报纸。

（1947 年 5 月 15 日）

# 周年献辞

杨秀峰

诞生仅一年的《人民日报》，不断努力克服着一切人力、物力的困难，确实发育得相当壮大了。这由我去冬周行劳军中，到处听到指战员同志、区村干部与广大群众频繁地问讯《人民日报》和渴望能够订阅到《人民日报》的呼声里可以见到。这应是报社同志一年来努力“为人民服务”的一个群众总结！

寄语同志们：今后，要更加响起嘹亮雄伟的号角，准备与迎接大反攻之到来！

（1947 年 5 月 15 日）

# 苏联人民欢庆出版节

《真理报》号召报纸杂志出版社把工作提到更高的政治水平

【新华社陕北十日电】综合报导：苏联人民热烈地庆祝了出版节，并总结了苏联出版工作的空前伟大成就。五月五日是苏联的出版节，三十五年前由列宁、斯大林创办的《真理报》就是在这一天出版的。因为苏联人民在新闻和出版工作中起着最积极的作用，这一节日被苏维埃共和国广泛地庆祝着。在节日前夜，莫斯科各地区的墙报编辑、工厂报纸编辑、工人通讯员和许多读者都分别开会纪念。莫斯科出版界与工人通讯员的代表们于五日在职工会大厅开会纪念。出版界照例检讨它的成就，并计划今后的工作。据统计：现在苏联全国共出版七千种报纸，发行三千万份。苏维埃革命以来，已出版八万五千种书，共印了一百一十万万份；仅一九四六年一年内就出了二万三千种书，共印了五十万万份，平均每种书的发行额是两万份，比一九一三年帝俄时代每种书的发行额超过六倍。名作家的作品都是数百万份的出版着。例如高尔基的作品就译成六十六种文字，发行了四千三百万份。萧洛霍夫写的苏联最流行的小说《静静的顿河》，已印出了五百万部。苏联的书籍杂志和报纸经常用一百一十五种文字印行，其中包括革命前还没有文字的那些民族的方言。列宁、斯大林的著作已经用苏联各民族的文字出版。列宁的著作已印行了一万五千四百五十万份，斯大林的著作已印行了四万七千零五十万份。虽印出书籍数目如此巨大，但仍供不应求。

【新华社陕北十日电】莫斯科讯：《真理报》于五日发表社论，纪念苏联出版节，略称：因为广大群众直接有创造性地参加出版工作以从事于实际的社会主义建设，苏联出版界是强有力的。我们把出版节作为苏维埃社会主义民主的胜利，它在历史上第一次向全世界显示出建立真正自由和大众化的报纸的范例。不论各个角落里的反动的假民主分子对他们的“新闻自由”叫嚣些什么，新闻自由在资本主义当权的地方是不可想象的。社论继称：今天面临战后斯大林五年计划的重大任务，人民要求报纸、杂志和书籍的出版社及新闻记者同著作家们提高他们的工作到新的更高的政治水平。社论指出：苏联报纸在宣扬斯大林外交政策及反对国际反动派阴谋计划新战争上面起了重要作用，我们的报纸一定永远坚决地为各国的巩固和平和友谊而奋斗，并持久而坚定地保卫自由与民主的利益。

（1947 年 5 月 15 日）

# 《人民日报》创刊周年纪念祝词

《人民日报》，是边区三千万人民的报纸。一年来，你高擎着真理的火把，扶持民族正义，粉碎反动派谰言，报导国内外正确消息，交流全边区生产斗争的经验，使三千万人民在你的鼓舞与教育之下，更有力地团结起来，为建设边区、保卫边区、粉碎法西斯反动派卖国独裁内战的黑暗统治而奋斗不息。一年来，你的逐渐壮大与发展，不仅是人民力量空前强大的象征，也是人民事业必然胜利的铁证。今当出刊周年之际，特以一个忠实的读者资格，敬致贺忱，并祝猛进！

高树勋敬祝

《人民日报》在《发刊词》上说：“全心全意为人民服务是本报的方针和宗旨。”一年来我晋冀鲁豫解放区全体人民，为了争取全国和平民主，巩固自己的民主建设与八年血战成果，挺身自卫，英勇地粉碎了蒋介石卖国内战的无耻进攻。惊人的战绩，辉煌的战果，振奋了全国人民，证明了中华民国的疆土决不容任何帝国主义者所侵犯，中华民国的主权决不容任何卖国贼所窃卖。

得到解放的各阶层人士，尤其是翻了身的农民和工人，已经知道他们是中华民国的唯一主人。祸国殃民的反动集团，妄想仍然骑在人民头上剥削镇压，那是永远不可能的。

解放区日臻繁荣，行政效率提高，军事力量壮大，教育普及，财政经济之顺利发展，劳动生产之热烈运动，皆有赖于“耕者有其田”的贯彻执行。然交流各个部门的工作经验，介绍各个工作中的典型范例，报导国际国内的政治形势，揭发黑暗统治的野蛮残暴，启发人民的斗争热情，提高群众的政治觉悟，推动群众走上生产建国的道路，却有赖于《人民日报》。

《人民日报》已成为解放区人民的灯塔与所有读者的指针。它真正完成了“全心全意为人民服务”的任务，达到了“全心全意为人民服务”的宗旨。兹值周年纪念，谨向《人民日报》全体工作者致以热忱的敬意。

邢肇棠

《人民日报》创刊一周年，广大读者都寄以热情的贺祝。它描述着边区群众的壮烈斗争，每一动员号召，都起了极大的推动作用。它这一年的记录，是人民血汗斗争的结晶，而一年来晋冀鲁豫人民的伟大胜利和光荣成就，也与《人民日报》的贡献是分不开的。

《人民日报》是人民的报纸：第一，它贯彻中国共产党领导人民革命的政策到群众中去，组织了指导人民的斗争，为人民利益而服务。第二，对人民负责，与人民一致，一切报导是真实的。第三，许多前线记者的战地报导，广大群众的地方通讯，表现出新闻内容是活生生的事实，新闻来源是群众性的。第四，实行由群众中来到群众中去的指导路线，表扬典型，发挥创造，交流斗争经验，新闻本身具有高度的指导性。第五，在农村环境和交通不便的情况下，建立了很好的发行网，有广大的乡村读者。这些特点，和蒋管区内一切反人民的报纸，封建集团或资产阶级的报纸，都绝对不同。

这一年来，解放区人民的伟大胜利，是爱国自卫战争和土地改革的胜利。这两种胜利是互相保证，密切关联。过去一年中，《人民日报》以此为报导和指导的中心，并推动与此相关的练兵运动与生产热潮，为人民立了大功。《人民日报》在编辑上把各类稿件组织得很好，所登社论、时事评述，采取综合报导的国际新闻及蒋管区新闻，副刊的选材，均为一般人所爱好。简图和战报的配合，参考资料和新闻的配合也是很好的。

最近《人民日报》在争取新闻的时间性这一点上已有改进，我们还希望再予加强，战报和重要电讯的发表，应不迟过两日。目前各战场人民解放军更大获胜，战局发展很快，《人民日报》已紧急注意新收复区的通讯与发行工作，这是很重要的。关于新解放地区如何建立民主政权及开展群运工作，盼迅速反映。同时，在这样情况下，蒋政府危机加深，在其统治区内，政治经济势必更加混乱，人民与黑暗暴政的对立抗争势必更加滋长，更加尖锐；边疆少数民族可能走向觉悟；美帝国主义援蒋诡计和蒋介石卖国罪行或将另有演出。这些方面的消息，望今后多加披露。我们觉得，对于其他各解放区的地方情形，报上很少登载。那些地方的土地改革概况、人民状况、交通情形、经济文化动态等，大家都很隔阂，希望扩大报导范围。

孔从周

鼓舞战斗，组织斗争，引导人民，胜利前进！

刘威诚　敬贺

（1947年5月15日）

# 《人民日报》周年祝词

范文澜

过去的一年，中国发生了历史上空前的大事件：一件是解放区土地改革政策的坚决执行和胜利完成；一件是大规模的爱国自卫战争和民主运动，壮烈的展开，胜利的发展。而晋冀鲁豫边区，在这两大事件中所处的地位、所起的作用和所获成就，都特别的庄严和伟大。《人民日报》，就在这两大事件的发生发展和在这样的边区内诞生成长的，那么，无疑的，它对于边区和中国人民的解放斗争及其民主建国事业的贡献，都是非常辉煌和远大的。我愿以一个忠实的读者与拥护者，致以热烈的祝贺！

（1947年5月15日）

# 《人民日报》周年纪念

为人民服务，教育人民，指导人民，宣传党的政策，从群众中来，到群众中去！

晋冀鲁豫边区文联、边区文协分会敬贺

（1947年5月15日）

# 介绍李文波营的上报立功运动

营长李文波同志，过去曾当过宣传员、指导员，他不仅是个好的军事指挥员，而且也是个很好的政治工作者，特别是善于利用报纸工作。因此报纸帮他们活跃了部队，提高了士气，增强了战斗力和上进心，提高了部队文化程度，指导了工作。

## “立功三次者上报”

李文波同志的稿子，第一次出现在报纸上的是二十几个字的小故事，题叫《八路军人强心好》，被表扬的王士堂同志，从此对战场纪律更注意了，当时有好多人羡慕地说：“咱也没有犯纪律，为什么不能上报呀？”打部耳寨报上登出他写的《五十[几]位负伤者》《袄袖上的血》，后来在土楼战斗中，好多同志在战场上向他报功，并要求上报，他把战斗中的材料收集在一块写了《王楼战斗中的第三营》。这些登出后，好多同志说：“只要上报，不给奖品也高兴。”因此，上报的要求成了浪潮，战斗前大家订计划，多数有“努力上报”这一条，大家决心争取当英雄，努力创造事迹。他又根据大家要求，在各连的立功委员会上决定“立功三次者上报”。打王楼的时候，他的指挥所在村边，当时这个人去，说我捉了俘虏给我登报；那个人送去了几支枪要求登报。要求上报的人挤了满院子。

## 落后的变好了

营部一个马夫，好犯纪律，以后转变了，李文波同志便写了一篇《石明三的转变》。登出后，石明三说：“我的进步还不够，还得继续立功。”《快板批评张活宝》，是营部通讯读报小组的几个同志半夜写成的，登出后，营长和教导员便和这个好犯纪律的张活宝谈话，张活宝表示：“这一次上了报，不是光荣，立了功再真上一次报。”真的，张同志马上订了立功计划，这次豫北战役中，他立了功。

## 自己出小报

王楼战斗那种挤挤拥拥要求上报的情况，李文波同志发现“天快的手也写不了那么多的英雄呀！”于是，就叫大家动手写。起初，还改一改，后来就原封不动地发出去，不到两个月，发展了十四个通讯员，有战士，有军政干部，也有事务人员。他们由不会写到会写，由写不好到写好。战士通讯小组写的《快板批评张活宝》便是证明。

通讯员增加多了，他们自己又办了个《播功报》以便培养和提高战士们的文化，并及时推动本营工作，这个小报是在干部领导由战士任编辑的。

## “听报迷”

为了上报，有的经常打听和催讨报纸，“报来了吗？有我们的稿没有？”于是便纷纷成立读报小组，七连成立了“读报委员会”，并且还有写稿采访小组。每当报纸一来，大家就乱抢，特别是营部人常围起李营长叫读报，号目、卫生长、通讯员秀龄等，都成了有名的“听报迷”。

通讯读报工作，使李文波营的工作有生气地开展起来。（转载自《战友报》）

（1947 年 5 月 15 日）

# 贺　电

一年来《人民日报》充分注意了边区党的建设，成为指导边区人民奋斗生活的中坚，冀鲁豫区各种工作深得指南，今后将加强研究你英明的指示与极力传播本区工作经验，反映本区人民生活、人民创造以为贡献，以为祝贺。

冀鲁豫日报、冀鲁豫新华分社

人民日报社全体同志：一年来《人民日报》和实际结合的经验，给予我们以很高启示。一年来《人民日报》在冀南干部和群众中的影响迅速地扩大着，人人争读，这都是你们善于体现毛主席思想的结果。值兹创刊周年，我们除向你们学习外，并祝康健！

冀南日报、冀南新华分社全体同志

《人民日报》创刊已一年，一年在它对太岳区军民的鼓励与工作上的指导起了极大作用，它已成为太岳军民不可缺乏的良师良友，并在工作中给我们以莫大启示与帮助。值兹周年纪念，特电祝贺，并将在大报的领导下一同前进。

太岳新华日报、太岳新华分社同贺

（1947年5月15日）

# 《人民日报画刊》发刊词

今天我们解放区，正在进行着爱国自卫战争、土地改革、大生产运动，我们的画刊就在这时和大家见面了。这，自然没有别的，它将要尽自己力量配合着为完成这三大任务而努力。

蒋介石正在卖国独裁，人□□□人民，我们须要用画笔把他的无耻、残暴画出来。□□人民□□□□□□□打倒这个卖国贼。

在我们解放区，自卫战争、翻身运动、大生产运动中，出现和正出现着无数惊天动地的英雄，他们□□了和正在□□着无数可歌可泣的事迹，我们须要用画笔把它画出来，鼓励大家，更加奋勇向前，使我们的□□，□□□□和平、民主、幸福的新生活。

为了这个目的，人民文艺工作团□□美术工作同志，愿意拿出他们的全部力量，□□工作繁重，更须要全区美术工作同志和广大读者关心、支持，使它一天比一天充实、壮大。

（1947 年 5 月 15 日，《人民日报画刊》创刊号）

# 邯郸广播电台鸣谢启事

本台近蒙各方爱护协助惠赐书报杂志，加强了本台的广播工作，铭感实深。兹前收到之各种书报杂志，开列如后，藉以鸣谢。并望各地宣传机关、报社、新华分社、书店、剧团源源惠赐，至盼至感！

太行新华日报：从去年全年到今年三月份全部报纸合订本；另由四月份起，按期惠赠报纸两份，《唯物史观》《政治经济学》等书籍九本。太岳新华书店：《工农兵》杂志、《吕梁英雄传》《洋铁筒的故事》等廿本。人民日报：从去年五月到今年二月份全部报纸合订本；另由三月份起，按期惠赠报纸一份。晋冀鲁豫军区政治部：《恐惧与无畏》《鄄南之战》等十八本；《军政往来》每期惠赠。太行文联：《文艺杂志》全份十三期。晋冀鲁豫军区野战政治部：《战友报》每期惠赠。晋冀鲁豫边区文联：《北方杂志》一卷全份六本。前线各部队小报：《战功》《互助》《人民解放军》《战□报》等。太岳区委会：《太岳民兵》（前□版）。阳城县联合办公室：《劳动人民》（石印报）。

（1947 年 5 月 17 日）

# 贺　词

三千万人民的喉舌

邯郸新华广播电台

自卫战争的号角

太行新华日报

一年来，你说出我们武安人民知心话，又给武安人民换了脑筋，我们愿和你永远作为好朋友。

武安县政治处、县政府、群众团体

（1947 年 5 月 17 日）

# 本报创刊周年举行茶会　座谈加强报导工作

冰如

【本报讯】十五日为本报创刊周年，全馆同志均以紧张愉快的心情，度过了这个日子。是日承蒙边区党政军民机关首长干部及文化界同仁前来致贺。下午一时举行茶话会，磐石同志诚恳地向到会同志征求意见，借以改进与提高报纸工作。边府袁致和厅长，指出报纸一年来在反映和指导自卫战争与土地改革运动等方面的成绩后，说：“报纸应多登人民斗争有关的问题，报导上要克服消极因素，发扬积极因素，抓紧群众的创造（如《济源第二杜八联》《武安冶陶群众评功拥干》等）。”中央局宣传部王中青同志说：《人民日报》随着全区工作的发展，在结合实际上有显著进步，贯彻了党的方针，反映了群众的创造。希望今后各版更紧密配合当前中心任务，更好地反映边区群众的思想实际与斗争实际。人民作家赵树理从群众的要求出发对报纸提供了一些意见；荒煤同志希望报纸在集中反映中心工作要求下，应再多从侧面反映群众的各种创造，并注意全区文化战线上的活动。此外边区人民文工团、新华书店等机关团体同志，对报纸如何密切联系实际联系群众问题，提供了许多宝贵意见，宾主同席漫谈，甚为融洽。最后磐石同志对大家的关心与帮助申致谢意，并对报纸一年来做得不够、应加努力之处加以说明，除勖勉报馆全体同志加强学习、提高业务外，并希望大家随时予以帮助，把报纸办得更好。座谈会历时三小时，会后并举行会餐，晚间由人民文工团出演《周子山》等剧。

（1947 年 5 月 17 日）

专给外地读者解决买书困难

# 新华书店、韬奋书店通信购书办法

手续简便寄递迅速服务周到绝对负责

一、本店为普遍输送文化食粮，便利外地读者购阅书志，特制定通信购书办法，如蒙委托，当诚恳办理。

二、各地读者、机关团体、部队、工厂、学校等，如要各种书志，可以写信，附进汇票，交邮局寄给本股。

三、购书人的姓名、地址及委托代办的书志名称、数量、价格等项，都请详细用正楷分别写明，寄给本股。

四、凡本店出版或□售的书志，均可代为办理。

五、任何读者可预先交一部分书款存放本股，以供日后提取作购书用。此项存款邮购户，可享下列的优待。

1. 如要何种书志，只须随时通知就可寄上。

2. 在读者指定范围内本股可以代为选寄书志或寄发新书。

3. 读者预定的书志，一等到出版时，就先行寄给，可以早看好几天。

4. 读者存放本店的书款，可以随时提取。

5. 读者可以经常收到本店新编的图书目录和新书简报。

六、读者集体买书，特别欢迎。个人经济力量有限，集体购买，经济力量就大。个人买，个人看，书籍影响范围小；轮流阅读，互相研究，能增进学习兴趣，心得亦大。

七、购阅本店出版之书志，均给以九折优待。唯临时购阅，不予折扣，本店只奉送邮费。

八、书款可交当地邮局汇寄，均须先行寄下，恕不赊欠。

九、本股收到读者来信及来款后，即列作邮购户，将收款收据寄上；寄书随有发单，两个月寄奉结单一次，以便核对账目。如无特殊情况，当于接信后二日内，将所要书志寄奉，决不延误。

十、路程较远者，书志一律用挂号寄出，保证读者能收到。如有遗失、耽搁及短少等情，请来信详告本股，当查明补发。所有寄费，概归读者负担。

十一、书志寄出后除缺页、倒装、误寄等情外，恕不退换。

十二、关于举办小型图书馆，组织读者小组、读书会，工作中如有困难，欢迎具体提出询问，本店当尽所知详细奉告。

十三、读者如有学习上之疑难问题，可提交本股，当设法请人代为解答。

★★★★★★

读者订阅杂志，设有“自由订户”，一经委托，竭诚办理。

一、读者委托代定之杂志、订阅期限可以自由指定，随意增减，倘遇中途停刊，或读者兴趣转移，均可改订别种杂志；如需退还订费，亦可照办。

二、活□订户之订阅，手续□便，读者只需示知所定之刊物名称份数、从何期订起、收件人姓名地址即可。

三、预收定费每种以四百元起码，多则听便。

四、本店接到读者委托后，即开奉订单，按期照寄，所定刊物价格，概照□通售价给以九折优待。定费用完后，即开奉清单，通知汇款续定。

五、定费须先付，请由邮局汇下。

六、惠定刊物之寄费，平寄者一律奉送。如需挂号及快邮者请先告知，所加各费，由读者负担。

七、读者调动工作，务请先行通知本店，俾按新址照寄。查询定刊，请将订单号码告知即可。

八、代定新杂志□以《北方杂志》《文艺杂志》《工人报》《新教育》《卫生月刊》为限。

华北新华书店、韬奋书店邮购服务股

地址

总店：河南武安

分店：河北邢台、邯郸，山西长治

（1947年5月18日）

# 蒋记国防部“厕所有文学”

萧

三月二十三日天津《大公报》载：“首都国防部新闻局厕所为黑色墙壁，其上刻划妙语甚多，如最可怪者为：‘本局工作为统制军人思想，督促军人走向封建的道路，进而为本朝代王公、大臣、军阀、财阀做走狗，供其役使，出尽血汗，甚至忠实地消灭自己的灵魂与埋葬自己的生命。’”愤懑情绪，溢于言表。

（1947年5月18日）

# 太行农村剧团豫北前线劳军

耀武

【本报豫北前线讯】太行区大批农村剧团赴前线出演。仅对我汤阴围城部队演出者即有长治之胜利剧团、潞城之大众剧团、黎城之黎明剧团、豫北人民剧团、武安剧团等，他们在距城不远的村庄中搭起舞台，曾先后演出《白毛女》《血泪仇》《三打祝家庄》等名剧。锣鼓管弦之音与枪声、炮声、手榴弹声互相交错，此起彼伏，形成一种从来未有的紧张而愉快的战场场面。战士们于激烈战斗中对此表示热烈欢迎，大大鼓舞了他们的战斗勇气。豫北人民剧团所演出之《白毛女》，颇得战士好评。

（1947年5月19日）

# 《人民日报》和我们的工作发生血肉联系

潞城五区来信

人民日报同志们：

一年来，我们的工作和《人民日报》发生了血肉不可分离的联系。因为我们的中心工作是群众运动，所以除了重要的国内国际大事外，我们总是要精读关于翻身运动的经验，总是努力在领会其他县份的经验，和我们的工作、经验结合起来研究。因此，《人民日报》推动了五区的翻身运动，对我们最有益处的是典型经验，我们希望把典型经验报导得详细些。有几篇文章对五区工作的推动很大，如武安同会村的劝说运动，武安崇懿村自愿换平，南景色的农民大学，和顺普训农民的经验，平顺按产量填平补齐，以及左权、涉县、武安八区整关系的经验。我觉得这些材料指导性很大，尤其是，我们这里也正在搞同样的运动。当然，我们学习这些经验，也不是生吞活剥，而是研究、批判，对照五区实际情况来接受。

关于整关系的问题，五区也曾经写去一个稿子，那经验现在看起来，有着不少偏向，主要是对问题的解决不是从表功、承认干部功劳入手，并从谈功劳中启发干部反省的勇气而至自觉的退出多得果实，因而在整关系上起了不少的副作用。以后见到《向区村干部致敬》社论，我们迅速地开展了立功运动，来解决整关系所引起的副作用，武安八区搞得较好；不过精神上，也不是以那篇社论的精神来搞的，我还希望能看到关于整关系的典型创造。

柳村

编者按：柳村同志的意见很好，我们当尽力去满足同志们的要求，同时我们也希望各地直接领导各种运动的工作同志经常给报纸写稿。关于调整干群关系的问题，本报十三日所载武安冶陶的做法，是个典型创造，可供各地参考学习。

（1947年5月20日）

## 太行各局站邮工积极推销报纸

药诚

【本报太行讯】太行各局站邮工主动积极推销报纸，每月报纸到订期（十五日后到廿五日前），即自动找订户和发展新订户。阳邑局邮工魏保书同志，主动挨门挨户到各机关、工厂、商店、老百姓家订报，五月份订了一百五十多份。长治市局李贵良沿街推广订报户。武安十区过去订报不多，邮工郭从会同志就利用村干部会，宣传报纸的好处，并给不识字看不了报的一些同志说："你们是村干部，应早知道好消息。不识字也应订上报，找个识字人读，大家听。"一次增订了《人民日报》十二份。磁县局邮工王虎生同志到彭城推订报纸，四月份《人民日报》八十份，五月份就成了一百三十份。报纸一发到邮局，邮工同志总不让报纸在局内停留。左权邮局下午五点报纸来时，邮工张金富同志见报来，总是不吃饭先送。涉县局邮工董□孩同志为了早让前方看报，提出多担，他一担担了八十多斤。

（1947年5月23日）

## 祁县建立乡村邮线　两天内报纸到全县

【本报讯】祁县县长县书亲自推动建立乡村邮线。该县过去采用派差送信办法，梁村共三百零五户，村公所每天平均用支差、送信民夫八人，每人每天吃小米三升，每月需米七石二斗，村村如此。民力、财力的耗费相当巨大。李县长、曹政委提出乡邮线的重要，和过去报纸、信件不断遗失现象，并以梁村的典型实例对耗费民力作了严格检讨，打通了干部思想，二月下旬开始，县长、县书亲自领导，具体确定、组织乡邮线，结合民校群运生产进行。不到半月，全县共组织好乡邮干线四条，支线十九条，乡邮工二十二个半人，大大节省民力同时还加快了速度。从县发出的报纸、信件，两天内即可达到全县所有村庄。近又集训了全县乡邮工和收发员三天，确立各种工作制度。（媚德、嘉禾）

【又讯】和顺邮局与各区县秘书会议确定区秘书或建设助理员负责领导乡邮工作，邮局负责业务技术指导，区设乡邮总站，各线设分站。一区过去全年用一百六十个劳力，现在只用八十个，减少了一倍。（瑞□）

（1947年5月23日）

# 加强部队战斗力的门板报

本报资料室整理

门板报是我前线××纵队在立功运动中的创造，对于推动各种工作作用很大。目前后方正在开展大生产运动，这一经验各地办黑板报亦可根据具体情况灵活加以采用。

——编者

现在我们前线××纵队的政治工作上，发明了一种新式武器。这个武器很厉害，连队里有了它，连队便马上活跃起来；全团有了它，全团便马上活跃起来；全旅有了它，全旅便马上活跃起来。这个武器是什么？就是门板报。门板报得到成百成千的战士拥护和赞扬，说它像春暖花开的太阳一样，在报上写着："门板报，门板报，你为什么不早来，早知你下生，通电把你叫！"干部说，门板报是新的领导方法，有了门板报，一切都好办，打破了战士无能、战士不好、战士落后的观点。口号是"遇到困难，找群众去"。它在立功运动中，正发挥着无比的力量，通过它，把立功运动推向普遍、深入，配合着找好、记好、学好运动，不到一个月的工夫，造成官表扬兵，兵表扬兵，兵表扬官的群众运动，使部队换了一个新面貌。

现在这里谈几点办门板报的经验。

## 组织和特点

门板报像轻骑部队一样，非常简单、方便。部队每到哪里宿营时，就在本单位集中的场所，竖起一块门板来，把大家写的稿子，叫支部或编辑主任看看，修改一下错字白字，贴在上边，就算出版了。它的编辑部，一般都是以连队支部为核心组成的：政指当报社主任，掌握报纸中心内容及全盘工作；文干当编辑委员，负责张贴登记稿子，督促写稿与收稿，领导通讯员；支部宣委当广播委员，负责阅读、修改稿子，及时评论每班、排及个人稿子的好坏。全连队的战士群众，都是它的通讯员和读者。

门板报有它的特点，和过去一些形式主义的墙报根本不同：一、它有广泛的群众性，群众能写啥写啥。一个画也可，一句话也可；四方纸也可，三角纸也可。它可以用最简单易做的形式，表达战士的意见。它不要求字写得多好，内容如何不"平凡"，使群众望而生畏。所以有的连队，已能有百分之八十三的人写稿了。二、现实性强，不重形式，不用讲究缮写、排版、装饰。大家动笔，不愁稿荒，出得快，很多单位能在整训、行军、作战中每天出一期；昨天的事，马上能反映出来，对今天的工作马上便有推动。这和摆布多少天才能出上一期的墙报是根本不同的。三、以具体的表扬为主要内容，内容是本单位以内的具体反映与意见，通过它可以有力地提高指战员的积极性与创造性。四、与当前的工作、当前的运动紧紧结合，直接为当前的自己的斗争服务，成为大家工作学习的武器，不是摆设，不是历史文献，不是空洞论著……这就是门板报的特点，把握住这个特点去办门板报，才能摆脱形式主义，干出味道和效果来。

## 怎样才能办起来？

门板报要想办起来，必须有细致的组织工作，艰苦耐心地去发动群众组织群众，把群众组织到门板报运动中来。关于这方面的成效与经验，也有几点写在下边：一、要军政首长思想上重视，不要认为不必要，认为是负担。某旅发现门板报的好处后，就把建立门板报作了决定，让每个连队都搞，收效很大。二、要干部带头写稿读报，突击几个人或一个班开始写稿。□字部队某营文干王荣堂同志，为了建立门板报，下尽苦功。他发动战士、卫生员、伙夫写稿时，有的说不识字，有的说文化水平低，他说想说啥就写啥，干什么写什么，你做饭写做饭，你出操写出操，行军就写行军。不识字，不能拿笔的，他就替他们写，写好后就对着大家念。不几天把报纸闹得红火起来。三、稿件要求水准低，放手叫群众表现，只要没有原则毛病，帮助改一下（也不要改得太多），有稿尽量登出。某特务连的门板报上一战士简单地写道："张玉河同志在平时很好，工作很积极，没说一次怪话，全班同志也说他好，该给他记好一次。"还有很简单的图画，先画一个圆圈，点上耳、目、口、鼻，下边再画一个大圆圈算作肚子，肚子下边画上两根直线就是腿，担了两个水桶，上边标着歪歪扭扭的字："苏文亮同志每天帮助老乡十八担水。"看看非常生动，教育意义很大。四、要从干部战士需要上来宣传报的好处，帮助群众解决参加门板报的困难（时间、纸张、笔等）。五、要及时表扬门板报工作中的积极同志。“宁愿少睡一会觉儿，不能不办门板报”，一个战士在连日行军中，不怕疲累，在别人睡觉时还在写稿。一个班长半夜带班回来还要写稿，写好后半夜送走。他说：“今天晚上送不到，明天早晨登不了。”这些生动事实都在门板报上予以表扬，还给他们照了相片，他们的劲头更大了。六、一定要读报，使报纸发生实效，引起群众兴趣。一位理发员写了一篇稿子，文化干事忘了读，他很生气地说：“我不写了，文化干事不读我的，我写得不好吧！”文化干事马上向他赔错，他才高兴。

这样的发动群众的工作虽然是很艰苦麻烦，但经过努力把门板报真正办起来时，它的作用大了，干部就会觉得领导“省事”多了。

## 十大好处

门板报有十大好处：一、及时记好，发扬正气。某营过去讲怪话的很多，机枪一班张文明是个怪话大王，脑子里存在着混饭吃的思想，诉苦运动后，稍有转变，门板报上立刻表扬了他。他看见很高兴，越发变好了。后来他又帮助别人学习，大家又给他记好一次，他更积极了，说：“调皮不管用，上级看得清，谁不愿落个好，记好簿上来立功！”

二、提高觉悟，提高文化。一营理发员鹏学昌，父亲被汉奸打死，诉苦后在门板报上写道：“坚决干到底，为父亲报仇！”提高了他的阶级觉悟。营部十二个不识字的同志，半月内能写稿了。理发班全班一个字不识，找文书代写后，套着仿写，十天后，每人最低能识三十个字，有的竟认到九十个。说：“门板报要早来，我早当了干部。”

三、广播消息，交换经验。山东大捷刚从电话上传到某团部，未发表前，特务连电话员王国栋就跑到连部问指导员能写不能写？指导员允许后，他就写了一篇稿《我听到一个好消息，山东消灭敌人七个师》，指导员向大家一念，全连战士都兴奋地跳起来。某连记好发生困难，没有时间，机枪班就介绍经验，写道：“我们在洗脚时候找好记好，只用五分钟”。全连后来都向他们学习。

四、自我批评，思想斗争。某营通讯班张良臣，很调皮，外号叫“火里蹦子”，全班对他有意见，有一次行军，别人脚上打了八个泡不坐车，他脚上打了两个泡就坐在车上。魏得胜和卢玉山伙画了一辆大车，让一个小兔拉着，车上坐个小孩，嘴里吐出两条线代表说话：“我叫火里蹦子，我好坐车。”从来不脸红的张良臣这回脸红了。第二天打老田庵站，他自动送信十多次，背伤员一名，纠正了他那“吊儿郎当怪吃香”的思想。

五、帮助领导，了解下情。某营一个战士想开小差，自己反省出来不对，文干就在门板报上写了一篇稿表扬了一下，接着有五个同志都作了反省，不开小差了。

六、互相勉励，增强团结。骑兵班过去行军永不下马，有一次石凡玉和三扁嘴让步兵病号骑马，徐文荣就写稿表扬。以后骑兵班行军，不但让病号骑马，还替病号背枪，增强了团结。

七、推动工作，改造落后。某营诉苦运动到下决心阶段，大家都不敢订计划。门板报上先登出几个订计划的，大部都跟着订了计划。某营出门板报后，改造过来四十八个落后的同志，其中二十一个成了积极分子。

八、群众评议，功过分明。某营理发员说：“现在八路军和过去不一样了，有一点好，大家就给你记上，让上级知道，有好就表扬，还闹问题干啥！”一个排长在老田庵战斗中，因勇敢记了一大好。但第二天他睡了大觉，一战士写稿道：“二排长，好是好，就是不起床，不跑步，这些地方要克服。”

九、发动竞赛，掀起热潮。某营行军前理发班向营部提出竞赛，在门板报上发表：“夜行军不说话，保证三不走，不逃亡。”全营部都应了战。结果都做到了，双方优胜。

十、宣传主张，实现领导。某营诉苦，在门板报上写着大字：把眼泪变成力量。大家都订了杀敌计划。行军前提出人人要学好，见好就学好，行军中多记好。结果伙夫、马夫都做到了。门板报建立以后，上级党主张什么，反对什么，大家也就跟着主张什么，反对什么。

（1947 年 5 月 23 日）

# 边区文联奖励《王克勤班》剧作

边区文联因《王克勤班》歌剧获得前方热烈欢迎，特发给奖金一万元，并去信向军区文工团及六纵文工队致敬，其原信如下：

军区文艺工作团、六纵文艺工作队全体同志们！

你们全体同志在前线战斗中深入部队学习，创作了《王克勤班》新歌剧，生动地表扬了群众新英雄，获得很大的成功！听到这消息使我们感到莫大的兴奋和喜悦！除在《文艺通讯》特约许多同志撰文介绍外，文联特发给《王克勤班》创作奖金一万元，聊表真诚的敬意！并且希望全体同志在立功运动中，很快地创作更多更好的剧本来反映伟大的爱国自卫战争！热烈的敬礼！

边区文联

五月二十日

（1947 年 5 月 24 日，《文艺通讯》副刊第 2 期）

# 人民文艺工作团成立

人民文艺工作团业于上月十五日正式成立，它是由各地来的著名艺术工作者，所组成的综合性的艺术团体。工作委员会委员有刘仰峤、刘郁民、邵惟、马达、史平、洪征、卢肃等七同志，工委会下设文学、戏剧、音乐、美术四组。该团成立不及一月，文学组即改写了一个剧本，创作了一个剧本；现又和音乐组合作前线歌曲。美术组除和文联、人民日报合办《人民日报画刊》外，还做了不少工艺品（如毛主席像、红星等）；现又筹备画洋片。戏剧组曾演出八次，所演《周子山》《接受大员》等剧，均受群众热烈欢迎。

唯团体新成立，尚未与各文化团体取得密切联系，希各剧团、宣传队、各文化团体多多通讯，特别希望多多寄些材料及有关之各种印刷物。

（1947 年 5 月 24 日，《文艺通讯》副刊第 2 期）

# 军大文艺动态

立云

（一）军大在大练兵中，部队文艺活跃异常，起作用亦甚大。戏剧演出和政治学习时期一样热闹，且有新发展，在“演兵”上已摸到一点经验，并经初步总结。

（二）为了缩减机构支援前线，军大文工队已于今年一月奉令结束，文艺工作重点转向连队。因去冬已取得一些经验，三月来发展极速，不论军事政治学习，编演戏剧已成轻而易举之快事，甚至刚到校之学生，也能演出十分有教育意义的好戏。

（三）军大前线慰问团五月上旬起赴前线慰问，并拟在前线出演幻灯，内容有八路军的历史等新颖节目。

（1947年5月24日，《文艺通讯》副刊第2期）

## 舞台改革（戏剧通讯）

仁

在冀鲁豫自卫前线活动的好些文工团、剧团、宣传队，当他们在舞台上反映自卫战争的现实时，对舞台本身进行了大胆的改革。

许多不适合前线的舞台设计连同它的道具，那些和平生活里的[事]物，从舞台上扫除了。前线的许多现实景物——地堡、工事鹿砦、寨墙，被搬上了舞台。

这些现实的[斗]争景物，不客气地霸占了舞台，不顾所谓“破坏舞台气氛”的抗议，把旧有的舞台框子冲破了。如前进剧社上演《张凤集》时，把天幕撤去，把后台设到舞台侧面去，这样，观众再不是看见一块蓝布遮着后台，能够望见事件发生和进行的背景——冀鲁豫平原常有的漆黑的夜，碰巧还可以看见星星和月光，英勇的斗争和胜利的喜悦……就在这样的[夜]景中发生。这种改革，很快为文工团和[二][一]宣传队所采用。一次文工团演《吕登科》时，观众看着一个翻身农民出身的青年新战士在夜幕下的熟练美丽的姿态匍匐前进而喝起彩来。接着上演《王克勤班》的战斗场面，也把天幕撤去了。冀鲁豫平原所特有的美丽的金字塔形的高粱秆尖塔，在二一宣传队上演《张凤集之夜》（二幕话剧）时，出现在舞台上，把密密的布条幕毫不怜惜地挤在旁边，演员从高粱秆尖塔之间出场进场，这样的画面，显得真实而美丽。

在舞台改革中，也克服了好些困难。好些工作同志都异口同声地宣传战争场面搬上舞台，是从没成功过的。但现在，一切都被卷进战争了，英雄主义是在战斗中出现的。因此大景的火力效果被吸收进来了；墙壁的倒塌和地堡射击孔冒出的火舌，也活现在舞台上了，并且用音乐来创造战场的气氛。

（1947 年 5 月 24 日，《文艺通讯》副刊第 2 期）

## 达到为兵服务的目的

（来信之一）

……去秋我们学习了文艺方向以后，大部分同志树立了业务观念，所以在工作上有了新的进展，大家一致认为：要达到为兵服务的目的，必须要把深入连队做文化娱乐工作看成第一位，从这一实践中去体会兵的感情，兵的动作，兵的语言，兵的生活的特点。收集些部队战斗学习练兵的故事，进行创作，然后出演。

认清了宣传队的工作不仅是出演，还有其他更多的工作，而出演只是它全盘武器的一部分。我们的工作中，事实证明了做连队文娱工作不仅能提高宣传队的威信，而且也能巩固，再说也能和战士建立一种良好的情感，作为今后工作、收集材料、倾听反映的捷径。只有这样才能做到为兵服务，演兵自己的戏。兵体会到你对他们的帮助，才能对你爱戴亲近拥护，所以同志们对这一工作发生了很大的兴趣。





在出演方面，我们为了适应兵的战斗环境，我们倡导多演广场剧、小型歌剧，这样省装景，少演那些要费很大劲装景换录的话剧。

太行一分区政治部宣传队

四月二十六日

（1947年5月24日，《文艺通讯》副刊第2期）

# 希望带给前方更多好戏

## （来信之二）

仲

“……最近前方戏剧活动还好，除各部队的剧团以外，后方来了些剧团，经常到各部演出，战士们对于看戏是很感兴趣的。真的起作用的是《血泪仇》和《白毛女》，这两个戏的教育作用很大，效果也很大，尤其对大批刚解放过来的战士，差不多每场戏之后，很多战士都是哭着走回去。我碰见很多领导同志谈到部队的教育问题时，就说：‘赶紧演一次《血泪仇》和《白毛女》！’

“听说北大文研室可能有剧团来，这里很欢迎，希望带来更多的好戏和更多的戏！”

（1947年5月24日，《文艺通讯》副刊第2期）

# 看了《王克勤班》的戏

## 班长们要学

晋冀鲁豫军区直属队四大队一连看了文工团演出的《王克勤班》

之后，连里便召开了一个班长座谈会，主要是进行反省，学习王克勤的好作风。事前先叫大家做了一下准备，便开会讨论，会上首先是四班长武振华同志反省自己模范作用不够。他说：“在×县行军时，走了整整一夜，没休息，天明又走错路，所以我很不高兴，自己掉了队，还说了许多怪话。”反省到自己的脾气坏，他说：“队伍集合时，如果有人要大便，我就得训他半天，真不对。这回看了王克勤的戏，真是上了一大课。”接着，二班长石子明同志说：“看了王克勤的许多优点，咱的缺点太多了，看见班里有了病号，就要发躁。”发言中，大家都佩服王克勤管理周到，平时解释工作好，大家深深觉得剧中白志学的话说得对：班长（王克勤）真是个好当家的。九班长荆世荣说：“人家王克勤是眼到、口到、做得到，处处周到。”又说：“咱们干什么事情不会解释，总是快！快干！或是跟上！紧跟上！就算了，没有像王克勤给白志学讲道理一样地去解释问题。”七班长郭载林觉得互助要紧。他说：“以前我总认为当兵么，就是各管各，行军各人背各人的东西，不觉得互助要紧，所以班里也难搞好。”另外几个班长反省说：“有时碰到困难，战士还没哼气，咱首先就发了一顿脾气，咱都比不上战士，更比不上王克勤。”一面进行反省，一面又有人提出些问题，如五班宋班长说：“当班长光说好话能办事吗?”经大家研究，认为什么事尽先弄通思想是应该的。最后，研究了本连的互助组织，大家认为有缺点（如互助组长都是由班长副班长小组长兼任），说王克勤的办法好——由战士自己找互助对象，民主选出互助小组长。于是就根据大家的意见，准备重新建设互助组，展开互助互学运动，创造“王克勤班”。(胡波生)



## 战士也要学



军区文工团和某部文工队联合编导的《王克勤班》演出后，一〇〇部队即加以讨论。

四连一班杨富强同志谈到班长帮他做被子，拿钱给买烟，肉少了自己不吃让大家吃的事情说：“班长为的啥？就是为的我们大家。”四班李清志说：“我心笨就发愁，班长岳开德同志不断地帮助，现在情绪很高。这主要是班长对我好，班长和戏里那个班长一样关心咱们。”四班战士如王金小同志，在以前有心想跑，虽然经过上级的教育，后来又看到跑了的归了队，编队时上级的照顾等等原因，使他犹豫，但这种思想的克服，是《王克勤班》给以很大的教育的。王金根同志就因为生活不惯，思想动摇，他的思想转变是班长打水，先给他喝，他体会到干部对自己的关心，所以看戏后，就打消了回家思想，并且说：“现在我思想好，主要是班长教我好。”好些新战士感到白志学终归成为战斗英雄，自己也是披红挂绸来的，决心要好好地赶上他。看了《王克勤班》之后，群众把这些事提出来了，大家觉得自己连里也能出“王克勤”的。在讨论会上，一些班排干部，也拿王克勤来检讨自己。

五连班排干部都感到“对班里病员招呼上、互相团结友爱上、管理教育上太差了，今后要向王克勤学习”。四连四班长岳开德把三个月工作作了检讨，觉得自己偷懒，团结友爱差，说话不好，要学王克勤关心大家。一班长王治仁说：“我自来一班里，对大家照顾太差了，戏演的模范班长给我一个刺激，以后我对同志们一定要关心。”五连战士中，有个别人情绪不高，出操回来就躺在炕上，看戏以后想开了要好好地干。许多同志看戏以后，自动地对病员关了心。大家情绪很高，工作已经开始转变，官兵关系也比以前密切了。（谈倍德）

（1947年5月24日，《文艺通讯》副刊第2期）

# 蒋政府勒令《文汇报》停刊

【新华社陕北二十五日电】中央社二十四日讯：蒋介石之淞沪警备司令部已强迫上海著名之《文汇报》《联合晚报》及《新民晚报》三大报纸，于二十五日停刊。该部“命令”称：“查该报连续登载妨害军事之消息，及意图颠覆政府、破坏公共秩序之言论与新闻；本市为戒严地区，应予取缔。依照戒严法规定，着令该报于二十五日起停刊，毋得违误。”又据法新闻处称：蒋记中央宣传部已以电话训令南京各报馆，禁止对此三家报纸之停刊表示任何同情。因为在目前上海的紧急情况下，“宪法”所保证之“出版自由”已不适用。

（1947年5月27日）

# 周年赠言

## ——本报周年纪念茶会纪实

本报周年纪念日（五月十五日）茶话会上，本报社长磐石同志及本报同志，诚恳征求到会同志对本报发见。会上，空气和谐活泼，谈笑自若。所提意见，非常中肯，对报纸编辑工作及通讯工作的改进，都有很大帮助。现特将会议记录整理出来，发表于此。

——编者



鲁藜同志说：在报上看见，反映割韭菜思想很厉害。我刚从潞城回来，听那里负责同志讲，这个在潞城是少数人的思想，不是普遍的，兴家立业、发财致富是翻身农民的普遍思想。报上未大力宣传发家致富，是否合适？还须研究研究。

赵树理同志说：各地情况不同，割封建尾巴时，哪里损伤了中农利益，哪里就会引起割韭菜思想，不损伤中农利益的地方就会少些，也许没有。

边府袁致和厅长说：割韭菜思想，主要是旧中农思想，翻身农民是强烈要求发家致富的。老区有劳动英雄，有新富农，割韭菜思想就会少些。新区没有劳动发家的榜样，割韭菜思想就会严重些。不过这种思想在进入生产运动后，地权稳固了，慢慢可以克服的。

接着袁厅长就谈对报纸的意见，他兴奋地说：报纸的内容比从前丰富得多了，指导作用也强得多了。报上的好通讯，可以影响几十万人的行动，让他们读了能够跳起来。如《对新战士的思想领导》那篇通讯，是个彻头彻尾的群众路线，它不打击一个人，把各样的战士都领导起来，个个劲头儿很大。这个典型的领导方法，对我们带新兵有多么大的指导作用啊！冶陶镇解决干群关系的通讯，也是篇典型的领导方法。它从表功入手，启发自觉，使干部自自然然地走向革命化。它不像有的村那样，不表功，先擦黑，把干部擦下去，擦成黑漆一团。如果这样擦下去，会影响一百多万区村干部的情绪。因此，报纸在指导上，要大大发扬积极方面，避免消极因素。太岳区《济源第二杜八联》的通讯，我很爱看。他由几个人慢慢儿活动，慢慢成了一支游击队，建立了游击根据地，给敌人不屈不挠地斗争着。这是个了不起的大事啊！这个短短的通讯，对敌后工作同志指导作用多么大啊！抗日战争初期，咱自己也带过游击队，就不会这样搞，这不是个简单事情！现在有些同志，光愿看大胜利消息，不愿看游击队活动、发展的小消息，是不好的。

王春同志说：战报、地方新闻很多是堆集一些干巴巴的数字，枯燥无味。有些通讯还有血肉，看着还很起劲。把新闻和通讯统一起来写不好？

王仲青同志指出报纸成绩后，又提出几点意见：一、国际消息上，反映不出殖民地解放运动、民主运动的动态来，今后应加改进。二、标题有的标得很醒目、很生动，能够吸引读者非看不可。有的标题客观性叙述性大，指导性就差一些。三、四版最近与战争结合得很紧，今后应登一些土地改革、生产运动的工作经验。四、通讯工作，报导面要广泛一些，我们写战斗经过、战斗故事多，写战士在战斗中思想如何变化少。单纯的军事报导多，报导政治工作（如某战役的政治影响）、战场纪律、战地群众工作等就差一些。

崔玺同志说：咱们的报纸反映其他解放区的动态，采用他们的工作经验，来指导本区工作，我感到做得差些。同时，报导一般工作经验多，通过典型人物典型事迹来指导工作的报导还少。

王春同志说：国际消息报导上，看不出世界的趋势，看不出世界人民走向胜利的活动。只让读者看出是非，是不够的，应该使大家看出世界人民力量的强大，世界走向哪里去，以增加胜利信心。

赵树理同志说：最近四版上反映战争多，配合得好。可是有的通讯写成老一套了，看起来没啥味道。像描写新解放区群众的情绪，好多地方都是老太太说："你们再晚来几天，俺们就不能活了。"蒋管区人民的痛苦很多，从各方面去写才好。

荒煤同志说：在报导方面，有时候把好的东西埋没了。如部队上"三合一"教育，是个很好的东西，起作用很大，应该好好地登一下，可是没有登。有的消息处理不恰当，太岳部队进入曲沃城后，纪律那样良好，但在版面上没有把它放到显著地位。因此，我联想到关于一版上头条消息的问题，是否光登战争胜利消息？有时候，虽然解放了一座城，但同时又有其他的一个消息比它更有重大意义，我看也可登头条。地方版上，是否可以集中报导一个地区的工作，给人以明确的印象？三版上国际消息太少，有时还接连不上，有些消息看了不摸头脑。四版对文化消息和文化人的活动应反映一些。报纸对各机关联系和各种工作配合报导还不够。

刘仰峤同志说：各种工作告一段落时，应有一个综合报导，使人对这一段工作可以了解全貌。蒋管区的东西反映得太少了（如民主运动、民变情形等）。

邵伟同志说：我在陕甘宁边区，看到那里乡村黑板报，老百姓闲谈，很注意国家大事，而现在我住的乡村，很少听到他们谈这个东西，在这一点上，报纸和群众结合还不够。加强群众的时事教育还应注意。

谈到这里，时间已经不早，磐石同志和本报所有同志对于大家所提意见感到十分满意。磐石同志说：这些意见很宝贵，有很多报馆同志几次检讨，也没检讨出来。现在，我根据大家意见提出几点：

（一）报纸联系实际问题，要特别注意。如割韭菜思想，究竟是老区严重呢，还是新区？是旧中农有呢，还是其他什么人？报馆对这些思想的了解，还非常笼统，和实际情况距离还远。如果对全面情况不了解，只注意了割韭菜思想的一面，而不强调发家致富的思想，那对工作指导就非常有害了。这些就须要注意调查各地的实际情况，随时了解各种问题。报纸是几千万人的报纸，报上登一条消息，一句话，一个字，关系都很重大，不允许我们有丝毫马虎。

（二）把群众思想和领导思想区别开来。领导思想是广大群众意志地集中表现，提倡什么、反对什么，要能十分明确。群众思想，有的很好，可以大力提倡，就可成为领导思想，广泛地传播出去，推动工作。有的群众思想是朴素的，还不一定全面，不能合混采用。如洗脸擦黑口号，我们曾把它用标题标出来，登到显著地位，这样一标，就成了领导思想出了毛病。某村干部批评得对，他说：洗脸是毛主席说的，我们没啥意见；擦黑是对待伪组织人员的办法，我们不赞成。这是很好的例子。

（三）报纸形式问题。在标题方面能真正抓住新闻的精髓，标得明确、生动，有指导性，不在连篇累牍地标得多，如反映填平补齐工作，不需要在版面上左一个填平，右一个补齐。多而不精，就会使人生厌。我们有的标题，确是客观性叙述性太大了，尤其是那样的标题，摘录文内一大段，几乎把全文都写出来了，没有指导性，读者也不看内容了。在写新闻方面，通讯能写得生动，新闻也应该写生动。顶要紧的是，每一条新闻（尤其是地方工作方面的），必须写出生动的具体过程，使人看出事实的发展，能够学习。只有干巴巴的数字和人名地名，不会引起读者们的兴趣。

（四）反映中心工作与侧面反映中心问题。报纸反映中心工作，指导工作，这是对的，也必须这样做，指导才会有力。这是保证胜利完成工作的关键。在反映中心工作中，可以用典型事件、具体事例报导全部工作的过程。这是很好的报导方法，读者也很爱看。要想凡事都登，报纸实际上有它的困难。不过为了突出中心工作，加强指导力量，从各方面配合和从侧面反映都是必要的，采用外区经验，也很必要。如目前我们中心工作是防旱抢种，晋绥区也提出“防旱抢种，节约备荒”口号，人家的提法又很好，可以刊出，启示我们。又如报导自卫战争，光有简单的战报是不够的，需要有战斗通讯、战斗故事配合。特别重要的，自卫战争是人民战争，千千万万人民支援前线的活动，都是惊天动地的伟大场面，都需要写。此外，和其他部门工作的配合，也可在中心工作反映上来配合。如现在报纸报导大生产运动，文联同志写的关于这方面的文章，就可以登，文工团演剧推动生产的活动也可以登。这样做，既可看出各部门工作的活动，又可突出中心工作，调剂版面上的单调。

（1947年5月27日）

# 中共晋察冀中央局关于文艺工作的三个决定

## 一、开展边区文艺创作的决定

（一）边区文艺工作者，在抗战后即参加了伟大的对敌斗争与根据地的建设，做了许多工作，产生了不少作品，有相当贡献。特别是毛主席《在延安文艺座谈会上的讲话》以后，边区文艺工作者，实践了与工农兵结合的方针，在文艺创作的各个部门出现了许多新的作品，反映了群众的生活和斗争；同时推动了乡村与部队文艺工作。这些活动对抗日与爱国自卫战争，对减租生产及土地改革，起了重大的作用，使边区的文艺运动进入了新的阶段。但是比起急遽发展与无限丰富的现实斗争，文艺创作的反映依然显得薄弱，尤其是自卫战争时期，更显得不够。因此，有进一步开展文艺创作的必要。

（二）目前解放区人民正进行着大规模的爱国自卫战争，我们的文艺应该为爱国主义的自卫战争服务：反映战争、鼓励士气，歌颂人民的新英雄主义；反映人民的生产、拥军、优抗和一切为了取得胜利的行动与爱国热忱。

同时我们的文艺应该反映中国历史上空前未有的土地改革运动，广大的贫苦爱国农民获得了土地，打碎了几千年的封建枷锁；也只有翻了身和翻了心的农民，大量地涌向前方，保卫既得的胜利果实，才是自卫战争力量的最丰富的源泉，将使自卫战争取得最后的胜利。

（三）文艺工作者在帮助乡村、连队与工厂文艺工作中，起了很大作用。工农兵群众已表现他们丰富的创作才能，文艺工作者应有足够的认识，虚心向他们学习，而且应该以更大的力量继续帮助他们，并注意培养工农兵文艺干部。

（四）由于文艺工作者与群众结合的结果，在创作上产生了很多用工农兵的语言，为群众所喜见乐闻的形式的作品。为了广泛反映丰富复杂的现实生活，各种形式，只要是为群众所欢迎的，都应该使它们有自由发展的机会。同时应批判地接受中外的文艺遗产，而特别是对中国民间文艺，应继续学习与研究。

（五）为了更好地为工农兵服务，文艺工作者应更踊跃和更深入到群众斗争的暴风雨中去，彻底改造自己的思想感情。为了更好地服务政治和更有力地表现群众的新的生产，文艺工作者应研究与掌握每一时期、每一运动的各种政策，并不断地加强自己的业务学习。

（六）各级领导机关，应重视文艺创作在完成政治任务、推动工作、教育群众上的巨大作用；应加强对文艺活动的领导，在政策思想上帮助文艺工作者，给予工作上的便利条件；并应奖励优秀作品，及时纠正文艺工作中可能发生的偏向。文艺工作者相互之间，应经常取得联系，交换总结经验，使文艺界更能发挥集体力量，为完成文艺上的反帝反封建的伟大任务而继续奋斗。

## 二、开展乡村文艺运动的决定

（一）抗战后边区的乡艺运动，即有了很大的发展；特别在毛主席文艺座谈会讲话以后，边区提出和执行了“穷人乐”的方向，在扩大解放区和大生产运动的基础上，使这一运动进入了新的阶段。新文艺开始为广大农民群众自觉地掌握，具体地反映与推动了对敌斗争及群众政治经济上的翻身，充实了群众生活，并教育了群众自己。在文艺各部门中，特别是戏剧上，表现了群众丰富的创造才能，展开了边区新文艺运动史上灿烂的一页。目前乡艺发展已具有广大群众运动的规模，应进一步地组织这个运动，密切配合爱国自卫战争、土地改革和大生产运动，更好地为群众服务。

（二）边区的“穷人乐”方向，是毛主席文艺方针在群众文艺运动上的具体实践，对乡艺的发展起了极大的指导与推动作用。这个方向的基本精神，是充分发扬劳动群众在文艺上的创造性，使文艺更直接普遍地为群众服务。这个方向的基本方法，是群众亲自动手的集体创作。平山柴庄村剧团是实践“穷人乐”方向的一个好榜样，它的特点：1. 全心全意为群众服务，按群众意见办事，为全村群众所喜爱。2. 及时密切地为中心工作服务；针对群众思想情况，进行宣传教育。3. 不误生产，不浪费金钱，有艰苦朴素、团结互助的作风。乡艺的各个部门，应根据具体情况，学习他们的精神。

（三）乡艺活动必须以群众的需要与自愿为原则，从村剧团不脱离生产的业余性质出发，适应农村战时环境，服从战争与生产，不误勤务，不违农时；村剧团经费由自己生产解决，不在村财政中开支。因此，乡艺运动一般的应有季节性；应以本村活动为主；应大量发展小型活动，演小戏及进行其他各种艺术小形式（如说书、洋片、歌咏、快板、壁画、街头诗等）的活动；演戏不讲求布景，不用或少用灯油，不吃公饭，克服某些铺张浪费及其他脱离群众的作风。

（四）乡艺创作，反映了群众斗争的内容，大多数作品写本地实事，真实、亲切，教育意义很大。今后应更加大量发动群众创作，提倡反映本地实事，表现积极人物与英雄模范，正确适当地批评工作中的缺点与某些消极落后现象。在创作形式上，应尽量采用群众自己选择的、喜爱的、熟悉的形式，即群众批判地接受了的新形式（如话剧、活报等），利用与改造了的民间固有形式（如梆子、秧歌、说书、年画等）；特别是群众综合民间戏剧、音乐、歌舞、话剧、活报、快板等各种形式所创造的新歌剧，更应该发展。

（五）乡村知识分子与民间艺人，在乡艺运动中有相当重大的贡献，应更好地团结与发挥他们的力量。乡村知识分子一般与群众有比较密切的联系，但他们有些思想感情，还和劳动人民有一定的距离，需要进一步深入群众生活，向群众学习，与群众共同创作，全心全意为群众服务。民间艺人在艺术上有很多经验和技能，但他们的思想艺术观点还有某些保守甚至落后的部分，需要加强思想学习，吸取新的经验，积极改造旧形式，创造新形式。

（六）专业文艺团体和文艺工作者，在边区文艺工作的开展上起了重大作用。同时，正确解决他们与乡艺的关系，乃是正确解决文艺普及与提高的关系的中心环节。他们应把乡艺工作列为主要任务之一（部队文艺团体和部队文艺工作者主要任务是为兵服务），虚心向群众学习，并进行以下的具体工作：1. 研究、介绍及指导乡艺创作；2. 培养典型，总结交流经验；3. 培养训练乡艺干部。

（七）乡艺运动是群众文艺工作的一个重要部分，各级领导机关，须重视与加强乡艺的领导，在政治上掌握方向、指导创作、审查作品，加强对村剧团和其他乡艺工作者的教育与帮助；在村的领导上，应注意调整乡艺组织与其他群众组织间的关系，并统一文教活动的领导。

## 三、贯彻为兵服务方针，开展部队文艺工作决定

（一）晋察冀部队文艺工作，继承红军时代的传统，在残酷的敌后抗日游击战争的环境中成为部队政治工作的有力武器，起了很大作用。从毛主席《在延安文艺座谈会上的讲话》以后，部队文艺工作者在思想上工作上有了新的变化。特别是自卫战争以来，在坚决执行为兵服务的方针下，有了显著的进步和成绩。部队文艺工作者积极深

入连队，加强了活跃部队、鼓舞士气与政治教育的作用。在参加部队的实际斗争中，也改造了文艺工作者自己。反映部队的作品，量与质均有增加与提高，工作作风亦有改进，同时推动与帮助了连队的文艺活动。但必须指出，现在的成绩还是初步的和不平衡的，还远不能满足部队和战争的需要。因此，从思想上、工作上继续认真贯彻为兵服务的方针，开展部队文艺工作，仍然是极其重要的任务。

（二）军区政治部抗敌剧社入伍的初步经验证明：文艺工作者经常地深入连队，和战士共同生活在实际斗争当中，使自己的生活、作风、思想、感情，逐渐和他们融合在一起，为他们伟大的英雄行为所感动，这样产生的文艺作品，再现在战士面前，就容易被接受、喜好，并得到他们的修正与充实，同时更激起了自己的创造热情。战士们把自己的生活和斗争，反映在墙报、快板、歌咏、舞蹈、绘画和戏剧中。应该认识这种战士们自己的文艺活动，是我们部队文艺工作的重要部分，只要加以组织和推动，就会形成部队性的文艺运动。文艺工作者在影响与推动连队文艺活动的过程中，得到学习。这样的结果，就会使整个部队的文艺工作全面地开展起来。因此部队文艺工作者除了本身的创作活动外，应以很大力量帮助连队文艺活动，使"穷人兵"方向在连队中也得到贯彻。应利用适当时机，有计划地开展部队群众性的文艺运动。

部队文艺工作者进行活动时必须适应大规模运动战中的部队情况，灵活地掌握分散与集中的方法。在作战情况下，文艺工作必须主动及时地以战斗的姿态伸展到火线上去。历次战役中火线艺术工作组（三人至五人携带轻便乐器，采用大鼓、快板、歌唱形式，即编即演）和战壕画报、战斗小报、坑道鼓动组、鼓动棚以及政治攻势中的各种宝贵经验，应予以研究和推广。

总之，要贯彻文艺为兵服务的方针，必须培养与发挥广大战士与干部艺术活动的积极性与创造性，必须使部队文艺工作者参加部队的实际斗争，必须使文艺与广大战士干部相结合，与部队基本的和各个时期具体的任务相结合，才能开展部队群众性的文艺运动，才能改造文艺工作者自己，才能改造部队文艺工作，与产生反映部队和战争的好作品。

（三）为了贯彻文艺为兵服务方针，部队政治机关在领导上不但要正确地掌握原则，还必须加强业务领导，经常检查工作与总结经验。重视广大战士干部的艺术创造天才，予以及时地鼓励和提高；注意培养与教育部队文艺工作者，从思想上、政治上、工作上提高他们，并予以工作上的便利条件，及关心他们的生活。

（四）一切部队文艺工作者，必须认识，为兵服务，就是最具体的为人民服务。一切部队文艺工作者，应该毫无例外地、全心全意地深入连队，投入战争中去为人民立功，把丰富、生动、可歌可泣的自卫战争中的人民子弟兵英勇战绩及时正确地反映出来，负起巩固提高部队战斗力战胜敌人的光荣任务。在晋察冀的文学家、艺术家、文艺工作者们，应该更多地到部队中去，到前线上去，为我们伟大的爱国自卫战争服务。

（1947年5月27日）



# 小学教员史传品宣传生产发家

士敏四区十里村群众在实现耕者有其田以后，少数旧中农脑子里存在着“怕发财”的思想，所以就不好好闹生产，每天早睡迟起不积极劳动。他们认为能保持住现有的土地就行了，闹得多了没好处。还有个别得到果实上升为中农的翻身户存在着“不愿发财”思想，认为当个中农有吃有穿就可以，再闹得多了，当不上基本群众。这种以贫为荣的思想也阻碍着大胆发财、积极劳动的行动。小学教员史传品同志了解了这个情况以后，就编了许多打破怕发财思想和提倡劳动起家、发财致富的宣传品，像：

（一）耕者有其田实现啦，
房屋土地回了家，
大家互助齐生产，
发财致富莫要怕。

（二）翻身后生产要抓紧，
得了土地只算翻了半个身。
努力生产赶上石振明，
丰衣足食才算全翻身。

教学生念会并进行讨论，使学生先认识清楚了然后回家和父亲、母亲、亲戚、邻居宣传漫谈，唱歌说快板……

二年级学生何丙芝回家向他父亲、舅舅宣传，他父亲说："我以前不敢闹生产，怕闹不好了惹麻烦，现在知道劳动发家最光荣，今后要好好生产，再不胡思乱想了。"他祖父六十多岁，过去不上地，现在天不明就去犁地。史传品同志就编了板话在大众黑板上及时表扬。他除进行一般的宣传以外，拿村上的具体事实编成快板用对事不对人的方法打破群众的具体顾虑。他发现八尖沟柴××怕发了财还要斗争，他就编了一段快板，并拿村上何元洛劳动起家没斗他的事实给他比较："有些人想不开，害怕生产发了财，自己劳动闹好了，他还觉得不应该，咱村何元洛劳动发了财，不但没斗争还说人家是英雄。"经这样宣传以后，怕斗争不敢发财的人转变了，都积极生产起来，八尖沟柴××也参加了互助组。二流子何××整天串门，不想下地，他女人教他去割柴火，他把谷草（一斤卖洋六元）拿回来当柴烧，他女人劝他，他不听，史传品同志就把他的事实编成《看过改》《妻劝夫》两幕广场剧，只演事实不指名字，利用午间或群众集会时表演。二流子何××果然改过了，积极地参加互助组去劳动。

群众怕发财思想打破了，生产情绪比往年更加热烈高涨，不到十天工夫，十二个互助组都恢复起来，一百五十个男全半劳动力参加了互助组。史传品同志又宣传行署的奖励生产条例，编成板话歌子让学生唱，这样各个互助组挑起竞赛运动。积极分子田必成和他女人定出按家计划，并提出挑战，“男人保证女人不吃糠，女人保证男人不穿烂衣裳”。

十里村群众的思想顾虑打破了，互助组完全恢复起来，可是村上军干烈属，以及到前方参战的民夫，家里没有劳动力的土地还不能种。史传品同志为减少劳力缺乏和鼓励前线参战民夫，他动员住校三十九个十二岁以上的儿童分成三组，组织起来，帮助家庭生产帮助军属，学生讨论后提出三个争取模范条件：

（一）尽各人的力量互助劳动，不调皮，不偷懒，保证做得好。

（二）能按学习生产结合的计划完成任务。

（三）能在本自然村起一定的宣传作用并能推动大家。

儿童们首先帮助家庭生产，然后帮助贫苦无劳力的军烈属及参战民夫，从三月十二日开始到四月十二日，一个月时间共送粪七千八百八十担，割柴九千七百五十斤；给十二家军属送粪六百二十担，割柴一千四百二十五斤。（参战民夫的尚未统计）群众反映说：“小孩子组织起来，能顶大事。”省了全劳力优军和帮助参战民夫的劳力负担，群众欢迎，干部欢迎，参战民夫家属欢迎，儿童家长亦欢迎。学校生产推动解决劳力缺乏起了重要作用。民夫家属给前方写信“教他安心在前方参战，家里的地教员儿童给种上了”。民夫前方参战劲头大，村上的生产又不耽误，组织儿童等半劳力互助生产是不可忽视的。

儿童在生产时，用传学制的方法进行学习，每隔一天，各组有一个人到学校学习，回到组里利用休息时间再教旁人，大的儿童每天作日记。轮到第二个人学习时，汇报各人学习成绩，五天全组到校测验一次。十岁以下的儿童（共十九个）分成两组上午上课，下午帮助家庭生产，群众反映说："学习生产两不误，这是个好办法。"（转载自太岳四专署文教会特刊）

（1947年6月2日）

# 华北新华书店集体邮购办法

一、为扩大书籍影响，发挥书的作用，提倡集体阅读、互相研究的学习精神，特发起集体邮购，以增进读者便利借示本店竭诚服务之微意。

二、集体邮购的好处

1. 读者便利：个人买书一种，只能读一种，若五人各费一本书的钱，合购五种不同之书，即每人可读五种书籍，这是费一分之钱长五倍之效。此外若五人集体邮购同一种类五本之书籍，可增加集体阅读和研究的兴趣，心得更大。

2. 省钱：A. 个别单独邮购，受邮章限定，不满一定重量之邮件，亦须作一定重量计算。集体合购几本书包一包，即可减少此种浪费。B. 个别分购，邮件挂号例为一件一号，若五人合购，只须一个两个挂号邮件。

3. 办法：读者惠购书籍，不论本外版，均可采取集体邮购办法，即于决定购书前，广征同伴，同时选定数种至多的书籍缮写□□，连同书款[集][中]交由其中一位负责发函径寄本股，但须指明系集体邮购。

4. 优待：凡签名购书在三人以上，册数在五册以上，指明系集体函购者给以九折优待。

华北新华书店、韬奋书店邮购服务股

地址

总店：河南武安

分店：河北邢台市、邯郸市，山西长治市

（1947 年 6 月 2 日）

# 毅字部队与地方工作结合　给担架队庆功贺好

担架队里也建立了门板报

【本报豫北前线三十日电】前线记者吴象报导：人民解放军毅字部队为内黄模范担架队及南乐、清丰五名担架英雄、七十四名担架模范庆功贺好。此为该部记好学好运动之新发展，为部队工作与地方工作结合之具体表现。内黄、南乐、清丰等县担架队在该部战勤部影响与帮助下，建立了门板报，进行找好记好学好等活动，情绪大为提高，四百余副担架无一人逃亡。有的接连抬二十余次不要人换，有的自动去火线抢救彩号，以至自己负伤仍无惧色。该部遂决定庆功贺好。十八日黄昏以戴着大红花的英雄为首的各个担架队敲着锣鼓，走进贴满贺功单的会场，南乐担架英雄张乐、赵酉，内黄的刘青龙、耿子来及各模范，在热烈掌声中走进英雄模范座。主席报告了英雄事迹，台上奏起欢腾喧闹的乐曲。部队同志及各个担架队纷纷端着盘子向英雄模范献酒、献菜、献旗。英雄致答词说：“参战打老蒋是自己的事，前方同志这样英勇都是好老百姓，老百姓当然不能让受伤的同志受罪。"此时全场情绪极为兴奋，一致高呼："军民齐努力，完全消灭蒋介石反动派军队！"刘得有悄悄对他旁边的人说："我这么点事也给记了好，下次可得认真地好一好啦。"刚来的十一名担架队说："你们记了好，立了功，下一回看我们的吧。"接着幕布拉开，该部战斗剧社演出歌剧《军民一家》。

（1947年6月4日）

# 北大七同学赴前线工作

【本报讯】北大文教学院第一批赴前线工作同学陈真返校，谈及前方文化工作者还感不够，北大同学闻悉后，争相报名前往，后由校方决定暂以文教学院与文艺研究室秦天朗、曹踊等七人先赴前线工作。五月二十九日晚，各院同学特开晚会欢送，文教学院并出演京剧助兴。该七同学已于五月三十日上午出发。

（1947年6月4日）

# 门板报与记好学好运动

吴象

## 一、"也有咱的根据地了"

我见到的门板报很多，没有一张有过去一般墙报那样整齐与美观。纸是四方的、三角的或者破皱的，字有铅笔的、钢笔的，还有毛笔的，大小不一，颜色不同。"张忠文邦（帮）我舂米，很吃苦”，是一段；“李春孩扫地很干（乾）精（净），老乡高兴”，也算一篇。漫画更是五花八门，无奇不有，有的眼泪比眼睛还要大，指头比胳膊还要粗，而这正是战士自己的创造，战士对自己伙伴的歌颂比任何别的东西更能鼓舞其革命热情。这些稿子无论句子怎样不通，无论错别字怎么多，无论内容怎么简单，门板报都不拒绝刊登，因此门板报从过去一切形式平凡的墙报中冲出来，获得了最广泛的群众性。许多连队的投稿人都达到总人数的百分之八十至九十。最疲劳的长行军，甚至紧张的战斗中，仍能坚持出版，发挥着出人意料的威力。有一个战士说：“现在办了门板报，也有咱写稿的根据地了。”“根据地”这三个字表现了何等深挚的爱和亲切呵。

适合战士自己的水平，这是门板报的特点，也是记好学好运动的特点。所谓好当然不是特殊的功臣，只要比一般的水平略高一些，比如大家行军都不掉队，你也不掉队，而且还能帮人背东西，就算好；或者依据各人具体情况提高了一步，如你过去老掉队，现在和大家一样不掉队了，也就算好。因此任何人都感到有记好的希望，任何事情都有成为好的可能。于是记好学好立即形成群众性的运动，推动着一切人员、一切工作加速前进。然而记好学好并非代替了立功，大家都好，并非不要英雄。相反的是立功运动的深入发展，是用找好学好带头，使一般的都动起来，在普遍的运动中去发现比较完满的典型，培养出色的英雄。

事实上群众一运动起来，自己就会要求提高。好分“班好”“排好”“连好”，“连好”三个顶一小功。记了好的人，一定想进一步立功，许多人都记了好，都想进一步立功，结果好的标准也逐渐提高了。比如×部队的许多单位，不仅不掉队不能算好，帮人背东西不能算好，帮老乡担水如果不是困难特别多，也都不能算好了，因为帮老乡担水已经非常普遍了。西进时领导上提出三不走运动：一、财粮手续不清不走。二、借物不还不走。三、地扫不光不走。谁做好了就给谁记好。后来大家都做到了，就自动加上：四、不满缸不走。五、青苗地不走。六、不宣传不走。三不走成了六不走了。六不走运动中有九千名战士被记了好，还出现了宣传英雄、标语英雄、群众工作英雄，动人的事迹非常多。

门板报也不是老停留着的，出得多了稿子质量也慢慢提高了。有一位刘秀小同志原来写的稿子都只有三两点，现在会写成长的快板了。现抄一首如下："说稀奇，道稀奇，排长工作真积极。若问他是哪一个，就是一排韩得毕。三大特点在哪里，教练刺枪与杀敌，一天到晚出主意。和人说话很经常，活跃部队笑嘻嘻。他的特点是不少，还有缺点应注意，着急起来好瞪眼，抬手还想去打人，要求排长快转变，不然就会出问题。"

## 二、请再睁开一只眼睛

我住在毅字部队那几天中，一个最深的印象是"应该记好"。因为这句话听到的回数太多了。他们有一个团，在连续五天六夜激烈的攻防战后撤下来休整，但是全部的轻伤员没有一个愿去住医院，仍是在议论谁该记"班好"，谁该记"连好"，下次作战该向谁学。我见到一个被弹片炸伤了的同志，鼻子、耳朵、面颜都用绷带缠住了，只露两只眼睛。他从小口袋里掏出他写的稿子，郑重而又高兴地贴到门板报上去。他也告诉我，一打退蒋军反扑就在战壕里找好记好出报表扬。子弹箱代替了门板报，在工事里用大腿做案子。这种新英雄主义的热情，随着门板报与记好学好运动的开展而不断地增长。

卫生处长被记了好。一次，担架不够，供给处长、野政机关的科长，都到火线上去抬彩号了，然而该部工作基础较弱，三个月前问题相当多，普遍的舆论是积极分子太少，工作推不动。为什么短短三个月会变得这样不同呢？这是诉苦教育整顿思想的力量，这是门板报与记好学好运动的力量。前者明确了指战员为人民服务的立场，后者更进一步把指战员的积极性创造性发挥了出来。他们的领导干部和我这样说："事实上，我们过去只睁着一只眼，光看到坏的，看不到好的；坏的看见得多，好的看见得很少。因此总来批评、批评，越批评大家越没有劲。"领导上睁开了看好的眼睛，就是说在运动中不仅要同时发扬好的一面，克服坏的一面，而且要用更大的力量去发扬好的一面；不仅要表扬突出的或者圆满的好，而且要表扬微小的、萌芽的好。战士们最清楚自己的英勇艰苦壮烈，因此常常对自己和自己的功劳发生自豪与自尊的感觉，只是没有很多的机会让他来表现这个感觉。门板报和记好学好运动恰恰给了这样的机会，而且给得非常之多，洗脚的时候就是找好的时候。检讨会成了找好会，记到记好簿上贴到门板报上，谁有好处及时就可以得到表扬。这表扬鼓励了他更好，也鼓励别人跟着好起来。行军误不了记好出门板报，现在是战斗也误不了找好出门板报了。开始是干部带头领导找好，写稿子表扬战士，后来战士们互相表扬起来，又去表扬干部，愈经常大家愈积极，工作愈起劲。干部觉得战士太好了，以前没有积极分子是自己领导不好。战士们也觉得干部们太好了，有些困难应该体谅。

找好记好成了风气，确实到处都好起来了。一个半月之中受政治部《战斗报》表扬的有六百二十八人，平均每天十三人。×团十一天阻击战中没有一个连没有干部受表扬，没有一个连不写表扬稿。至于各连的门板报，每天都出版，表扬的人数多到无法统计。有的连长、管理员、卫生所长自己成了门板报热心的编辑，因为他感到门板报对他自己本身的工作帮助太大，真是个轰轰烈烈的群众性的运动啊！还有一只眼睛闭着的同志，请赶快睁开来看一看。

## 三、从少数到多数

表扬英雄模范是一种最好的教育与批评，可以激发群众的正气、积极性与创造性，然而英雄模范总只少数。如果英雄模范不善于照顾群众的水平，就很难把群众全部都带领起来，相反的，也许会遭到落后分子的讽刺。门板报与记好学好运动开展后，不仅英雄模范能得到表扬，广大的中间分子也能得到表扬，愿意进步的落后分子也能得到表扬。多数人都被表扬了，这就造成了一种找好、学好的风气，造成了一种伟大的群众力量。这种力量促使着落后分子也急着想记个好，再也没有勇气来讽刺别人了。毅字政治部有一位组织干事看见本科的同志都记上好了，他心里很难过，结果在门板报上写了篇反省，检讨自己的缺点，表示决心要争取记好。宣传队有一位分队长，因为乱讲怪话，大家都记了好没有记他，他自己提出来“我现在不讲怪话啦，我求进步，为什么不给我记好?”讨论之后，给他补记了好，记好之后他就变得更积极了。

有少数的老战士，打仗很勇敢，平时工作马马虎虎，现在都变了。斌字部三连几个新解放来的战士被记了好，参军来的战士说：“人家解放来的都记了好，咱们自愿来的反而落了后，一定得挂劲赶上去。”

记好的人数常常在百分之七十以上。记了好谁都羡慕高兴，但是没有眼红忌妒。因为任何人都不须眼红忌妒，记好的标准远不如当英雄模范的条件那样高，任何人都有充分的机会。部队西进时，领导上提出节省民力，减少大车。有一个刘德胜脚上打了八个泡，仍然坚决不坐大车；但是还有个张良行，只打了两个小泡，却坚决要坐大车。门板报表扬了刘德胜，旁边有一幅漫画，瘦驴拉着破车，一个战士躺在那上面，神气活现地说：“我喜欢坐大车。”张良行本来脸皮很厚，这一下却红起来了，第二天就没有再坐。门板报立即提出名字表扬他，他以后一直没有再坐车，这个单位完全取消了大车。连管理员都惊讶起来，他写了篇稿，题目就叫《门板报顶了大车》。

有一个营统计门板报与记好学好运动改造的落后分子，一共是四十八个，其中还有二十一个成了积极分子。另一个营直属队在门板报与记好学好运动中培养了九十六个发展党员的对象。

门板报与记好学好运动提高了中间分子，使积极分子的带头作用大大增强，而对领导有极大的帮助。卫生处的饭堂纪律不大好，很多稿子都是批评这一现象，其中有一篇说："首长已经宣布上饭堂纪律，为什么还不遵守呢？我也没有别的办法，只有门板报上来发言。"第二天这个同志又写了一篇题目叫《今天还没有改》，而且指出姓名来了，以后饭堂纪律变得很好。落后分子对上级批评满不在乎，一到门板报批评就注意起来，因为他觉得上级对他也许有成见，大家的眼光是正确的。许多首长管理员等军事行政干部，体会到门板报与记好学好运动对自己工作的帮助，竟成了门板报热心负责的编辑了。

通讯员郭山参加革命已七年了，因为调皮别扭，不爱学习、不求进步，最近他也转变了。有一次他感激地说："门板报、门板报，你早来几年我早当了干部了。"

（1947年6月5日、6月8日连载）



# 及时提出口号　鼓舞参战热情

## 武安参战中的鼓动工作

振邦

【本报武安讯】这次民兵担架参战中，根据参战人员情报，及时提出宣传鼓动口号，教育作用很大。如到安阳伦掌村时有的大吃二喝产生浪费现象，即提出“油条好吃，浪费严重，宁叫半顿不叫断顿”等口号，减少了浪费。在驻地打柴，大家提出“打柴者省钱为自己，登报表扬多光荣”。对农会会员提出：翻身是好汉，参战要起骨干；打进彰德府，捉回大地主；打进安阳县，捉回大坏蛋。二区民兵提出：团结起来力量大，任何困难都不怕；只要坚决干，参战没困难。开展了立功运动，七区提出：立功不立功，但在困难中；功从苦中来，劳从苦中生，吃苦带头流汗多立功。十区煤窑工人挖工事提出：挖工事是挖坏根，打开安阳除害根。因十区不少大地主，都在城里。为了抽战争空闲帮助群众生产劳动，即提出：人人要节约，人人要生产。□区群众生产有困难，县□干部号召帮助种花开展每人半亩地运动，七区即提出：受苦人要爱受苦人，人在人情在，人走棉花开。在未评功时有些人不积极，认为别人老实是被捉了大头，为教育这些人，提出：谁滑头谁不行，谁实受谁立功。评功时为了使大家评得真实，提出：有功不可不报，没功不可自夸，都要说直话。

（1947年6月6日）

# 保证邮递迅速邮件安全　边府颁布暂行条例

李启艳

【本报讯】边府于上月颁发《保护邮工暂行条例》内称：为密切前后方联系，保持邮件的速度和安全，今后铁脚邮差在一般道路被水冲坏，或因军事情况而封锁、破坏时，经主管机关允准，可于汽路上通行。邮工路经之河流渡口，各船户可予以减价免费并尽先载运；如在停泊期间而非军事情况，亦应随时航送过岸。遇到有关隘桥梁人马拥挤，应先让邮工通行。一般戒严时间，只要邮工带有邮局制发之证章或通行证，各地关卡岗哨便不得中途拆验邮件，并得允其通行。在途中食宿，当地政府应予以便利。（但不得不给代价，任意索要）发生急病当地政民除了设法急救外，所带邮件须委妥人送交投递局（工价由邮局付出）。雨天、雪地迷失方向（特别是军邮、武交队、夜班），或在战争地区发现敌情，遇到特务行凶、土匪抢劫、河水暴涨等，当地政府及群众，应协助指引路线，掩护邮件，予以拯救，以保障人员及邮件安全。条例中并提出以上原为爱护邮工保障邮件安全迅速而设，邮工不得借敌走私，违犯法纪；至于证章或通行证，更应加意保护，如有遗失或借与别人冒充邮政人员，应受严重处分。

【又讯】邮务总局当就以上条例指示各区管理局：这一条例的颁布，是提高速度的重要环节，要主动利用各种机会进行宣传解释，务使全区群众了解，同时亦应严格邮工教育，奉公守法。

（1947年6月7日）

## 往来敌后传递邮件　冀鲁豫邮工立功

福纲

【本报冀鲁豫五日电】邮局开展立功运动，各局工作焕然一新，黄河以南敌后邮政工作更获巨大成绩。八分区各县农村发行网已达百四十余处，邮件传递迅速准确。由于增加夜班，报纸能在两天内遍达各地，比二月份速度加快五分之三，使报纸订户激增，濮县邮工张明报十天发展订户四十家。一、六分区自提出发行工作面向农村后，报纸发行数已由二千三百九十四份增至三千五百七十四份，三五分区的敌后游击区报纸发行工作亦有增无已。城武邮工不分昼夜到百里外前线上联络。邮工任庆海在敌人“清剿”中五天没吃饭仍坚持完成任务。五分局邮工杜庆班张学伦施振海等于五月七日东兰中心区联络，来往于定陶曹县间一百五十里公路上别人要两三天，他们一天就跑到。东坦李臣聚横涉黄河联络，又于百余里路程上两次遇到敌情，都机警灵活地应付过去，完成任务。

【本报邯郸讯】邯郸市邮政局响应总局开展快逗夏运动的号召，邮递时间大大缩短。如过去从武安到邯郸是一天路程，去年十一月后曾托裕通公司以汽车代运，但最快也只是在每天下午四点至五点才能到达。从今年五月十号改为大车班自运，先是十二点左右可以到达；立功运动开展后，时间上又增快了许多。如田爱同志于五月二十五日上午八点四十五分钟就返回邯郸（提前三点二十分钟），二十六日李振京同志于当天晚上早四点半就返回来了（提前七个半小时），第三天刘光俭同志更于当晚提前十一点钟就回来了。又如从邯郸到邢台往返二百四十里，过去两天的路程，现在当天返回。邮工同志白天黑夜地奔走，也不说疲乏，他们还说："为了打败蒋介石，咱们要和前线战士一样的辛苦，才对得起人民。"

（1947年6月7日）

## 有声有色的北流村的生产宣传

尚枫　江河　东魁

如果你到黎城北流村住上一两天，你也许会惊奇：一个中国山地的农村，竟能有如此的活跃。绕村走一趟，马上看到三块新写的黑板报；隔天到一定时候，房顶上传来音乐声和喇叭筒里放出的报告；晚上走到麦场里，碰巧锣鼓喧天的小花戏正演得热闹。至于墙头的标语，口中流传的口号，适时恰当而且顺嘴，那更是随时可以看到、听到。这一切活动都集中到一点：推动大生产。据不完的统计：从四月二十日到五月廿日一月中共编出鼓词三篇，诗歌小调十二篇，快板廿五篇，小花戏四个。这些诗歌小调，不但出之于群众创作，而且更为大众所传诵，鼓舞了群众情绪，使得持久而且饱满地进行生产，有力地推动起当前的生产运动来。这一切是怎样办到的呢？

## 一、上报最光荣

大众黑板报在北流真正做到了群众办报。全村三块黑板报，两天换一次，稿子还登不完。许多工作是通过大众黑板的表扬和报导而活跃起来的。比如：四月份报导了申小娥使用加速轮纺花车，一天纺线半斤的消息，鼓舞了妇女纺线，使村中的小型织布厂不缺线用了。刘三虫报导了赵记良大队趁垧下种的消息，全村掀起防旱早种的浪潮。刘贵娥给黑板报投稿表扬了申爱珠的上地栽花，别的妇女不服气："别人上地，咱也能上"，大家都投入田地劳动中。目前春旱严重，黑板报上及时表扬了节约模范刘守河，群众反映："节省东西还能上小报，咱也要节约哩。"现在北流村群众普遍滋长着"上报最光荣"的思想。在去年春天黑板报还是不大起作用的。教员王东魁决心使黑板报脱离教员包办，在群众中生根。他从培养通讯员做起。青年张玉兴、妇女刘三虫是北流村的"李有才"，群众叫他为"板话大王"，以他们为骨干，组织了两个基本小组，随后就涌现出十二个写稿的积极分子（女十男二）。为了写一个《模范妇女要三好》的快板，张双英、张三虫，竟彻夜不眠地赶写。男人申贤相看见妇女写稿很热烈，也写起来了。五月份半个月，就收到稿子十七件，并转给县小报二件。

在培养通讯员、发动群众写稿看报上，他们得到几点经验：（一）发扬群众集体创作，能写则写，不能写给别人说代写。（二）写自己的事本组的事，能写甚就写甚。（三）写稿立功，当众总结写稿成绩，表扬模范。（四）不但经常指导群众报导方针，还得实际帮助写稿，专人负责收稿、改稿等。（五）刊登时尽量发动通讯员自己在黑板上誊写。纵然写得不好，群众却爱看，即他自己也高兴。（六）报后留名。此外，在编排上注意清醒活泼，不写怪字草字，多用快板形式。

这样，看报的群众逐渐增加；投稿人“搭各”上别人来看，被表扬的人及其家庭也要看看。下面是先登在黑板报上，然后在群众中流传起来的一篇：

山蛋蛋开花满坡红，
刘仲景领导的好作风，
组员对他很拥护，
他对组员很尊重，
红花衬绿叶，
人家真是不脱离群众。

## 二、人人都愿“滚圪筒”

北流村另一件宣传武器，就是广播筒。它广播报导了群众生活，省去了很多不必要的会议。每到三、六、九日，群众在家里便可听见广播。全村四个广播台：一个总台，三个分台，连发连播，次第转播，全村可闻。内容主要是本村的生产工作，简单的时事消息，特别是着重表扬模范。广播力求简单，一次一个中心。为了吸引群众注意，又组织村中会乐器的人，在广播开始先奏音乐，而后广播。群众感到很有兴趣。

广播台的好处是迅速指导了群众生产。就像在四月底一夜落雨二、三指，第二天群众还有等待继续落“透雨”的思想，这时生产委员会，便抓住王文记趁垧赶种的活事实，广播台号召群众趁垧种棉。大家一听广播种棉，纷纷扛犁拿籽，完成了五百余亩的棉花下种。随时广播成绩，表扬模范，效力也特别大。赵记良大队经过广播，全队感到光荣，生产劲头提高，自动召开小组长联席会，研究如何更进一步推动生产。现在北流群众都常以“广播筒里的人”自豪，大家都说：“滚圪筒”，可不简单！

## 三、个个都想“登登场”

北流村的综合文娱广播，可算是一种新创造。一般的十天一次，结合着村里生产运动的短期计划和总结，用广场的歌舞短剧快板等形式出现。内容大都是从本村生产运动中的各个侧面收集典型的模范人物、模范事迹编成短剧、快板、花戏等，由小学生和一部分青年男女，登台作简单表演。小学生在课外游戏时间准备，青年男女也是闲时自编自唱，像最近编演的《旱种》小花戏和《突击下种》的对话歌舞，因为中心明确，短小活泼，都博得群众好评。

一来“当众表演、光荣无比”，再者生产忙碌，需要看看小戏调剂，因此，综合的文娱广播出现之后，群众普遍要求“登登场”。当表演张鸿喜、赵记良两大队完成第一期生产计划时，群众交头接耳酝酿说：“咱可得好好干哩！”纺织英雄刘仲景要求把他们小型工厂的模范事迹也拿来表演表演。用这种方式布置和总结工作，群众爱看，比开会听讲话更易领受。这种“自事自编，自唱自乐”的文娱方针，值得继续贯彻，使发展成为农村广场俱乐部，这对各种工作的推动都有好处。

## 四、通俗适时的口号

北流村的宣传口号，一般注意到通俗明确及时转变。为了贯彻防旱早种，提出“趁垧早下种，垧干栽种更费工”；后来旱象继续发展，又提出“趁垧担水栽种，多种一分算一分”及“见苗三分收，捉苗最要紧”的口号，使全村十天生产计划胜利完成。

又如为了贯彻了自我批评互相团结的教育，在妇女中提出“模范妇女要三好：在家翁婆说好，生产互助中组员说好，在村里群众说好”，开展模范妇女要三好运动，逐渐克服部分青年妇女的歪风，密切了婆媳关系，更有力地团结生产。

## 五、一元化的组织领导

这各种各样的宣传工作，怎样做起来呢？这主要是靠一元化的组织领导。村中成立了“宣联会”，它的负责人直接参加了生产委员会的领导集团。又由他加上各群众团体的宣传常委作为骨干，组织了搞生产宣传工作的单独组织——宣传表扬部。这个部设正副部长二人（即生产委员会的委员），下分编辑、文娱广播、群众思想教育三组。编辑组以小学教员及北流村“李有才”张玉兴等为核心，负责编写快板花戏等，培养联络通讯员，修改稿件，编排大众黑板报。文娱广播组负责广播台、综合性的文娱广播工作；群众思想教育组负责民校及群众思想教育。

这个机构，很能办事。同时，也不单靠这个机构，因为事情是大家需要的，一提头大家都出来办，因此上面所说种种工作，才能做得起来。

（1947年6月8日）

# 画家高诗林立功

人民画报社最近接到某部寄来一纸报功单，上面写道：

张副政委、陈副部长，并转人民画报社全体同志：高诗林同志在我部工作，成绩卓著，深入连队，到火线工作，对我部宣教工作帮助很大。在战斗中英勇坚决，带伤工作，深得战士干部的爱戴。本部决定给他记功一次，以资表扬。特此报功。

高诗林同志在该部某次战斗中，随攻坚部队画战斗画片，因帮助部队救护伤员，自己负了伤，该部特授予三等战斗英雄名衔。

（1947 年 6 月 8 日）

从一个人看蒋管区民心

# “小快乐”揭穿怪现象

简辑

上海专唱社会新闻的艺人小快乐，最近遭受了特务的迫害。五月八日，一群暴徒把他的妻子和小孩打伤，并把家中一切物件捣毁。原本企图将小快乐当场打死，幸亏小快乐外出，得免于难。

小快乐原是一个被上海人称为“滑稽家”的卖唱艺人。自去年六月一日起，在上海民营的凯旋广播电台播唱一些社会新闻。唱词都是他根据各种流行歌曲与民间小调用通俗口语填写的，每天播唱极受欢迎。他唱过《停止内战曲》《还我自由》《粮贷案》《玻璃世界》《中国市场的末路》《大国民风度》等。和其他一些同行的“滑稽家”不同，他不学猫、狗、火车叫等口技，而只唱社会怪现象。他说：“胜利之后怪现象，一时岂能道端详，敝人也是国民一分子，骨鲠在喉喉咙痒……但愿确立民主国，勿愿再见怪现象。”（见小快乐著《社会怪现象》第三页）

小快乐因此为社会制造怪现象的集团所痛恨，经常受到威胁和利诱。

蒋记上海市首届参议会上，走狗参议员陆克明提出：上海市民营电台播音节目应该审查，并特别指出《社会怪现象》等节目含有“政治作用”，应严加取缔。小快乐听说以后想：“何必不真正地征求一下民意呢！”于是在播音台上把陆克明的提议转播一番，接着便向听众征求意见：“诸位对陆先生的提案赞成不？”

小快乐的征求意见一出，听众（包括公务员、学生、店员、教师乃至退伍军人）都纷纷给他打电话、写信，到广播台来，坚决反对陆克明的提议，百分之百地热烈拥护小快乐唱社会怪现象！电话铃不断地响，每天有百余起电话来慰问，并声称愿意做他的后盾，千万不要被恶势力吓倒。外埠听众的快信、电报也如雪片飞来。一封来自宁波的电报，文为：“拥护小快乐，反对取缔”等几个大字，具名是某镇全体镇民。苏州寄来的有一封慰问信，说明自己（发信人）是陆克明的亲戚，并附上陆克明的照片一张，供他做识别的参考。还有人来信请他编唱“自来火洋腊买来的参议员”，信中愤慨地指出上海蒋记参议员，大都是拿自来火和洋腊贿赂选民买来的。有不少人投函报纸，代抱不平。还有一位热情的听众，到电台上大吵大闹，一定要亲自到播音机前去发言反对陆克明的混蛋提案。——这，就是上海的民意。然而另一面，国民党社会局来人找他谈话。

官说：“你的唱词虽然根据报上的社会新闻，但是你该看清楚，是哪些报纸，不能随便作为根据的。”

小快乐说：“我所根据的是《大公》《文汇》等报，都是经过政府核准过、登记过的合法报纸。”

官又说：“你不能任意攻击，否则你要负法律上的责任。”

小快乐说：“先生我不曾读过法律书……但是说我有政治意味，

给我戴大帽子，真是悬天八只脚，不知道话从何谈起！”

同时狗腿们也用电话警告他：“识相点！性命堪虞！”有的直接跑到他家里，对他的妻子粗声粗气地威胁：“阿是伊还要唱呵？伊到底性命要不要？”（意即：他可是还要唱呵？他到底要命不要？）

国民党 CC 派迫害文化的特务头子潘公展也急得跳起来，向报界发表谈话：“参议员在会场发言，依法对外不负责任……该剧团公然侮辱、妨碍名誉，可依法控诉。其节目内容确应注意负责审查，倘有违背法律之处，当可依法取缔。播音剧团如有不合举动，主官当局谅亦不致坐视也。”

然而小快乐还是在唱，唱，直到现在。

他唱了四大家族手造的黄金潮。

他唱了蒋管区民不聊生的米荒。

于是在本月八日特务公然手持武器一拥而入：殴打、捣毁……但是小快乐并没被吓倒，他知道他应该依靠的是谁。下午的暴行，当晚他就把被难经过编成唱词，在播音机对听众们播唱了。结果是还不到半小时，打电话慰问的有数十起。各工会、商店及各界人士纷纷声援，一致要求彻查此案并严惩暴徒。

在去年十月里与陆克明斗争时，他曾沉痛地说：“要取缔我播唱也好，给我戴大帽子也好，我有什么办法呢？我是一个‘吃开口饭’的人，无财无势，我的最后一着是‘集团自杀’。一方面是因为全家人都靠我活命，饿死一个等于饿死一家。一方面呢！以‘集团自杀’来控诉这充满着怪现象的社会！我这样说不是故作危词。我有这个‘种气’与准备。再如果禁止播唱之后，社会上就此没有怪现象了，就此大放光明了，我可以立即停止。但是我不唱，社会上仍是充满着黑暗的怪现象，这又有什么办法呢？”





这真是一针见血的话，蒋介石和四大家族天天制造不完的怪现象，可怎能叫小快乐不唱呢？这不是一个人在唱，小快乐，他是多么广大的蒋区各社会阶层共同的一个喉咙啊。

（1947年6月8日）

## 国际新闻记者大会讨论出版自由问题

【新华社陕北九日电】据塔斯社讯：刻在布拉格举行之国际新闻记者大会，于五日讨论新闻出版及自由问题。对此问题发言者甚多，希腊新闻记者代表、希腊人民解放阵线之参加者泰▨·乔治亚在书面声明中称："现时希腊的出版自由已经完全被废除了，新闻记者在监牢和集中营里憔悴了。他们被枪击和谋害，报纸也被迫害和封闭。"他吁请大会援助希腊新闻记者。

【又讯】该会四日之会议上已通过准许保加利亚及西班牙共和国（按：指在吉拉第共和国政府领导下的）记者加入国际新闻机构。

（1947年6月11日）

## 英对苏文协主席在比演说　英国应和苏联友好

人民不容反动派分裂他们

【新华社陕北九日电】塔斯社布鲁塞尔讯：英对苏文化协会主席蒲里德在此间发表演说，阐述英苏关系对于普遍和平之重要性。与会者为比国知识界代表、外交界人员及比国参议员。蒲里德称：维持全世界和平端赖美英与苏联之关系。苏联人民及政府需要和平及与英美同其他各国间的友好关系，在苏联内并无反美或反英的情绪。在答复工党小册子《放在桌上的牌》诬告苏联报纸及出版物十年来都在攻击英国政府时，蒲里德说，他仔细地查看了一个月全苏联报纸，除了忠实的批评外，找不出什么东西。不管英国内某些人强烈地反苏运动，英国人民是同情苏联的。出版物所刊载的反苏联及其领袖的诽谤阻止着建立一种气氛以引向苏联与西方友好关系的建立与永久的和平。英国同甚至更多的美国反动派们要对此负责。在丘吉尔鼓吹下的“欧洲联邦”运动，仅只表现出组织反苏集团的新的阴谋。他结束时称：世界最坚强民族中的这两个民族（英国和苏联），将不容反动派分裂他们。

（1947年6月11日）

# 旧艺人与音乐

## ——豫北民主剧团旧艺人的音乐学习

东江

有些人对于几年来旧艺人的改造还不了解，不愿意接近他们，互相学习，所以一个旧艺人多的剧团，有些知识分子就不愿意进去了。关于豫北民主剧团，就有些同志说：“我不去民主剧团工作，土里土气的，尽是些唱戏的，要是××剧团我就去。”我觉得这位同志是不了解旧艺人的，你看，他们已不像过去那样，他们进步了，而且进步得很快。我是一个音乐工作者，就让我谈谈在民主剧团时旧艺人音乐的学习吧。

去年我初到的时候，他们都不愿意学唱歌，恐怕唱坏了喉咙。的确，旧剧与唱歌的发音是不一样，和落子还近似一点，尤其和淮调（河南梆子）大不一样，他们就说：“唱戏用的是二本腔（注一），唱歌用的是大本腔，一唱歌就不能唱戏了。”以后知识分子唱会几个民歌，他们也跟着学会了，唱了一个时期也没有坏了嗓子。于是每天早晨，定为音乐学习时间，学了些小调。放假回家了，就教给儿童团，自己当了老师，又能宣传，行军时唱唱也高兴，大家的兴趣就提高了。我教他们的时候总是打着拍子，唱花脸的双喜回在他家，教别人时不会打，感觉很不得劲，回到剧团以后马上学会了指挥，全团唱歌时他也能指挥了。排演《白毛女》他演农会主席，因为没有歌子唱，他很不高兴，他说：“演歌剧哩，我也没有一个歌，真是错种！”（注二）出演几次以后，他在路上走的时候，坐下休息的时候，总是唱着“花天那个酒地……”一天不出演了，休息日，他又唱起来，大家都不休息了，围着他听。他把《白毛女》的歌曲唱了三四十曲，生活队长干涉的时候，大家才散去睡觉了。这次的唱歌等于开了一次盛大的音乐会。后来我问他甚么时候学会的，演白毛女的同志说：“每次出演，都是他在上面下雪作效果，冻得他受不了，有时我还听见他在上边唱呢！以后提了意见，他才光听不唱了。”他的耳朵很好，这三四十个歌曲唱得都很正确，假使错了的话，那是演员就给他唱错了，所以他也听错了。排演《王贵与李香香》（郿鄠调秧歌剧）的时候，分配角色以后，他几天情绪不好，在生活检讨会上他说：“《白毛女》上没有我的唱曲，《王贵与李香香》又叫我当一个白军，唱了两句歌，一学就会，我光想唱歌；在白天演旧剧的时候，我就不高兴唱旧戏，想在夜间演新剧时多唱几个歌子，可是就不分配给咱，就这我不高兴。”还有一个旧艺人，名叫小保的，每天一个人在院里，走来走去学习新歌，他说：“从前时光不好，如今我家有了地，我就高兴了，还不唱几个新歌痛快痛快！?”他们都能这样地学习音乐有几种原因：（1）在经济方面，他们家里分得了斗争果实，生活问题解决了，心里没有甚么顾虑，就一心为群众服务。（2）因为近十年唱戏，自己的耳朵练习得很准确，容易学习。（3）认识到群众的要求，一天一天地高起来，光会唱落子，总有一天会被群众抛弃的，学会演秧歌剧才能受群众欢迎。（4）有几个模范者起了带头作用，认识到自己并不比知识分子能力弱，有了学习的信心。

还有一个吹横笛的旧艺人同志，名叫二胖。最初我问他说，横笛是一件好乐器，他说："吹横笛的还能办个啥事，人家都学演新剧哩，我啥也学不成！"于是我动员他识谱，他说："不办事吧！?"我又向他说明旧艺人在新社会中的地位，只要有技术，新旧艺人都是一样。他思想明确了：他不再是被人下看的"响子"（注三），而是新社会的主人，有前途，就学起"1234567"来。不几天，就把这七个唱名学会了。我又告诉他在横笛上哪个眼作"1"，哪个眼作"2"……就叫他学着先吹"刚调"。先上来看着谱吹很困难，因为他学旧戏谱的时候都是听会的，这次他也叫我给他用胡琴拉一下，果然我拉了一两遍，他马上就能跟着吹，我不拉了，他也吹不成了。就这样我一边拉，他一边吹，练习了几次，他记住以后，再回头来对着谱子吹。用这样的方法来学习，不到一个月，排演第一个秧歌剧《动员起来》的时候，他就担任了乐曲演奏的主角（笛子音高而亮）。他吹旧戏的技术很高，群众反映就说："横笛真啸得好，活像小鸟叫一样！"还有的说："我就光听横笛哩，没有听唱。"一般说，器乐和声乐同时演奏，器乐不会引人注意，听众都要注意声乐的，然而我们的旧艺人同志却打破了这个规则。要排演《白毛女》了，他高兴地说："这一回，可是我学习的好机会了。"我说："好！加油学吧，九十二个歌曲都学会了，那么普通的歌曲都不成问题会唱，会演奏啦！"头几天我先叫他学穆仁智、黄世仁、黄母（注四）的歌曲，这些歌曲比较难一些，只要有空他就找我给他领唱。行军时只要不是很难走的山路，俺俩都是走在并齐。假若歌声一停的话，另一个同志就会跑上来说："教我唱唱我的!"虽然我的嘴里干得声音渐渐的细小了，我的情绪被他提到最高处，一点不觉得疲倦。在乐队练习的时候，演员一听轮到他的歌曲了，很快就跑到那里，跟着唱起来，唱完还说："再给他奏一遍!"有时甚而使乐队的同志不高兴，但是大家都是为了学习。

经过这样的一个音乐学习浪潮以后，接着排演《王贵与李香香》(郿鄠调秧歌调）的时候，演员就要求抄剧词要带歌谱，都说："人家二胖就学会念谱了，咱也不能一直叫别人教，我也要学读谱哩!'1234567'都学会了，再学还不就容易了?!"他们拿着各人的剧词，手中打着拍子，唱几天之后，就有些人问我："这底下划一道的两个字是一拍，划两道的短些，对不对?!"我就及时答复"对"!（注五）有两个拉胡琴的旧艺人同志，在《动员起来》小秧歌剧中的乐谱，他能听着跟着别人演奏。《白毛女》大歌剧歌子多，我就问他们："还听着演奏吗?!人家二胖学十个你可能听会一个。"在困难中给他打通了思想，也就加油学习了。

现在全剧团的人都分成小组，各人自愿学乐器一种，都说："在爱国自卫战争的时候，一个人要顶几个人用才可以。要不学乐器，到了战争情况，分开小组工作的时候，就不办事啦!"乐队中的同志，有好几个旧艺人都能读简单的生歌子，不用别人再教了。他们看见我记录旧剧乐谱，还得找他吹我记，索性他就自吹自记起来，记了一个叫我看看，错的还不多，就是没有小节线。旧艺人同志这样的进步，无形中给知识分子同志一个启示，也是一个警告。一个同志就说："二胖真进步快哩!旧艺人都学会读谱了，人家的耳朵又好，咱要是落了后，可真丢人扱啦!实际现在知识分子就落在后面了，放假了，我不回家，要在这里好好学习音乐。"

我相信旧艺人同志能再提高一步，对于旧音乐的研究，能够有不少的贡献。他们熟悉旧音乐，技术好，耳朵听音准确，这都是最好的有利条件。我们新音乐的建造者，假使离开了他们，那么将来的前途是不可想象的了。

出演《白毛女》的时候，组织了一个小小的乐队，乐器简陋得很：三把二胡三把板胡（注六），一把低胡（注七），一个横笛，一个三弦，一个京胡；打击乐器就是旧剧用的全套，加上个大锣，一个大镲，一个小铃。演奏人多数是旧艺人，而且还是主角，使用打击乐器的完全是旧艺人，只要告诉他们在什么地方用什么样的感情，他们会马上打出来，再经略微的修改就行了，就这样曾给《白毛女》及其他歌剧创造了很红火、很兴奋、很狡猾、很凄惨的各种人民熟悉的感情。在乐曲的演奏中也加了些旧的东西和技术，如包腔、滚白等，这样造成一个很激烈的场面，农民才觉得是有腔有调的。离开了旧艺人，就是再加上铜锣、提琴，恐怕也不能获得这样和群众感情一致而受他们欢迎的良好效果吧?!

我正向他们学习技术、记录旧乐曲的时候，为了其他更重要的工作而离开了他们——人民的音乐工作者。听说他们在临淇上演了《王贵与李香香》，我祝他们努力、成功，为群众更多地服务吧！

艺术工作同志们，不要看轻旧艺人！

他们的感情和农民分不开！

他们有群众喜爱而熟悉的演奏技巧！

他们能进步，而且很快！

希望新艺术工作者和他们合作！

互相学习，互相帮助！

共同来建造为人民所了解的民族新音乐，这才是好的音乐。

注：

（一）二本腔是高而细的声音。

（二）错种是林县土语，不好的意思。

（三）响子是在旧社会旧艺人组织的乐队，在富人结婚行丧的时候奏乐。

（四）《白毛女》的剧中人物。

（五）“下面划一道”的是八分音符，在特殊的情况下即是在2/4，4/4，3/4等的拍子中，可以说是“两个字一拍子”，然而到其他情况下如2/8拍子的歌子中就不一样。

（六）板胡：就是林县的落子腔用的一种胡琴，样式有多种，有的胡筒是一个小瓢形。这种高音乐器比京胡的声色好，太行区的人民熟悉，演秧歌剧的时候，可以用它，效果很好。

（七）低胡：就是胡筒比较粗一点的，和二胡的样式一样，是一种低音乐器。在一般条件低的剧团就用笛子、板胡、二胡、低胡、三弦五种乐器配合演奏，效果就很好了。

（1947年6月11日，《文艺通讯》副刊第3期）

# 长治对胜利剧团领导的经验

史秉谦

胜利剧团历史较长，成绩也较大，过去与部队宣传队及大剧团接近多，对新东西的学习很努力。但同时也沾染了一些“大剧团”的恶习。加之过去又是归专署领导，接近上层多，因此下去的时候，就无形之中或多或少地表现出一种“大剧团”和“官剧团”的派头。

长治是一个新区，群众对剧团的看法还是过去那种旧戏班的观点。以为“我出了钱叫你唱戏，我叫你唱就得唱”，总得看过瘾。而剧团同志则强调“我们现在解放了，与过去的旧戏班不同，不是单纯图你高兴”，所以只是简单地向群众说：“两开演是上级的规定。”有时演完戏一个人走出来说上一句：“今天黑夜演到这里为止，大家回去吧。”一边宣布，一边就下汽灯。不能照顾群众的情绪，适当地满足群众的要求，又不很好地解释，当然引起下面的不满。另外，在维持秩序的时候，态度也很生硬，因此有些群众反映说：“好厉害。”

这种情况发展到去年夏天最严重。当时有些地方的群众叫他们为：“老爷剧团”。

领导上发现了这一问题以后，就设法解决。去冬县群英大会以后，召开了一个各区负责干部与剧团干部的联席会议，互相进行检讨。一方面启发剧团自我批评，一方面又向各区干部提出：“我们过去是把剧团当一个旧戏班看待，还是当成一个宣传力量来看待?”启发大家更加明确地认识剧团的性质与作用，更好地拿起这个武器。

紧接着在太行二届群英大会上演出《白毛女》，干部与群众都感到很好，翻身教育意义很大。如是又有计划地在全县组织了一些演出地点，使之更普遍地教育全县农民。

群英大会以后，他们演了十一个台口，效果很大，特别是《白毛女》。信义一个老太婆当看到喜儿卖到黄家当丫环，被毒打情形时，立即要求上台诉苦，把她幼年被卖当童养媳受虐待的情形哭诉了一遍。这时观众连续不断地喊口号：“不打垮封建地主，农民就不能翻身!”把地主们吓得跑到家里，再也不敢来看《白毛女》。其他地方也有许多生动场面，有的地方看完《白毛女》，马上就回去开斗争会。

另外，经过检讨以后，剧团对群众的态度也转变了。到一个村子就开干部联席会议，商讨演什么戏，有时根据当地情况编些临时大鼓等小节目。虽然仍是两开演，但节目增加了，适当地满足了群众的要求，因此也容易取得群众的同情。连过去对剧团印象最不好的荫城也说："胜利剧团转变了。"

因为他们的戏紧紧地结合了当前的翻身运动，态度又有了转变，因此干部与群众对剧团的观感，也大为改变。在各地出演时，区村干部做了许多组织工作。这次出演，在大村是单独负担（但组织附近群众去看）；在小村则以小区或数村联合出演，共同负担。在演《白毛女》的时候，各村一切工作都停止。干部组织全部群众去看，并协同剧团共同组织剧场，维持秩序，体现了一元化的伟大力量。

在这一个多月的活动中，他们收到了群众送给的六面旗子，所以演完以后，团员情绪都很高，说这次是"名利双全"。确实，经过这次演出以后，胜利剧团在长治的威信是大大地提高了。这种"名利双全"是由于他们紧紧与当前的翻身运动（中心工作）相结合，并接受了领导与群众的意见，改造了作风，克服了过去的恶习的结果。

（1947年6月11日，《文艺通讯》副刊第3期）

# 农村来信

夏青

太行今年春节秧歌。各县都提出"翻身群众、自唱自乐"和结合本村工作表扬英雄模范的文娱方针。根据襄垣、黎城、涉县、左权、祁县、磁县等县的总结材料和我亲自在下面的了解，在实际进行中，都做到了。

这里特别值得提出的是黎城黎明剧团，他们在这次活动中起了辉煌的组织、推动作用。运动前，他们开了一个会，感到过去每年春节，群众演戏，他们也演戏；群众团体竞赛，他们也参加竞赛，这样便出了很多毛病：第一与群众文娱活动脱节，各搞各的，既不能向群众学习，又起不了应有的组织、推动作用。第二因为他们是职业剧团，自然比一般业余剧团要演得好一些，于是每次关于给不给他们发奖的问题，总要引起一番争论。根据这样的情况，他们便决定把剧团工作暂时放一下，把人员分配到各区、村去，有重点地帮助和培养村的文娱活动。但因人手不够，供不应求，村村都向他们要人，所以又与文教科共同研究，确定年关前为编剧时期，要各村把他们确定好的剧本内容、故事及为何写，写一个提纲，交到县、区上来；有编得快的，就交剧本。他们再根据这些提纲、剧本逐个研究，提出意见。一般地说这些材料可分为两类，一类是写本村的事实，一类是空想的。在编剧的方法上，多半只写几段唱词，就算是一个剧本。研究好了，便召集各村编写人，指出应根据本村的事实写，结构上也提了些意见；另外又指出写时不要光写唱词，要把道白、布景、人物、表情、动作都写上。需要分场的地方，也告诉了他们如何分，这样别人就是没有看到演出，单看剧本也可以看出些名堂来，不致看不懂。果然，我看了他二三十本剧本，的确很不坏，都在一般水平之上。从这些剧本的内容，多数是写翻身斗争，根据我在襄垣抽出四十七本的统计，写翻身的有十九本，如《地主手腕》《倒苦水》《团结中农》《徐永昌翻身》等，时事的（包括支援前线）有十本，生产的有八本，拥军优抗的六本，参军的三本，婚姻问题一本。而每个不是直接反映翻身斗争的，又都联系了翻身，所以总的说来都可以说是翻身剧。

形式方面绝大多数是广场秧歌剧，并且突破一般秧歌剧的形式，在利用群众场面、集体歌唱、秧歌舞队的伴唱、舞蹈和歌剧的朗诵各方面，都有很多新的创造。这里我仅介绍一个村的剧本创作过程：黎城胭脂村在听到搞春节娱乐以后，干部、群众便一起商量，本村有些甚需要表扬的？如何表扬？大家说：“咱村油坊的好应该表扬。”接着提出“咱用个甚能把咱油坊表现出来？”有的说：“咱用一个人挑两桶油边扭边唱咱油坊。”有的说：“这样不好，不能表现咱油坊的生产过程，介绍不出经验。”但这样做技术上很困难，最后决定：“用人来扮，扮成榨油机一样。”据说他们后来又由扮油坊发展到用人扮织布机、纺车，一起在场子上演起来，你看！这不是很好的舞蹈吗？一个很好的民间的集体舞蹈艺术吗？可惜我没有看到演出，真是恨事！……

（1947年6月11日，《文艺通讯》副刊第3期）

# 来信之一

崔东江

晋冀鲁豫边区文联：

我建议咱们边区应当出两个小型刊物：一个是戏剧的，一个是音乐的，就像山东文协出的《戏剧》和《青年歌声》那样小型的东西。

我们边区这么多的农村剧团、县剧团，他们有很多的创作，希望给修改一下，登载出来；他们有许多宝贵的创造，也有许多问题须要解决须要研究，那么这个小刊物正是他们的园地了。这个戏剧刊物的出版，可以使各个剧团不至于再各自干各自的，互不关联了。

关于音乐，在《文艺杂志》《北方杂志》上也载了一些，但是太少，而且不适合农民的文化程度，农民需要更通俗的创造，而他们自己也创作了许多通俗的歌词。广大的音乐工作者，没有人指导，找到一本音乐籍也是西洋的教条，也是各自摸索，我们出一个刊物就作为这些创作和各人工作经验的介绍。

这两个刊物对于艺术工作的发展一定会起很大的效果，在它的内容方面我觉得是这样——

音乐的可以登载：民歌介绍，民歌研究，旧剧的记谱与研究，排演歌剧的经验，普通乐器的演奏法，声乐常识，初步的乐理，作曲的经验，音运、音讯，乐器制造法，音乐家介绍，怎样教群众歌子，群众的歌唱，旧剧唱法的特点，中国旋律的特点，歌曲的创作……

戏剧的可以登载：农村剧团创作，剧本介绍，舞台常识，怎样编剧，怎样导演，怎样化装，怎样表演，剧运、剧讯，排演某一剧的收获，改造的旧剧人的经过，典型报告。

戏剧方向问题（如林县不准演旧剧，对不对？）都是值得研究的问题。……

现在各个剧团的共同的感觉没有剧本，实际并不是没有，而是到不到他手里。假若有了这两种刊物，剧音工作者每人手备一册，期期阅读，互相交流了经验，那么戏剧工作、音乐运动一定能很快地提高，也不会使各个工作者叫苦无剧本、无民歌。（下略）

（1947年6月11日，《文艺通讯》副刊第3期）

# 来信之二

何高民

《王贵与李香香》在《人民副刊》上转载后，我就爱不释手地去读它；单行本印出，我又作为工作暇时调剂生活的珍品。这一类作品，不管形式与内容，实在使人太爱好了，我曾和几个工农干部闲谈，他们也感极大兴趣。

在我们晋冀鲁豫边区我见到的几篇作品，如《文艺杂志》上阮章竞同志的《圈套》及《送别》，《平原文艺》第二期上刘衍洲同志的《弹唱小王五》，我同样感到新鲜、活泼、生动、有力，内容上都能引起心情的紧张，而在词调及语气上，却又都令人有轻松愉快之感。我同样介绍给人读它，大家又都是同声赞美。

我是文艺上的门外汉，但我感到像这一类作品有发扬之必要，这类作品都是人民大众能歌能唱、能读能看，反映现实斗争有声有色的民族形式的杰作，是我们边区文艺领域中新产品、新收获。是否可将此类作品汇集成专门小册子出版，像再版的《王贵与李香香》，被加上插图或木刻，把文推广到广大区村干部及人民大众中去，它们的现实的教育意义，我感到同样是会有极大作用的。(下略)

(1947 年 6 月 11 日，《文艺通讯》副刊第 3 期)

# 邯郸市文化教育界声援蒋区学生运动

邯市通讯小组

【本报讯】京津“五二〇”惨案发生后，激起邯中全体师生的悲痛愤恨，愿意以实际行动声援蒋区学运。特于五月三十日下午三时，以邯中同学为主在邯郸剧院召开文化界座谈会。到会者有全市各机关学校代表及文化工作者，共二百余人，王市长也亲自参加。开会时首由学生代表贾学谦报告开会意义，略谓：蒋管区的学生为了吃饭为了和平，不怕牺牲向蒋介石请愿游行示威。蒋贼为了坚持打内战，对学生运动以武装镇压枪杀，造成“五二〇”大惨案。蒋管区同学是我们的兄弟阵线，他们的胜利就是我们的胜利，他们的失败就是我们的□。今天我们应该声援他们，和他们共同携起手来，早日把蒋介石打垮，争取和平。十三岁小同学任福坛说：“蒋介石要独裁不叫学生吃饭，还要杀人家，我们得声援。怎样声援呢？就是多生产多学习。”许多同学和王市长等讲了话，最后通过了向全国发的电文。

(1947 年 6 月 12 日)

# 郭沫若柳亚子沈钧儒等抨击蒋党反动措施

【新华社陕北九日电】沪报讯：此间民主人士一致抨击蒋介石所颁布之《维持社会秩序临时办法》。“五二〇”流血惨案后，各界人士即举行座谈会，出席者柳亚子、许广平、王绍鏊、邓太林、马叙伦、叶笃义、张澜、包达三、张絅伯、谭平山、郭沫若、宋蕴山、沈体兰、沈钧儒、马寅初等，一致认为：学生请愿是正当合法的行为，值得敬爱。彼等指出：蒋介石所颁布之《维持社会秩序临时办法》是违法的行为。并称：今天蒋政府已犯了历史上的重大错误，此种局势如再恶化下去，将至不可收拾。大学教授叶圣陶、傅彬然、杨卫玉、孙起孟、贾祖璋亦于《文艺报》著文指出：“饥饿不止，反饥饿游行请愿必将一天厉害一天；种瓜得瓜，以怨恨为种子，必将产生怨恨的花果。”最后劝告蒋家宪警替自己留些余地，因为今天青年学生所要求的正是一般人民所需要的。

（1947年6月12日）

门板报运动迅速推广

# 漫画快板反映生活　极受各部战士欢迎

方德

【本报豫北前线十日电】毅字部队的门板报运动，在本报连续发表后，极为前线各部重视，且迅速推广。记者在某部队机炮连见到的门板报，最为战士欢迎的形式，是带快板的漫画。此种漫画均以极简单的几笔画出特点，再加以快板，边看边念，趣味横生。如曹同养画火房和面的一幅画，和面人的右肩高，左肩低，熟识的人一看就知道是韩有忠。人物轮廓虽不能十分勾画出来，但就其画面的表情，也能使人一目了然。这幅画的快板上这样写着："杨成善、张光梁、朱有祜、韩有忠，这四个同志真能干。半夜起，同和面，天明就把院子扫，到晚又把水来担。整日工作积极快，勤务公差争着干。"有些不带说明文字的漫画，也能使人了解其意义，如陈延海喂牲口，画的是一匹马在槽里吃草，屁股圆圆的，饲养员在旁边张着大嘴笑，表示饲养员把马喂肥了，心里很高兴。另一幅是画李小云和刘学治争着担水，一个人挑着的水桶不是垂直的，而是画成向不同方向歪斜着，另一个人拉着扁担头子，看人物是不很像，但是知道这故事的人一看就明白，所以全班的人都爱看。

（1947年6月13日）

# 西北前线文艺宣传活跃

【新华社西北十一日电】西北前线文艺宣传极活跃。陕甘宁边区文协洋片组，在行军中日夜赶画洋片，编写唱词，已创作出五套洋片。内有《高彦喜杀敌》《活捉伪县长》以及《蒋胡军暴行》等，在前方即利用行军休息时间给战士演唱。在后方的一组，单在某部一日即演出七次。战士、群众均表欢迎，甚至有连看五场仍恋恋不舍者，洋片唱词已在群众中流传。民众剧团亦在前线出现。羊马河战斗时，剧团人员并参加转运伤员工作，颇受各方称许。羊马河战斗后，该团立即演出，慰问战士，《保卫和平》一剧尤为战士及解放兵所称道。西北文艺工作团在自卫战争前后，亦已分组深入部队与农村。他们亲身参加地方工作，收集实际材料编写剧本演出。如以反对悲观失望为主题之《郭拴遭祸》，演出效果甚好，不但消除了部分群众因不了解时事而产生的恐慌不安心情，并使若干群众纷纷回家生产。陇东剧团并直接深入部队给战士读报、讲时事、说书，到了游击队即成为游击队之政工人员，积极从事各种宣传教育工作。

（1947 年 6 月 13 日）

军大参观慰问团在前线

# 学习实际政治工作

放映幻灯影片收到宏大效果

【本报豫北前线十一日电】晋冀鲁豫军区军政大学参观慰问团，由该校政治部主任李克如同志率领一行廿余人，于日前抵前方野战政治部。该团此行为学习战时实际政治工作，以作为今后学校教育之参考。在豫北前线经一月工作，对前线军政工作有以下三点观感：（一）前方新英雄主义运动正在轰轰烈烈地开展，全体指战员同志在艰苦的战斗环境中发扬了高度的积极性与创造性，战士干部同甘苦，在一起挖工事，流血流汗；特别是干部的模范作用影响与启发了战士，战士的想办法、出主意又帮助和提高了干部的领导，互相启发，共同进步。（二）新的领导方法在部队中不断提倡与推广，“三合一”教育、评定伤亡、诸葛亮会议、关心体贴与教育的结合、表扬鼓励的普遍提倡，都证明了领导上发扬民主、走群众路线的工作作风。（三）干部战士对爱国自卫战争充满了胜利信心与饱满的斗争情绪，新老战士及被解放战士政治进步极快。

【本报豫北前线十一日电】晋冀鲁豫军政大学参观慰问团幻灯组，在前线各部队放映幻灯，极受战士欢迎。幻灯影片内容有红军发展、八年抗战及爱国自卫战争三部。该组所到各部，随时将部队之英雄模范事迹放映。王克勤班及最近之崔桥战斗均已制成影片。据各方反映，幻灯影片有以下优点：（一）结合实际，反映及时，早上的事情晚上即可映出。（二）彩色连环画并配合音乐，适合战士兴趣，易被接受。（三）简单方便，效果宏大。该组现正增修影片，将全部画片制成人民解放军历史影片。为推广幻灯的放映，各部队已派人到该组学习研究。

（1947 年 6 月 13 日）

## 冀鲁豫举行投稿竞赛　农村通讯网大发展

【本报冀鲁豫十二日电】冀鲁豫日报社及新华分社开展的二届投稿竞赛，已有新的开展，在结合土地改革及战勤等工作上，有力地推动了各种工作。现已建立了一、二、四、六、七、八等六个地委的新华支社，观城、濮县等四十一个县通讯站；恢复与创办了五十余种小报，其中七支社创办之《运河报》，坚持敌后游击区巡回出版，敌主力在公路上来往活动，记者仍坚持公路附近一二里采访，报纸亦常在离敌一二里村庄付印，且不断通过百余里游击区向新华分社送稿，有力地推动了七分区的游击战争，鼓舞了敌后军民信心。黄河以南的新闻通讯工作亦已普遍开展，在极端困难条件下，五地委创办了《鲁西南》小报，三地委出版了《湖西通讯》，二地委恢复了《运西时报》，一地委恢复了《太西大众》。通过数百里游击区，每日尚有大批稿件送至新华分社。农村通讯员亦日有增加，产生了劳动英雄李守诚为工农通讯运动的旗帜。八地委在表模立功运动中，曾号召全区开展李守诚运动，在观城开展通讯工作中，起了骨干与带头作用。运动中各地有新的创造，高陵二区开展了写信运动，领导同志可以从此了解情况和掌握工作。寿张在参军运动中，县委宣传部长全力办报，做到当天消息当天传到各区，以鼓舞群众情绪。观城、濮县等创办了数千块黑板报，为群众所喜见乐闻。五月上旬投稿竞赛进行总结，计四个月中五百余模范通讯员光荣获奖，并决定自六月一日起至“九一”记者节止，进一步开展通讯立功竞赛运动。

（1947年6月14日）

# 检阅社会主义文化力量　苏颁发斯大林奖金

【新华社陕北十一日电】综合报导：苏联部长会议顷通过关于颁发一九四六年科学、艺术与文学及生产方法上卓越发明及重要改进的斯大林奖金之决议。斯大林奖金为苏联政府在一九三九年创立，以庆祝斯大林六十寿辰。第一次颁奖系在一九四一年，此次是第六次，奖金总额为一千三百一十五万卢布；得奖者共一五七人，包括不同年龄各民族及各职业的人，有二十岁的青年，也有八十四岁的老人。荣获一等科学奖金者八人，包括物理、工艺、化学、生物、生理、法律、历史与语言等科学，每人得奖二十万卢布。荣获一等生产方法之发明及改进奖金者七人，包括社会主义劳动英雄、地质学家、设计家、选种学家及工程师，每人得奖金十五万卢布。荣获一等艺术及文学奖金者二十五人，包括作曲家、钢琴家、雕刻家、演员、电影工作者及戏剧家等，每人得奖十万卢布。（按：一九四五年卢布与美金比价为五

比一）

科学与生产奖金的颁发，总结着苏联人民的成就；他们努力完成战后五年计划中最重要的一种工作，即在近期内赶上外国科学之成就并超过之。艺术家们在一九四六年一年中创作了数十种各种类型的戏剧、乐曲、绘画与雕刻，描绘出苏联人民最美好的特点。如作曲家谢巴林所作的《莫斯科》就是一个有价值的曲子，它告诉人们莫斯科辉煌的过去，及这次战争中英雄的莫斯科保卫战。得奖的作家多为战前未闻名的新作家，如青年作家维克脱·尼可拉梭夫即以其处女作《在斯大林格勒战壕中》而获得二等奖金。但如西蒙诺夫则已是第四次得奖了。

## 反动力量利用科学残害人类
## 社会主义科学提高人民生活

【新华社陕北十一日电】塔斯社讯：莫斯科各报顷就颁发一九四六年斯大林奖金一事发表社论。《真理报》称：斯大林奖金之颁授，为苏联科学与艺术之真正节日，为国家社会活动及政治生活中之重大事件，是对人才及科学与艺术成就的全国范围的检阅。而且，也已经成为社会主义社会文化力量的证明。在当前的情况下，资本主义反动力量正力图利用科学来残害人类，并改变为帝国主义侵略的工具。在人民自身当权的胜利的社会主义国家中，科学已经成为发展苏维埃社会生产力、强固苏维埃国家及保证劳动人民之民族与文化生活水平发展的巨大工具。

## 反动力量阻碍科学进步发展
## 社会主义激发伟大的创造力

《消息报》称：在各个主要的资本主义国家当中，深重的忧虑迫使着进步的科学家们隐瞒他们的研究，因为他们的成果为少数力图压迫日益生长的群众觉悟，并纵容新战争的独占资本家与军国主义者所劫掠。艺术与文学的内容则皆为个性的衰颓与真实生活的逃避。而苏维埃制度已产生了新的苏维埃知识分子，他们来自人民而又忠实地服务人民。科学已经首次不受资本家集团私利之限制而迈开创造自由之阔步。在苏联，科学已成为国家经常照顾的对象，国家保证了科学活动的物质条件。苏维埃制度，为新艺术以及我们演员、歌唱家、舞蹈家进一步发展与完成提供着无限的机会。人民中间新才能的发展，强有力地证明着为社会主义们激发的伟大的创造力。

（1947 年 6 月 14 日）

# 清华学生展开校外宣传反对蒋党征兵征粮

【本报讯】据天津报纸透露：在“反内战、反饥饿”的罢课运动中，北平各大学壁报极活跃，北大壁报联合版提出“我们的态度”，认为反内战是基本的问题，“为了要活下去，反对内战!”主张追究清算内战责任，要求成立“民主的联合政府”。壁报内容并揭露蒋军大败之军事消息。

清华大学于十七日起开始罢课时，该校“反内战、反饥饿罢课抗议委员会”于当天发出布告说：“……今天物价在疯狂上涨，经济在加速崩溃，国内局势已到了最危险的阶段。造成这现象的原因在于内战，使大量的财产毁灭，使通货膨胀，使物价飞跃，使人民一步一步走向死亡的道路。因此，为了改善人民的生活，为了拯救祖国的危亡，我们以罢课作为我们沉痛的抗议。”继提出口号：“一、老百姓要吃饭；二、老百姓要活命；三、反对武力统一政策；四、长期停战，永久停战；五、成立全国一致联合政府；六、内战不止，人民饿死；七、停止征兵；八、停止征粮；九、老百姓和同学是一家人；十、民主新中国万岁。”罢课委会并彻夜印刷宣传品，同学们虽吃窝窝头尚不足饱肚，仍踊跃捐款作纸张印刷费，十七日一日校内募捐即得五十余万元。新歌《活不起》及《这个年头怎么办》为罢委会宣传品之一。数百学生展开校外宣传，高唱：“不种米，不种麦，拉丁当兵不生产，不生产。田变战场，人变灰，打仗打死几百万，打仗打死几百万。”末句为：“官要民死，民不甘；血海翻身，站起来！”

（1947年6月15日）

# 劳英示范推动全村　后池运用快板宣传备荒

振华

【本报涉县讯】六区后池村广泛运用快板表扬英雄、宣传示范，鼓动起全村家家节约备荒。该村开展节约备荒运动中首先注意了解群众思想，打通群众思想，开始领导上发出防旱备荒细水长流的号召后，群众就纷纷议论，发现思想有两个：一、不作长期打算，吃了一天算一天，灾荒年饿死人也不是光咱哩。二、等天下雨靠天吃饭，光节约不生产也不行，节约下将来也怕别人借。了解这个思想后，以贫雇农为主，召开老汉座谈会，回忆四二年灾荒，提出坡地没苗怎么办？劳动英雄刘士炎说：“咱们要生产节约，细水长流，四二年灾荒就是教训。”他又提出“能吃一顿糠，将来能度两天荒”的口号。同时编出快板秧歌在街头饭市宣传扭唱：“当家人注意听，防备灾荒坏年景，多吃糠，多吃菜，树叶树皮也不坏，男女老少团结起，咱们明天去打菜。”这样的宣传动员，对群众的生产节约情绪的鼓励很大。劳动英雄刘士炎，首先回去召开家庭座谈会，拉扯家里的生活，给他父亲说地里今年没有苗怎么办？他父亲说："天不下雨，这实在没法啦。"接着他媳妇说："咱每天可得俭省哩。"他父亲说："就是哩！大家可不要说饭坏！"刘士炎说："可以。"从这样拉扯中订出了全家生产节约计划。全家人六口，现在麦子四斗，米二石，谷五石，玉茭一石六斗，共折一千三百斤。平常生活每天每人十两米，能吃十一个月。降低生活每天每人按半斤米计，每天每人节省二两，全年节省二百七十斤，能吃到明年六月底。生产计划：两个人除开会支差外计划省工一百五十个，按六斤米一工计，省九百斤米，折洋八万一千元；两个妇女每天除做杂活外纺花三两，一月成布五斤，一年六十四斤，每斤按一千五百元计，折洋九万六千元，共计洋十七万七千元，准备买个牲口（十万元），其余买羊八个，买猪一个。有了这个典型的材料，就进行广播宣传，给了群众一个很大的印象。在他的影响下，全村二百二十一户都订出了生产节约计划。全村降低生活每人每天最少省二两米，最多半斤，每天全村可节约七十六斤米。并组织剩余劳力，出外打忙工挣米；全村妇女每天除做一切杂活外，纺花二两；计划全村买羊三二三个，买牲口十二个，买猪二七个。两点经验：（一）口号是指导群众的武器。根据工作的安排，提出明确通俗的口号，直接鼓舞了群众的生产情绪。如"不怕天灾旱，光怕不动弹""多吃一天糠，能渡二天荒"等口号，有力地推动了全村生产节约的浪潮。口号提得愈明确，适合群众口味，群众接受得也愈快。（二）用英雄的实际行动教育群众。英雄起了模范，就用他的实例随时随地有组织有系统地在各街宣传。编出快板，树立旗帜，用典型事实教育群众。

（1947年6月17日）

# 冀中文协座谈文艺为战争及土改服务

周扬同志在五月廿四日冀中文艺座谈会上，号召地方文艺工作者参加到土地改革运动中去。他说："土地改革与自卫战争分不开，反映土改也就是为自卫战争服务。"政治部王炎同志介绍经他们调查结果，战士对文艺工作者的要求和对艺术形式内容的喜爱与批评。他说："战士对我们文艺工作者一方面是迫切要求我们吸收他们的新英雄主义，用各种艺术形态表现出来，另方面希望我们能献给他们艺术成品，来给他们以安慰和鼓励。"周扬同志复谓："今天文艺创作者与工农兵思想情感相结合，仍是我们根本问题。"谈及创作上的群众路线时，他又说："这就是用群众的语言与他们喜爱的形式，来反映百分之九十群众的意见和情绪。"关于创作如何掌握政策，他说："文艺工作者必须学习政策，不懂政策，就不能表现解放区的群众。但掌握政策不是从条文出发，而是表现政策在贯彻中，群众如何行动起来，如何实践与创造。"关于入伍下乡的工作方法，他说应该首先做工作，然后才是写作。最后并号召专业文艺工作者用拉徒弟交朋友的方法培养工农兵新作家。

（1947 年 6 月 17 日）

# 杜云月的军人俱乐部

编者按：本文为冀南九分区政治部所编写，杜云月系独立团四连的文化干事，并在群英会上被选为二等工作模范。兹将该文发表于此，以供部队文化工作者参考。

## 一、老一套碰了钉子

去年春末，杜云月同志把俱乐部组织建立起来后，也是整房子、写标语、画漫画，设立这样栏那样栏。开始战士们亦觉着很新鲜，写条子在问答栏上提问题，有的为了报复，你问了我我就问你，也提问题，因此问答栏曾活跃了二十多天。但是因为俱乐部委员不够负责，有的问了题没人答，大家觉着不新奇了，俱乐部也就变成了“救亡庙”。

## 二、检讨失败原因走了群众路线

杜云月召集俱乐部委员，开会检讨接受了失败的经验，强调了各委员的责任，分配了具体工作；特别是广播委员，到各班去收集材料，回来广播。这样搞的材料多了，一次广播不完，就每天进行两次口头广播。又增设了一个广播委员，各班的学习组长兼任广播通讯员，负责收集各班的广播材料。除零星地进行口头广播外，大一点的事就写条子贴在广播台上，如广播了王学义同志学刺杀，手上磨了泡、流了血还在刺；广播了每周练兵成绩升降表，使每个同志的一点成绩一点进步，都清楚地摆在大家面前，因此群众都喜欢它了，工作人员也工作得起劲了，都自动自愿地参加俱乐部活动。不久有一个战士偷拿老百姓的秫秸烤，二班有一次多打了一个人的菜，都被广播了，班里觉着很丢人，被广播的人又被大家质问，难过地哭了。俱乐部便开会研究这一问题，决定以后只广播好的，缺点毛病交行政上去处理。

随着广播表扬发展的需要，又建立赏罚台，表扬三次的即上赏台，缺点毛病仍交行政决定是否上罚台。为了和其他连队交流经验又建立了交流处，对工作学习好的，就写稿投《先锋报》，刊登后读报委员又读给大家听。广播活跃了又进一步和问答结合，广播通讯员经常去看问答题，谁过了时间没答，就拿来广播。因此问答亦活跃起来了，战士们想起什么问什么，如在练兵时间六连张洪玉“你为什么能刺七千枪？是什么道理？”问落后分子“你近来情绪不高，想什么事？”“你近来有什么进步？能坚持下去吗？”再就是问时事与思想上不明白的问题。见到团长也问，见参谋长也问，见到去检查工作的也问，凡是到四连来的人，一去就被黏住了，因此大家叫他黏窝窝。

又有一次有两个死不爱学习的同志，上课时他睡觉，讨论时不发言，大家学习时，他到挤房去唱二黄，干部批评他，军人大会斗争他，都不顶事，他们就发动战士从问答栏上去问他，“学习对你自己有啥好处？”“你对学习有啥意见和困难？”大家又送给他纸笔，他也开始学一两个字了，讨论时也说一两句话了，广播委员马上就广播，使他又高兴又惭愧！转变得很好。同样的方法，他们又把一个练兵中的落后分子改造成为排的模范。

## 三、成立剧团巩固部队

云年九月逃亡了三个战士，又自动归队了，杜云月同志就把这个材料编成了一个五幕剧《开小差》，剧情和事实一样，只把人名变了。由于是连里的事，自己的人演，自己的人看，因此愿意干，没幕布就用各人的被单子凑合缝起来，没衣服化装到处借，没弦子自己刻一个，演起来大家都很喜欢看，开小差的看了又惭愧又兴奋，没开小差的看了警惕。它不仅有力地进行了反逃亡教育，而且引起了群众对娱乐的兴趣。

娱乐工作的活跃使战士们在闲暇时也好玩，不苦闷，对于巩固部队是起了很大的配合的作用。如团里到二营去的侦察员，问他愿到哪个连里去，他说：“愿到四连。”问“为什么？”他说：“四连热闹。”

## 四、结合中心推动工作

每个时期的中心工作任务提出后，俱乐部就研究布置，问答广播宣传组等各方面的工作，都围绕中心工作进行，标语也换成当前的工作内容和口号。工作开始问答，广播就进行酝酿、启发；工作进行中，就进行零星的表扬和介绍经验；工作结束时就提出成绩比较表，或者列榜公布，广播号召向好同志学习，鼓励好的再向前进、不骄傲等。

如去年十一月补充新战士时，问答栏就提出：“新战士来了光想家，哭，你怎么办?”“新战士不会操课你怎样帮他?”“新战士吃饭慢吃不饱，你怎样办?”宣传组搭台子，突击排戏，欢迎新战士。日常工作生活中，表现好的新战士，广播电台马上便表扬，问答又改换了内容，如“你班新战士情绪很高是什么原因?”“你执行了诺言没有?”因此四连补充了十二个新战士，半年来只跑了一个伙夫也归队了。

又如十二月选英工作，俱乐部又换了个新标语，问答栏上问：“什么人能当英雄?”“怎样选英雄?”等内容。各班酝酿情形，电台便广播，英雄选出后，把英雄事迹公布于俱乐部，问答又提出：“你对这次选举有啥意见?”“你怎样向英雄学习?”对英雄也提出“你怎么带领群众?”等。最后由宣传组演戏贺英雄。



## 五、行军作战中不间断地工作

四连俱乐部不仅在平时活跃，在行军与作战中也从未间断过，随着情况的变化改换活动方式。



在行军前后，广播委员便将行军中的好同志进行口头广播。如广播三排长徐振清，给别人背了五个米袋子、两个背包、三条步枪，因此四连在行军中最疲劳的时候，亦很活跃，是全团行军的火车头。

去年七月坚守永年东关，离城墙二百米远，二十多户人家的小地方，四周是水，喝污水，吃冷饭，白天飞机扫射轰炸，夜间蚊虫骚扰，部队很疲惫。俱乐部就借来锣鼓让战士敲，组织说书讲故事，广播委员照常广播坚守中的模范、写稿、读报，后来又坚守城北冰淋窑，比东关的地方更小，离敌更近，战士们钻在窑洞里不能露头，俱乐部制造了各种棋类、苏联牛等玩具供大家玩。

保卫大名任务中，广播问答作了战斗的动员与酝酿工作，抓紧结合与休息时间就广播，表扬行军挖工事中的模范，战场上表现英勇的同志，情绪越提越高。围困楚旺的土工作业中，俱乐部除一般的动员酝酿表扬外，又提出执行诺言、比赛立功、总结立功的同志。

总之每件工作从始至终，俱乐部各种组织，都和它紧紧地集合起来，推动发展并完成各种工作，显示了其特殊的成绩，这是我们领导连队工作，运用俱乐部组织，团结发动全连群众的一个榜样。

（1947年6月17日、6月20日连载）

## 段致祥办的大众黑板

王毅

段致祥是晋城二区西四义村的小学教员。他所办的大众黑板，对村里各个时期的中心工作都起了很大的推动指导作用。在五月中旬晋城县政府召开全县高初级教员会议上评功时，大家公认他办的大众黑板最好。他在黑板上所写的多是及时搜集村内的材料编成的快板。

在今年春耕互助工作开始时，有些人不想互助说：“谁还不会种个地，自己种自己的还随便些。”他听到这个反映，就在大众黑板上写道：

快来吧，快来吧！男女互助变工好办法。
过去做地各顾各，自己跌倒自己爬。
今后互助变工大合作，大家团结成一疙瘩。
人多生产力量大，碰见野狼也不怕。
人多力气壮，五谷杂粮早种上。
人多计策高，金皇后，棉花，各样庄稼称英豪。
地怕三张锄，草莠没出路。
七人三对半，做活能顶十人干。
又省工来又省饭，
抽出工夫赚钱交负担。

大家围着看了都说：互助好。互助组长李致祥说：非把咱的互助组搞好不行。可是妇女还不愿参加，有少数参加了，也是劲头不大，说：“翻身把咱翻到地里头来了！”他一听到，随时又在大众黑板上写出一个快板：

过去社会黑暗妇女没来头，把个地位降底坐坑头，
做在人前吃后头，人家吃肉咱啃骨头，
缠足攒坏脚指头，脸擦官粉赛白头。
婆婆骂得不抬头，男人反脸又打两拳头。
一肚冤枉藏在肚里头，哭哭啼啼没过头。
毛主席领导妇女出了头，提高地位抬起头。
放大脚来剪了头，诉苦翻身起带头。
打破情面把账算到头，参加组织妇女会里头。
生产纺花坐车头，共产党恩典牢记在心头。

做军鞋交到头，拥军优抗拿馒头。

突击春耕扛锄头，自力更生有劲头。

当个巧妇下到地里头，有吃有穿有兴头。

写出后，大家看了到处圪念，就推动了召孩、充孩、充孩的媳妇、来运老婆，四人自愿结合互助起来，劲头非常大。在五天内，四人就抢了四亩地，抬了灰渣五十筐。锐锐、软翅看见人家闹得红，自己也参加了互助组。段致祥看见这几个妇女互助劲头大，当即在大众黑板上写出表扬了一番。妇女们干的劲头大起来，现在全村妇女有九十六人都参加互助组。

（1947 年 6 月 17 日）

## 要求杜鲁门拒绝反劳工法案　六万工人示威

美三千五百作家艺术家开会为反对美国法西斯化而斗争

【新华社陕北十六日电】纽约讯：继劳工联合会五万人示威反对塔虎脱等之反劳工法案之后，美国产业工会联合会六万会员又于十一日在麦迪逊广场举行同类的示威游行，要求杜鲁门拒绝认可塔虎脱等之反劳工法案。在群众的压力下，据美参议员华格纳说，杜鲁门或将拒绝认可此一法案。

【新华社陕北十八日电】塔斯社纽约讯：新文学杂志《主流》主雇下的三千五百个作家与艺术家大会顷已开会，美国主要作家及艺术家演讲抨击众院“违反美国利益行动调查委员会”破坏了民主艺术的表现。好莱坞电影剧本作者劳逊说：“钳制作家同艺术家言论的企图是大企业要破坏职工会并在全世界恢复法西斯之计划的必要部分，这种企图将遭受到每一个顾及自己职业的尊严及国家福利的艺术家的反抗。”戏剧作家杜西安宣读未能出席会议的电影剧本作者特鲁□波的演辞，特氏也尖锐抨击“违反美国利益行动调查委员会”。著名画家爱佛古德抨击美国政府官员的反文化政策，尤其是国务卿马歇尔最近取消了曾经遍历欧洲及拉丁美洲各国的艺术展览，并抨击传说中的杜鲁门所谓现代艺术为“蠢牛无用”的论调。黑人歌唱家保罗·鲁宾逊在其演辞中警告称：要防备在大独占集团中美国法西斯力量集中的危险。当鲁宾逊说到“反动派们把手套掷下来（按：意含挑战），但是我拾起它来并投回到他们的脸上去”时，博得了大的喝彩。其他讲演者作家姚乐赛·派克、黑人剧作家华德、《新群众》杂志编者马基尔及《主席》编者席仑，均敦促为反对美国的法西斯倾向而斗争。

（1947年6月20日）

# 战士之家

## ——战壕生活速写

柯岗

“战士们在战壕里生活究竟如何？”为了彻底了解，我随一〇四部金主任、六四部队张科长，走进最前线的战壕里去了。

这是完全想不到的，他们在敌人的密集炮火下，把战壕修得如此整洁而复杂！两边削得像镜面一样的光滑，地下凸起，两边留有水沟，看去全然像一条小马路。两旁伸出无数条支路，这里每人都做好了自己的射击工事和寝室，都是精雕细刻的洋式门面，并且书有：“挖穷根”“立大功”“神仙洞”等横额。室内除铺位之外，人人都有枪架和放衣服、鞋子、手电筒、饭碗等专门设置。此外，他们用刺刀在寝室内外的墙上，刻划着自己最喜欢的标语。我曾经钻进好多人的寝室去看过，他们的标语大部分是：“保卫毛主席，为民立大功！”“歼灭蒋军，穷人翻身！”“工事就是家，死也不许丢掉它！”“多流汗，少流血！”“学习王宏法挖工事的经验！”等，最后我看到鄄南战役过来的▢书宜的寝室门口，那里刻着：“工事挖不好，才算草鸡毛（落后的意思）！”我问他为什么喜欢这样的标语呢？他说：“我从前挖工事是不用心的呀！”

各连排的寝舍旁边，都挖有地下茶棚，那里放着两个大缸，一缸红豆汤，一缸冷水，冷水是专供洗脸洗脚用的。还有一条小沟单独伸到另一个方向去，那旦是厕所。

再前进，一转弯，我忽然听见有个小型乐队在奏着《人不犯我我不犯人》的曲子，我还以为是文工队在这里哩，我进门一看，那里是第三号俱乐部，有三四个战士用大正琴、口琴、胡琴合奏。他们仅仅从眼角里看了我们一下，仍旧认真地吹着拉着。我向金主任建议，这样奏乐是否敌人发觉了会打炮呢？几个战士抢着说：“远得很，至少还有二百米，叫他打吧，尿都不尿他！”

俱乐部是在地平线下的一座半间大的小屋，一个战士说：“就这屋顶，你就有榴弹炮也扯淡！”室中间放着一张方桌，上面铺有崭新的黄色军毯。四周架起三尺多宽的木板，上面有次序地放着各种读烂了的报纸。我一张一张地翻阅，有五月二十三日以前的全份《战时生活》报，五月二十一日以前的全份《人民的战士》报，军区出版的《比一比》画报、《人民解放军》报、《冀鲁豫日报》《人民战士报》等，另有许多军棋、象棋、跳棋等玩具。墙上贴着边区政府慰问前线将士的信和一条醒目大字——“下棋不忘看报”。

我真敬佩战士们的对称美学观，他们在门口两旁煞费苦心地砌了两个二尺高的四方台子，上面放有两盆野花，正中挂着他们自己办的《野营报》，内容极为生动而丰富：共分点将、谜语、诗集等栏，这里有九班战士田治林的一首诗，题叫《老狼无法救小狼》，下面写着：

城里一群狼，
蒋介石好比他亲娘，
八路军救民把狼打，
它娘心里发了慌，
同志们努力捉小狼，
捉住小狼捉老狼！

另一首是滑南战役从蒋军四十七师过来的战士黄义刚作的《立功快乐歌》：

喜洋洋来喜洋洋，
立功之名天下扬，
人人尊敬个个讲，
政府还要给奖赏，
全家高兴真荣光。

还有一首是三排副张玉成作的《蒋军之样》，在这题目之旁他画着一只很胖的大猪，下面写：

敌人好比一肥猪，
大家想法把它揪。
同志要想吃猪肉，
大家努力挖道沟，
道沟工事做得好，
想吃猪肉不发愁！

谁说战士们不会讽刺敌人呢？这里有两个战士正在下象棋，突然两架美式蒋机给敌人送子弹来了，他们推开棋盘，架起机枪往上打，飞机忙往上飞，惊慌失措中丢下两箱子弹。但风势太大，白色的降落伞飘着飘着，竟吹向我们的阵地来了，许多战士拍着手说：“好呵！好大的慰问袋！”

我们走过将近十华里的战壕，没有看见一个战士在单独地活动或无聊地纳闷，他们不是读报、下棋、开检讨会，就是进行着近乎游戏似的学习，三三两两对笑着互问互答。其中要算七连一班田德耀和李治芹的问答最有趣。李问：“你是谁的兵？”田答：“我是老百姓的兵！”“你的任务是什么？”“为民除害！”“谁是老百姓的大害？”“蒋军。”“你怎样除他？”“争取立大功！”他们板着面孔，严肃地对答如流。我问他们这是不是指导员教他们的，他们说：“不是，是我们自己想着说的。”

当我们走过六班的寝室时，发现了一件指导员尚未发现的新事情，他们全班竟自动地演起了没有剧本的戏来，吴来义装雇工，李山子装民主区长，李登堂装恶霸，其他人装民兵和群众，真名真姓，情况就是当地新收复区，雇工向恶霸诉苦后，群众把李登堂捆起来拉出寝室，于是众皆大笑而散。我问他们这戏叫个啥名字？他们说就叫《穷人翻身》吧！

最后我们走到著名杀敌英雄任笑祥的工事里，他胸前挂着一个毛主席奖章和另一个模范奖章，正在指挥他全排同志替下午就要到来的新战士挖工事。他告诉我这是最前哨的阵地了，敌人离这里只有四十公尺。当他热情地向我探询了英雄王克勤的近况之后，他要我站在他指定的位置上从外部参观他和敌人们工事对峙情形，我看见他的阵地前面竖着一块门板，上写“人民解放军优待俘虏，早过来早解放自己！”敌人的阵地上不时有人探出头来，望一下便马上缩下去了。

五月二十四日夜

（1947年6月20日）

# 幻灯片《爱国自卫战争》试映成功

【新华社豫北前线电】军政大学前线参观慰问团幻灯组绘制的影片《人民解放军斗争简史》第三部《爱国自卫战争》十日在野政试映已经成功了。这一部影片内容包括自上党至豫北历次战役的战斗场面，解放区实行土地改革、农民参军运动、王克勤班等，全部二百八十多幅。另外并画了许多“反坦克”的画片，专门介绍坦克的构造和各种反坦克战术。试映成功后，野战司令部、政治部特分别写信给幻灯组慰问，并奖给冀钞三万元。野政慰问信中说：“你们在前方深入部队演出幻灯，博得广大士兵的欢迎，这种为兵服务积极工作的精神值得学习，这对部队的宣传工作可谓一新贡献，在部队可普遍推广。”司令部的慰问信则称道他们的成就是“思想与技术技巧相结合的光辉成绩”。现野政文工团一〇六部文工队及太行军区宣传队，正赶制器材，绘制影片，开展幻灯运动。

（1947 年 6 月 20 日）

# 战场宣传鼓动晋察冀有新创造

【新华社晋察冀十九日电】晋察冀人民解放军某部，在石庄外围与正太战役中，宣传鼓动工作与战役讲评有很多新创造。（一）战前号召全军用智谋和战术战胜敌人，跳出了单纯打气动员的圈子。如某部以《恐惧与无畏》的领导精神，教育干部坚决作战；某部各级干部，深入各种战斗进行战术检查；某部给战士散发的小传单，具体指出避免伤亡达到歼敌的办法，提高了部队的战斗情绪和胜利信心。

(二）通过群众诉苦，鼓舞部队歼敌决心。如某部发动战地人民设鼓动棚，给部队写“希望信”，并组织各家房东向各班诉怨，强烈增加了战士们的对敌仇恨心。（三）部队剧社和宣传队抛掉了“在后方演大戏”的风气，分批走向前线，在驻军、行军、作战的空隙中举行小型演出，内容则是昨天或上午部队自己所发生的英雄故事。某部战士和战线剧社共同演出表现该营生活的大活报，颇为大家欢迎。（四）战役讲评也打碎了老一套，以战士自己的战术检讨代替了单纯的上级解释。某部发起“三评”（评功、评纪律、评伤亡）。该部政治部主任总结时，指出以后可增加“评过”“评消耗”两项成为“五评”运动。

（1947 年 6 月 22 日）

# 热东支社坚持敌后新闻工作

新华社热东支社及新热辽报社在蒋后游击区坚持新闻工作，业绩卓著。该社社长是黄钢。为了适应游击环境，人员由今年二月的四十六人精简为廿三人，报纸的出版则由七日刊逐渐改为日报，销数也由六百增到一千。在指导该区工作和反映该区军民斗争、交流经验上，作用很大。这个支社是去年九月兴隆撤退以后建立的，社址设立在一个七里多高的荒山里。敌人“扫荡”时日夜露宿，以稀少的棒子面和菜蔬维持生活。无法出报的时候就帮助群众工作、生产或帮助部队侦察。

（1947 年 6 月 23 日）

## 通 讯 往 来

### 第十八号

涉县办公室：

你县通讯员同志所组织的迎接“七一”开展立功运动的连续报导很好，希继续抓紧反映运动的成绩与经验，表扬模范支部、模范党员干部新作风的成长，并选择一二典型，联系十年来领导群众翻身事迹予以生动而具体的描绘，越快越好。

各地通讯员同志：最近收到之来稿，不少由于字迹不清，影响了采用。希今后写字或复写，不要潦草，力求清楚，行与行间留空白稍宽一些，统计数字力求准确为盼。

本报通讯联络科

（1947年6月23日）

## 通 讯 往 来

### 第十九号

宁南小□、阳谷人民编辑同志：

你报所载《王家庄群众不受地主蒙蔽，生产中查出地主土地浮财》《进步地主暴露真相》消息，生动具体，文字简短尚能说出过程，政治意义也很强，特各寄赠稿纸一百张（请□赠该稿通讯员五十张），请查收。

太行各县、太岳、冀南、冀鲁豫一部分县所出小报均按期寄赠本报资料室两份，对本报稿源之扩大以及对实际工作了解的加强有很大帮助，特在此一并致谢。

冀鲁豫、冀南、太岳一部分县区所出小报未寄本报者，望即按期赠寄为盼。

本报通讯联络科

（1947年6月25日）

# 保捷签订文化协定

【新华社陕北二十四日电】索非亚讯：保、捷两国继签订贸易协定之后，又于二十日在此间签订文化合作协定。参加签字者有保国宣传与艺术部长卡萨索夫、捷外长克里孟蒂斯等。克里孟蒂斯在演说时强调指出这一协定的重要性，并表示坚信：接踵而来的将是两国政治合作协定的签订。

（1947年6月26日）

# 李文波营长的写作

鹿特丹

最近有一个机会去孟字部队三营住了一个时期，和李文波营长有很多接触，谈话的范围很广。因为喜欢他的一些作品，我们的谈话也就谈到过他怎么搞起写作这么一个问题。

李文波同志豪迈地表露了他北方人的气质，一点不掩饰地从他的身世谈起。因为他父亲的吸料子，不务正，把一份家业搞光了。他从小就受尽了各种苦处，当过木工学徒、赌徒的跟班、讨过饭、开过饭铺，被抓过差等等；还有一次被他父亲出卖过，只在姑母的保护下才得以赎回来，临到和他父亲分别时，还被他父亲扎了一剪刀，至今腰上留着两个疤痕。从九岁到十岁上过两年学，算是他的全部文化程度。

参加革命以后，他有很长一段时间是在宣传队工作，编戏、演戏、编歌、唱歌，曾经对写作热心过，和王春同志通过很多信，追求写作的诀窍。王春同志也曾尽力帮助过他，曾不惮烦劳地在信上给他讲解新式标点等等，可是他没有能够发表一篇文章。

以后他改行干政治工作，当了几年的指导员，爱国自卫战争开始，他才成为军事指挥员的。从当指导员以后，工作忙得顾不上写作，自己又没有信心，也就和写作绝缘了。但他究竟干宣教工作多年，写作上虽然没有奠下基础，弄出个名堂，描述事件和刻画人物的口才却有了一套，听他谈起话来，真是津津有味；部队的生活又是丰富而生动的，许多搞宣教工作的同志去他那里搜集访问材料的时候，简直都被他的叙述迷住了。如旅的宣教科长王若同志，组织干事张法生同志，一营指导员李双全同志等就时常怂恿他自己动手来写。经过几次督促，在鄄南战役以后，他鼓起勇气投出了第一篇表扬战场纪律的小稿子《八路军人强心好》。仅仅四五十个字，但在团的《战地》报、旅的《立功》报上登出来以后，起的作用却很大。很多同志看到以后，都说“王土棠有这一点好处，营长就给他写稿上报，咱们也多多注意战场纪律，立个功好上报呀！”后来战友报又转载了这篇稿子，并来信鼓励他继续写作，特别是这篇稿子在部队里面起的影响，使得他重视了这一工作，决心要抽空来写了。

也许有人会奇怪，为什么他从前想搞写作，向人请教，追求技巧，却写作不出来，现在只是把千百件事情中的一件简单记录下来，反而是好东西，受人欢迎。但李文波同志丝毫没有从这里去找寻属于写作上的答案，却从它发现出了报纸工作、通讯工作对部队所起的作用，于是在营里掀起了“立功上报”运动。自己也积极写起来，先后有《城下见闻》《袄袖上的血》《石明三转变》《王楼战斗中的第三营》《卫生员朱同义》《前沿上回顾》等等，都是很受读者欢迎，而在部队中又起了很大作用的稿了。

除开自己写作以外，他又积极培养了好多通讯员共同来写。通讯员的稿子，他大半是亲自看过、改过的。有一次王天德等编了一个《歌唱英雄张发珍》的快板，经他修改一下登出来，很快就流传开了，战士潘连三就说：“这一定又是营长编的，俺要不立个功叫他给俺也编一个唱唱，就不算！”

在这样一个“立功上报”的运动下面，好的经表扬以后更好了，不好的也改好了。如像《快板批评张活宝》登出来以后，张双兰（活宝）同志就逐渐改好了；《石明三的转变》现在还放在石明三自己的口袋里，啥时候他一想起纪律，立刻就记起了它。最近石明三的父亲来了，见他孩子变得这样好，也感动地说：“俺孩从小就顽皮得很，可叫营长管教好了。”

七连的播功报，也是在这个运动下搞起来的，现在各连队的门板报、黑板报也是在这个基础上发展起来的，全营卅七个通讯员，很多已经是优秀的写稿者。在写稿当中，又出现了像王天德组的集体写作的方式。王天德本人并不会写，但他口编的才能很高，他和一个司号员，一个叫陈贤模的战士，三个人合作写稿，由司号员先去搜集材料，陈再去调查，然后三个人共同讨论，提意见，王天德口编，司号员执笔记录。他们编的快板如《歌唱英雄张发珍》等，已是很流行的作品了。

无疑地，李文波同志以他自己的写作，影响并推动了全营的写作，以他自己对这个工作的重视，影响并推动了全营对这工作的重视，而且通讯报导工作成了部队政治工作的重要助手，改进了工作也改造了人，这期间生动的例子真是不胜枚举。

滕副司令员说：“我们应该表扬和学习营长李文波同志写作的精

神。”他得到这个赞语是毫无愧色的。

他的许多作品在文艺为兵这一个题目下，是很结实、丰富、生动的。对于兵的了解，职业的文艺工作者没有一个赶得上他，因为他首先是营长，全心全力想到的是如何带领战士和如何打仗。他写作，是被“逼”着，“挤”出来的，他果然写了，但不是为的在文坛上去出名。促进他一发而不可收地写作，显然是因作品对部队起了好的作用，而不是由于到处可以发表，他也有好多作品没有被发表出来。

从一个读者来说，我自然珍贵他的作品给文艺增添了荣誉和成绩，但我更珍贵的是他和他全营的战士们，在近一年的爱国自卫战争中的战斗业绩。没有他自己和三营战士们的战斗业绩，就没有他这些作品。巴武尔章、莫梅什、乌雷上尉（《恐惧与无畏》书中主人公）说：“在战争中，我读到过一本书，这本书不是用墨水写的，也不是用铅笔写的，而是用血写的。”正因为战士们用血写了出来，我们才可能再誊一点点下来，印在纸片上。而李文波营长之所以值得“表扬和学习”的，乃是他并不假手于人，却自己动手来写，写得很多，写得很好的那一种“写作的精神”。

作为一个营长，也是战斗员的李文波同志，同时又是模范通讯员，优秀的文艺工作者，只有在人民的军队里才可能出现。因为这个军队的每个成员时时刻刻在想着怎样才能更多为人民服务，更好为人民服务，当人民的功臣。我们的部队是无敌的，我们的文艺领域是广阔的，前途无限！

预祝李文波营打更多的大胜仗，然后在文艺苑圃内也开出他繁盛的花朵。

四七·六·十四于安阳城外某村

（1947年6月26日，《文艺通讯》副刊第4期）

# 文艺战线上的新武器

艾炎

军政大学参观团带着幻灯组到前线轮流放映幻灯，他们一行转了好几个部队到达安阳前线人民解放军某部，这个消息传出后，战士们都在期待着这个新鲜的玩意很快地放演出来！

幻灯组是由七个同志组成，其中两个同志专门担任绘画，别的同志管理灯光和音乐等工作。他们每到一个部队，必须增加一些新材料，从绘画制片到演出过程，事情就够多了。由于大家有机地配合，每次都能满足观众的要求，他们在这里住了两天，首先进行搜集材料，然后赶制出五幅新片子，共画了八十多张画片，并放映出来了。这个数目相当的惊人，表现出他们高度为兵服务的精神，值得每一个美术工作者来学习！

在二十四日的傍晚，银幕挂在广场上，各个单位按着指定位置坐下，大家注视着这块雪白的银幕，一声哨响，音乐声就抑扬起来了，随即放映出《人民解放军斗争简史》。说明员用着响亮的声音解释着，从红军到八路军的生长发展与壮大的过程很生动地放映出来，说明了人民解放军在二十多年来艰苦奋斗中，由无到有，由小到大，而成为决定中国命运的一支强大队伍，给了每个同志一个深刻的印象。接着演出自卫战争中的杨庄战斗与李治五的英勇事迹等片子，尤其演出后方群众的贺功，战士们特别感兴趣，当时掌声雷动，大家都感到为人民立功多么光荣，不但上了报，而且上了“电影”咧！

幻灯是用一种新的形式来反映目前一切实际问题，它的表现手法，用画片通过光，配合了音乐而传达给人们。它虽然没有戏剧那样真实，但在及时的反映，机构的简单，切合实际环境和条件，而且使人感到新鲜，却为一般戏剧所不易做到。如果用这种表现方法，用到上课与娱乐结合起来，它会起更大的作用！

记得四三年我们在太行区文教大会上试验过放映好几次，曾轰动一时，受到广大观众的热烈欢迎，到处都来要求我们去放映，可惜没有继续被重视，只昙花一现，就烟消云散了。今天军大已经掌握着这个武器，而受到广大战士们热烈的欢迎。听说各个纵队也准备搞起来，这是值得大家提倡的。希望这个小东西，会跟着这种风声能发展与普遍起来，而成为文艺战线上一种有力的武器！

（1947年6月26日，《文艺通讯》副刊第4期）

# 军大的幻灯在前线

柏桦

五月，就在这个捷报频传的红五月里，经过徐副校长等再三指正与补充，在李主任亲自率领下，随着参观慰劳团的奔赴前线，军大的幻灯就在各个部队中放演开了。

一路，在各团各旅演出中，全组七八个同志，都是本着这样一种精神：只要是部队在频繁的战斗中，能抽出时间看，并欢迎看，全体同志就不管行军数十里，身体再疲累，也一定坚持着尽全力出演。大伙儿只有一个希望，只要幻灯能在英勇奋战的指战员中，能获得一些批评与纠正，这就是文艺工作者最大的荣幸；而幻灯如再能使战士们受到感奋与欢欣，这更是我们同志们在“为兵服务”的过程中最大的安慰与鼓励。

如在九旅的一次演出中，行军到达目的地时，队伍已经开过晚饭了；但旅里要求演出，并提供很多英勇战斗的事迹，要尽可能在幻灯上得到放映和表扬：如神勇的炮兵间，巧计捕捉俘虏的侦察员，出入枪林弹雨的医务人员……都需要添入画面。但这么仓促的时间，这么丰富的内容，又怎么处理呢？以前，整套《中国人民解放军斗争简史》的创作，是花了相当长的时间，无论构图、着色、透视、线条上都是较为细致，经过反复考究的，而现在三两点钟时间，演出准备工作还才动手，即刻画下的东西，又怎能表达完整而成为艺术作品呢？——这在习惯于学校情况下的美术工作者，特别是在这么忙迫的时间约束下，确实是难于对付的。

负责乐队的韩永敏、韩廷佐同志赶忙剪制着影片、纸框，并在画片上搽油；寒风同志迅速去交涉演出场子与准备家具；王务本同志熟练的检查与试验着汽灯；绘画的孙凯宇及田未明等同志，更是聚精会神，竭尽全力，根据自己所掌握的材料来开始制图，动笔画将起来。

五幅、六幅、十幅……的画面出来了。担任说明与组织材料的同志，连忙记忆着每个故事、人物、年月、大体的经过；饭凉了，大家也没有心思去吃它。七八个人一条心，在一个全心全意为兵服务的共同信念下，发挥最高的智力；与火线指战员热切的心情相结合的要求，已经提供给我们了。

这个精神，一直继续着，在三纵画《何德法班》《史王伦班》等，两天之内，用心地赶完了一百多幅图画。第三天，这些新增的数十幅英雄图画，和《人民军队斗争简史》，迅速地在数千个热烈的观众的面前，出现在银幕上。

多少负责同志都惊讶了："你们灵活的组织与工作速度，真像是机械化！""这么少的人，又唱歌，又放映，又说明，还有着那么好的悠扬的中外乐器的伴奏与叙述时代和故事的歌声，说明员又清脆地加以讲解。这，在艺术为兵服务的形式上，恐怕算是最神速的轻骑兵！而在没有条件放映电影的今天，大家看着画片就像看着有声有色的电影一样。”……

当幻灯赶到二纵出演时，旅政治主任更筹备了一次座谈会，并且宣布：“我们已准备将幻灯内容的提纲，召集营教导员研究，普遍在部队进行几天关于我军这部光荣历史的教育。演一次幻灯，真比上一星期或半月的课还强得多！有的干部对于部队历史，既知道得太少，又说不出来；就是亲身经历苏维埃、抗战、今天爱国自卫战争阶段的老干部们，也因公忙，或不够全面，而不能完整地道出解放军生长史；而这一幻灯的演出，便使我们解决了许多问题，使大家自然而然地学习到很多东西……”

在军区放映时，警卫团一位刚解放过来，而曾在反动派“人民服务队”干过的同志，更感叹地说：“电影上的《何梅协定》可说得真对！而我在那里糊干时，可就从来没听说过。”

“咱们反攻一定有办法！”在八旅战士们讨论“五一”社论的会上，许多战士们例举着幻灯的内容，大大展开争论：“你说将来蒋介石逃跑，咱们追击时，没兵舰过不了长江、黄河?！那么，二万五千里长征中过金沙江、大渡河，又是怎么过来的?！那个时期的红军，比现在人、枪还差得远哩！那时打胜仗，今天还怕个鸟！”

“妈的！好好地立功！电影上孟祥福立功那么高兴，全村庆贺，咱们将来也打回四川、江西去！大反攻还立不上功，那我就不算人！……”

从这一月来的普遍反映与检查中，幻灯工作者的态度与作风，是钻到“兵”里去了，需要再钻、更钻，而群众则是欢迎、欢迎、更欢迎的。

×纵、×纵，在首长关怀与倡导下，来学习这形式与抄录内容的，已经是不少了。接着，×纵的同志们也赶来对我们提供了许多对幻灯的改进的意见。

军区穰、陈部长是更殷切地要推广它，并帮助我们在内容上作了不少充实与订正。参谋处也正告诉“幻灯组”赶制“反坦克”及许多军事训练的材料。《爱国自卫战争》的那部幻灯片子，在陈部长亲自起草，并准备召集研究的条件下，其军事、政治内容将更形丰富了。在不久的将来，也许半月以后，那部片子将要带着新的内容，又要活跃在火线上英勇将士们的眼前了。

（1947年6月26日，《文艺通讯》副刊第4期）

# 来信之一

营长 李文波

文联诸同志：

（上略）我是××部队××团×营的营长。去年曾写过《王贵得当了副班长》《血染的通信班》两个小战斗故事，自发出后音信皆无，可能是丢了（编者按：未收到该稿），后来就没有给你们写过信。现在我已经知道那是自己的不对了，下决心纠正那种对文化园地不关心的态度。可惜我关心这块园地的本事，也不过是个白看者，我能对它有什么贡献呢？我是一个工农出身的大兵，过去只上过一年小学，不过我还好，有这样一些长处，就是爱看，看过爱读给旁人听，同时胆子还不小，决不怕丢脸，敢写，还爱向人学习。举个例子说罢，一九四一—四二年，我不断和王春同志通信，他在信上教我标点符号、写稿格式以及文法等，那时我是个半文盲，可是王春同志就是那样耐心教导我（不知他是否忘了这个不见面的老学生）。今天又有曾克等同志仍是那么耐心帮助我，我将更加努力学习了。

的确，自卫战争以来，新英雄事迹和可歌可泣的故事是写不完的，甚至也说不完，每天都有动人的事情！可惜部队中是没有很多人记载和保存的！我对这种现象是很难过的。能像现在这样就好了，如记者团、边区文联能有同志经常到部队中走走，我真替战士们感到幸运啊！第一次信不多写，再谈！

（1947年6月26日，《文艺通讯》副刊第4期）

# 来信之二

先锋剧团石岩

文联负责同志：

（前略）我觉得我们的音乐工作光靠这样不定期地向下面征求一番，是种临阵磨枪的办法，赶不上需要。因为前方将士每天做出了很多可歌可泣的英雄战绩，而我们的歌颂却远落于他们之后。为了从积极方面来检查改进这一工作，我建议：

一、今后应有组织地了解我区过去老的音乐工作者有多少，现在新起的有多少，和他们建立联系，在帮助的原则下互相吸取经验，大胆地、大量地鼓励创作。

二、号召音乐工作者到部队、农村中去，特别是到自卫战争的前线去，学习体会兵的思想感情和他们的需要。坐在机关里搬作曲法或老一套的凭空想，是写不出好作品来的。因为今天已不单是技术的问题，首要的是看和兵和群众的思想情绪结合得如何，对现实生活的了解与体验的深度如何，有了这样的体验，再加上技术、思想的结合，作出的歌子才能受到群众的欢迎，起码是有那个味。

三、和各部队的、地方上的、学校的，甚至已做了别的岗位工作的音乐工作同志取得联系，特别是和部队上的同志们，征求他们在为兵服务上有何经验和创造，搜集成册子，传播交流出去。

自然，我们音乐工作是有成绩的。假如否认了这好的一面，那这几年的音乐工作是怎么做的，就无从说起了。但是，缺点我们也应坦白承认，特别是我们自己相互之间的联系太少，一般地说，过去军队上的、地方上的音乐工作者，只有在开什么大会时，才见见面，谈谈，交换些经验；但会后，又互不交流、互不联系了。所以今后应团结起来，组织起来，向群众学习，在自卫战争胜利的反攻前提下为兵、为人民实际做出一些成绩来。

这是我个人的不成熟的意见，也是希望。希望有机会我的意见能和大家见见面。

（1947 年 6 月 26 日，《文艺通讯》副刊第 4 期）

# 来信之三

连云山

文联负责同志：

阅五月四日《人民日报》刊载文联征求新歌事，非常拥护，接着下栏就有所议论，所说歌要雄壮、齐唱节奏，很好。尤其是《前方来信》其二说“歌集十三首，第一《义勇军进行曲》，第二《三大纪律，八项注意》，其他虽是新的，但不如旧的吃得开”，的确不假。《打他一个歼灭战》歌不在此例。阅报后，使我放心不下的是歌的长短问题竟未提到。

一天下午，战士们正在打棒球，做丢手巾游戏，有个教过歌的宣传员来了，战士们一围而上，嚷着“教歌，教歌”，他立即给他们教了一个短小的歌。一个年轻的战士小伙子告我说：“缺者为贵，有唱的就行。”大伙唱劲虽不大，但总是唱起来了，可见需歌之急。

战士们需要的是雄壮、有力、短小、精干。如《我擦好了三八枪，子弹上了膛》《军号吹战鼓响》这一类歌。前者雄壮有力，歌词较好，后者全歌六句，二十余字；反之有些歌子，因其拐弯处很多，战士们没工夫去在哼哼里寻味。凡犯有拐弯多而松，尤其是长的毛病的歌，其流行颇费事。对此类歌，战士说：“歌还不错，就是有点洋味，咱心笨一时记不住。”可见其流行不开了。

既长而又松劲的歌，大家不愿唱，不爱唱，和没有一样。以上个人意见，请考虑，注意。

（1947年6月26日，《文艺通讯》副刊第4期）

# 通讯报导工作改造了人

方德

在李文波营里我听到了许多生动的故事，这些故事，都说明了我们的通讯报导工作改造了人。

姜浦成刚从邵耳寨解放过来，总想偷跑回家，还秘密活动和他一同过来的六个解放战士，一块开小差。后来见到自己连队的英雄里也有解放战士，也上了报，他在诉苦运动中说了一句真心话：“中央军那边是官富民穷兵该死！”这段话在战地报上登出来。他说：“我在中央军干了七年没有见一个当兵的上过报，八路军真不埋没人才，一有好处就上报啦！上级还说我进步了。”他把这张报纸拿到班里到处念。接着又提拔他当了互助组长，更加起劲干。打金乡两枪毙两敌，战王楼活捉七个俘虏，这又上了报并提成班长。

豫北战役某次战斗中，石明三跟了大车行李留在后面，理铺草的时候在席子底下发现了一支手枪，他心里欢喜得跳起来，这回又该记功上报了。再往后一找，又发现了有一条皮带，一个小红毛衣，他想：“这东西留下自己用罢！”马上就穿戴起来，等他把枪送到教导员那里的时候，不仅没记功反而批评他犯了纪律，把小红毛衣和皮带没收，奖给通讯员大头了。

石明三回到马号里躺着想：“我是老战士，也上过报，也当了模范……唉！”气得他忍不住向姚振青说：“我上报以后，马喂得多胖，还省了八百斤料，登报到现在永没犯过纪律。我疯啦，为什么贪图这小毛衣、皮带呢?!”营长李文波把从《冀鲁豫日报》剪寄来的《石明三转变》那篇文章和二百元稿费都给了石明三，还嘱咐他说：“哪会儿想不通了，哪会儿请人家念念。”过了三四天，石明三慢慢想通了，他又积极起来，除做好自己的工作，还帮助了别人。

（1947 年 6 月 26 日，《文艺通讯》副刊第 4 期）

# 怎样教歌

太行一分区宣传队宣珍、业书

我们两人到“张飞部”一区干队去时，听不到他们唱歌，偶尔唱的也都是秧歌调。到了一个地方，没事就睡觉。现在有歌子唱了，而且很普遍，不论干部、战士、炊事员都会唱。学歌也学得很快，八天就学会了七个歌，其中有一个半天就学会了三个。快的原因，是这样：

一、鼓动起学歌的热情，不要落在别队的后面。

二、培养学歌学得好、快的骨干分子，表扬他们，让他们带领大家唱，选他们做文化娱乐委员。

三、不管人多人少，抓紧时间有空就教。走路时，休息时，总之利用一切机会。

四、发现难唱的句子，就特别把那几句多教几遍。困难解决了就好学了，学的人也有兴趣了。

五、解释意思、掌握节拍、表现情感，引起战士学歌的兴趣。如教《运输队长蒋介石》歌时，我就带了简单的面部表情和动作，就像是蒋介石在我面前似的，他们学得有了意思，就忘记了疲倦，学得就带劲了。

最后，最重要的一点，是教歌的人要耐心，不要性急，不要觉得战士“笨”，要有为兵服务的精神，才能教得好，才能满足战士“要歌唱”的要求。

（1947 年 6 月 26 日，《文艺通讯》副刊第 4 期）

## 本报启事

今日为党的二十六周年纪念，本报休假一天，二日无报，三日照常出版。

（1947 年 7 月 1 日）



## 解放区文艺大受国人欢迎

解放区作品风行沪上。继《李有才板话》《李家庄变迁》《吴满有》等以后，又有《兄妹开荒》《白毛女》《吕梁英雄传》《王贵与李香香》及道林纸精印的巨册《北方木刻》《民间窗花》等。《北方木刻》《民间窗花》出版时，《文汇报》的《笔会》、《联合晚报》（二报的《夕拾》现已被蒋勒令停刊）、《时代日报》的《文化版》、《大公报》的《文艺》及其他报纸的副刊里，都有详细介绍。介绍解放区作品的文章往往是这样开始："我以极感动的心情来读这本书"，"我以极感动的心情来介绍这本书"，"我被这伟大的人民斗争吸引住了，被这新的人民的形象所擒住了"。论到风格，总要提到解放区作品的朴实、茂壮、健康。《李有才板话》和《吴满有》的写作道路，在诗歌及大众化的论文中，经常被提起和尊重着。上海几次木刻展览中，解放区木刻都受到很大赞誉，每论到木刻在中国发展的历史，论到在由模仿西洋木刻到走上民族的大众的道路时，解放区木刻也屡被提到。

（1947年7月1日）

# 新华社东北总分社机务主任甘正同志殉职

【新华社东北二十九日电】本社东北总分社电务部机务主任甘正同志，于本月二十七日零时四十分奋身修理发报机故障中，不幸触电殉职。甘同志由本社派赴东北任该职年余，在机务和政治方面进步甚速，建树颇多，今竟突遭不测，实为新闻战线之一大损失。总社及东北总分社全体同志闻讯，莫不同声哀悼。总社并特电甘同志家属致唁。

（1947年7月4日）

# 通讯往来

第二十号

一、涉县通讯员邢崇智同志，积极响应本报号召，组织“七一”纪念稿件，六月份共来稿九件，采用八件，有计划有重点地报导涉县支部党员迎接“七一”开展为民立功运动。从支部总结斗争历史、评功表模，每个运动环节上，都作了突出的报导，反映出支部党员在立功表模运动中新的气象和党在带领群众生产备荒的领导作用；并用通讯形式介绍了四合乡模范支部与神头村模范党员申瑞同志光荣的战斗历史和为人民立功的模范事迹，对党员干部教育意义很大。除发给特等稿费四千四百元外，并奖给稿纸一百张，希继续反映支部党员在迎接反攻和抗旱度荒中团结群众、改造作风的模范事例。

二、太行各县联合办公室及通讯员同志：各县党“七一”公开后，群众对党的拥戴情绪及批评意见，请作具体的反映。对特别为群众赞扬的模范党员事迹，希抓紧采访，用小说、报告、诗歌等文艺形式写来。

本报通联科

（1947年7月5日）



# 美国人民团体及学生教授声援中国学生运动

呼吁援救被捕学生教授记者

【新华社陕北三日电】据塔斯社南京一日电引香港《华商报》息，美国伊利诺斯及印第安纳两州大学学生援助民主联合会顷致电中国学生联合会，声援中国学生运动称："我们真诚地支持你们，并望你们再接再厉为民主团结的中国继续奋斗！"

【新华社陕北三日电】据美新闻处引《纽约先驱论坛报》一日载称：美教育家与其他名流二十三人顷联合致电美驻华大使司徒雷登，吁请大使要求中国（蒋家）当局立即释放被捕之中国教授、学生及记者，以保障人权。署名该电之二十三人中有美国教育界名流哈佛大学教授费正清（前美国新闻处中国分处处长）、耶鲁大学教授凯尼、哥伦比亚大学教授裴非等人。

【新华社陕北一日电】据美联社廿九日沪讯，中国国际人权保障会顷声称：最近该会接到美国各人民团体抗议蒋政府用暴力镇压反内战、反饥饿示威运动的许多电报。来自伊利诺斯州的美国青年民主促进会的一个会员的电报说："我们全心全意地支持你们的奋斗。"其他各团体一致赞成该会的要求，并鼓励该会继续为释放示威游行中被逮捕之学生及其他民主人士而努力。

（1947年7月6日）

# 蒋党大捕新闻记者

## 《大公报》也提出抗议要求释放

【新华社陕北二日电】天津《大公报》于上月十一日发表社评《论逮捕记者》，抗议该报记者曾敏之等之被捕。按：自五月以来，蒋政府在蒋区各大城市不仅疯狂逮捕反内战反饥饿的学生及其他民主人士，而且大捕新闻记者，连最温和的《大公报》的记者亦不能幸免。《大公报》社评称："自六月一日天未亮的时候起，本报连续遭遇了三件不幸：（一）重庆本报记者曾敏之等八人被捕；（二）本报驻广州特派员陈凡被捕；（三）天津自六月一日起至九日止实行新闻检查，本报新闻专电特稿大半被扣。这固然是《大公报》的不幸，其实更是‘国家’（按：指蒋家）的不幸。”因为这影响到所谓“实施宪政”的“信誉”。继称：“新闻记者之职务在追逐新闻……今天各地学校里发生问题，新闻记者自然要注意学校新闻。今天情形，只要是独立报纸的记者到各学校采访新闻，就有被认为阴谋鼓动学潮而遭逮捕的可能。重庆所捕本报八位记者，大都是外勤记者；广州所捕本报记者陈凡，就因为五月三十一中山大学学生罢课游行时，他步随学生行列，采访新闻，中途目击血案，回寓当撰发电报（此电被扣，报馆迄未收到），当夜睡梦中即被‘检查户口’者逮捕。”该报最后要求释放被捕记者，并再不让新闻检查制复活。按：另据中央社息，重庆《大公报》记者曾敏之、方蒙等及其他报纸记者一批共十八人，相继于上月二十七日及二十九日，被蒋记重庆警备部妄诬为“策动暴动”之“中共特务”而逮捕，继续囚禁中。

（1947 年 7 月 6 日）

## 本报为号召节约报纸启事

为了樽节物力，有效支援战争，并在这一精神下使报纸发行更普遍到各个地区，特别是增发到新收复区，报纸的节约实属必要。为此，我们号召各地读者伙订伙读进一步组织读报组，使每一份报纸发挥更大的作用。各机关学校原订份数较多者，希适当减少，报纸发行过多的地方，则将酌量加以调剂，使未发行到的地方也能普遍订阅。多节约一份报纸，即能多增加一份党报的读者，也即是多增加一分力量供应战争。

（1947 年 7 月 7 日）

# 本报为增加报费启事

半年来由于纸价及印费之增涨，以致报纸成本提高，兹为保证事业之进行，自八月一日起本报每份每月报费增为一千二百元，邮费不收，尚祈读者鉴谅是幸。

（1947 年 7 月 7 日）

# 黄河岸上的广播电台

太岳分社

济源黄河岸上的××村，和对岸孟津×村隔河相望不足半里，黄河把他们划分成两个世界。在河北岸有着一个广播电台，××村的农民常在河水静流的时候，拿上《新华日报》朝着对岸，把解放区的自由幸福的生活情形和我军胜利消息广播给南岸的人们听，这些消息很快地传到洛阳，又传到更远的地方。

“广播台”开头是这样建设起来的，×村土地改革时，群众给“狗腿”璩成德家属分了一部分地，使他很感动。一天璩成德的女人带着十二岁的儿子璩立走过河沿，忽见对岸有个细长个子的人，沮丧地立在那里若有所思，璩立眼明看出是他爸，他娘便连忙叫喊着：“立他爸，村里分了地了，农会照顾咱。过来吧，没事。”

璩成德在反奸霸时，曾跟地主勾结，后来跑过河南投奔蒋记××队，深受蒋顽的欺骗麻醉，使他对于妻子的话也将信将疑，便说：“没有的事，人家哄你啦。”“一点不假，叫立儿说吧！”“爸，咱家分了三亩地，一间房，回来吧！”璩成德由此回来了，“广播电台”也由此设立起来。

晋南大捷时，“广播电台”的工作也跟着紧张起来，只要望见对岸有人就广播起来，主要对象是蒋军士兵，“喂！晋南八路军又打了大胜仗！”“还有吧？”“晋南八路军收复绛县曲沃……十几个县，豫北消灭快速纵队！”“还有吗？”“延安消灭胡宗南两个旅。”

以后就每天如此，有时半夜对岸的蒋军还在问“喂！你们的广播电台怎么还不开呀？”

（1947年7月7日）

# 邯郸市南关的黑板报

赵寒

为了使黑板报成为推动工作的有力武器，邯市南关区在吕坤、张力两同志的指导下及一完小教员张正华同志的直接帮助下，集合了该区几个热心宣传工作的同志组成一个中心小组，在南大街口出黑板报。稿子的来源是由各街会写的人把本街发现的模范人物、事情及时写成快板歌谣送到中心组发表，并配合漫画，引起群众很大兴趣。仅仅一个月之中，群众在思想上已认为受黑板报表扬最光荣。南大街一般群众都知道做了坏事登上黑板报最丢人。东大街一个基干队包庇地主说怪话，村干部会议决定利用黑板报批评后，据说比从前好多了。南大街街长韩国秀受到表扬后，戒掉抽烟喝酒的习惯，工作干得很积极，送公粮打头炮，又快又早，影响全街很快完成这一重大工作。

在中心小组的影响下，打破了许多街自己建立黑板报的思想障碍。中心小组起先向各街宣传组要稿子时，他们都觉得很困难，负责同志们一方面在会议上指出怎样搜集材料，另一方面他们看见登出的东西，自己街上也有，并非想象那样困难，因而北大街、东城角、南大路、西南庄等街都先后把黑板报建立起来了。至于巩固与扩大通讯员组织等问题尚在继续努力中。

（1947年7月7日）

# 一出反内战剧的演出

## ——南开大学学生编演《凯旋》

朱茂辑

五月中旬，正当全国学生运动的怒潮汹涌澎湃的时候，天津南开大学的同学们演出一出话剧，叫作《凯旋》。他们演这个戏，是打算唤起更广大的人民反蒋反内战，国民党特务们曾经多方地干涉并阻挠他们。这究竟是怎样的一出戏呢？

戏情是叙述一个祖孙五人的农家因内战而毁灭的故事。时间是在胜利之后，地点在一个河南某县的小农村里。村中有一家姓张住户，是在抗战期中从黄泛区逃来的。胜利后家中只有张老者与他的孙子小福、孙女小凤三人。张老者的儿子张德福抗战后就被拉去当兵了。张德福的老婆被日本兵杀了。小福却在抗战期中参加了“自卫队”，领导村民抗日，胜利时已做了队长。胜利后的一天，“中央军”率领了“先遣军”（改编的伪“皇协军”）及“志愿军”（改编的投降日军）来到这小村，来收编“自卫队”。“自卫队”不愿受反动派、汉奸们节制，拒绝收编。原任“先遣军”特务、现任“中央军”的参谋及“志愿军”的日本大佐山本就认为“自卫队”是“共产军”，于是便进言与“中央军”团长，主张枪毙了“自卫队”队长张小福。张小福就义前喊道：“就算我们是共产党，也是自己人，为什么听敌伪人员的话？自己人不应打自己人。”但终于在蒋、伪、敌合谋之下被枪毙了。奉命行刑的人正是张德福，当张德福由小凤的哭声里听出他亲手打死的就是自己的儿子时，他也自杀了。张家一家五口只剩下了张老者与张小凤去忍受这内战留下的悲惨命运。

编剧者的用心，不能说不苦，方法也不能说不委婉，然而仍免不了特务的干涉。

南大同学原定十八日下午二时在耀华学校礼堂演出该剧。后来耀华校长陈晋卿十五日、十六日连接匿名信及电话，阻止此次演出。陈校长就和该校自治会洽商，表示如改换节目，仍可在耀华举行。但该会于十六日晚召开临时紧急全体会，决定为争演戏自由，决不更改节目，仅把地址移至六里台南大北院，时间改为十八日下午六时半。十七日晨该校代表又设法取得到蒋记市府保护安全的诺言。

十八日晚演出时，剧中有一场演张德福记得他的儿子张小福喜欢自来水笔，私入民宅（其实便是他自己的家）偷窃钢笔（其实便是张小福本人的钢笔），想在复员回家时给自己的儿子张小福。特务们就借着这一场，唆使三十几个穿便衣的国民党的所谓“荣誉军人”，借口“侮辱国军”，哄闹起来，戏便演不下去，只好停演。

“五二〇”血案发生，更激起南大同学的仇恨，坚持要演出这个戏，决定于二十二日再次演出，这次是经过了严密的组织的，“不是学生不许入场，是学生没有他们发的票也不许入场”，大门口设了问事处，剧场——南大膳厅——门前更有不少的检票员。

看戏的大部是学生，另外还有些来慰问受伤同学的市民等。有一个六十九龄老者熊述匋亲携药品送至校内，并对同学发表谈话称：“鄙人多年未做事了，眼看着国家错过很多复兴的机会，至为失望。这次看到青年人为反内战反饥饿游行请愿竟遭毒打，受伤的，医院竟不收灾，愤慨极了，特以多年保存的跌打损伤特效药呈献给受伤同学。”词毕即观剧。

四点正式开场，南大歌咏团合唱了三支歌：《五月二十那一天》、茶馆小调《新古怪歌》及《不要打，不能打，不准打》。最后一支歌合唱时，全场的人都一齐唱了起来，一时“不能打呀，不能打！打下去，不能活！”之声充满场中，空气十分沉痛悲壮。

四点二十分《凯旋》上演了，观众的心情立刻紧张起来，虽然座位只有五六百个，而且已经满了，门口仍是摩肩接踵地进来，不一会，膳厅后面一半的空地也站满了人，来的不仅是学生，并且还有教授等。剧情紧张，演员卖力，观众大半沉浸在剧情里，剧终大部观众眼里都含了泪水。闭幕之后，寂然无声，观众们似乎都陷在无限的辛酸里，突然幕后有一个悲愤激昂的声音号召着：

“我的朋友，感谢你流着眼泪看完了这个悲惨的故事，你感动了，你哭了。可是你拭干了眼泪想一想，为什么会有这种悲惨剧发生……有血气，有良心的中国人呐！拿出我们人民的力量来反对内战。”

听完这一段话，观众们才缓缓地走出膳厅，一个学生说：“不论演出的好坏，我能看完这个剧，就值得流一次泪！”

（1947年7月7日）

# 麦新同志壮烈牺牲

【新华社东北六日电】中国优秀的音乐工作者麦新，六月五日在开鲁途中，遭由通辽被歼逃窜之蒋匪百余名袭击，不幸壮烈牺牲。麦新系江苏人，民国二十四年参加文化界救亡协会，同年参加中国共产党，从事救亡音乐运动，著有《大刀进行曲》等。抗战后坚持华南音乐工作，民国二十九年返延安在鲁迅艺术学院任教员；民国三十四年来东北，参加群众工作，任开鲁中共县委组织部长及宣传部长，直至光荣牺牲。

（1947年7月9日）

## 学习邮工王文举！组织农民读报组

岳媚德

【本报祁县讯】县邮局王文举同志每天思想着如何去发展报纸销路，在出差方面，速度很快，每次往榆社接头点，总是往返一百三十里路，很快就回来了。除速度快外，还要在乡村趁吃饭的时间到群众人群里，带着《人民日报》《新华报》与《人民画报》，给群众说报纸上的胜利消息，配合着《人民画报》讲农民翻身问题，耐心地宣传后，就组织读报组。贾河底村，吕二旦说："组织读报是可以，就是没钱订报！"王文举说："只要节约不吃纸烟，多生产，还不够订报钱吗？"在耐心宣传下，打通了吕二旦的思想，吕二旦等四人也组织了一个读报组，订了《人民日报》一份。文举返局后很高兴地说着组织读报组经过，他说："只要宣传就有办法，我计划六月份要发展《人民日报》《新华报》七份"。他的精神大家都很赞扬。

（1947年7月10日）

## 俄罗斯乌克兰今年预算大部用于社会文化事业

【新华社陕北三日电】塔斯社讯：俄罗斯及乌克兰两最高苏维埃会议所通过的一九四七年度预算，最大部分均用于发展社会与文化事业。俄罗斯预算中岁出为四六一亿零五百万零二千卢布，其中三一七亿用于这一方面。乌克兰岁出为一四八亿三九九万九千卢布，其中三分之二亦将用于满足人民的社会与文化的需要。

（1947 年 7 月 10 日）

# 平原剧团编新剧

裴琴

某部平原剧团创作歌剧多种，已送军区前方政治部的，有三幕歌剧《赵此贞》，两幕歌剧《任肖祥班》，以及《周茂祥》《金字招牌》等剧本，均系集体创作。此外还创作有三幕五场话剧《英雄花》等。

（1947 年 7 月 10 日）

# 苏中敌后军民热烈纪念七一

【新华社华中九日电】在敌人远后方的苏中军民，热烈纪念“七一”“七七”与爱国自卫战争周年，到处召开成千成万人的军民联欢大会，巨型歌剧《白毛女》等连续演出。《江海导报》铅印对开特刊迅速传到各个角落，成为胜利的象征。苏中人民解放军举行盛大庆功会，检阅八百余战斗英雄和人民功臣。各机关部队普遍开展学习运动，每个人都决心做一个文武双全的战士。在解放战士中，则开展“一条心运动”，他们以亲身经验控诉蒋贼罪行，宣誓对人民事业一条心。

（1947 年 7 月 11 日）

# 北大剧团轮回出演

【本报讯】北大剧团一行八十人，在团长光未然、副团长吕班领导之下，于上月二十三日到达边府。略事休息后，曾出演三次：上月二十七日在军区政治部所在村举行晚会，演出《平安家信》《贺喜》《翻身花鼓》《赶猪》《周子山》等剧及若干音乐节目。七月一日参加了人民文工团组织的纪念晚会，演唱了若干歌曲及秧歌剧《兄弟参军》。七月四日在该团驻在村组织晚会，庆祝该村的立功大会，演出《贺喜》《老母探子》《王在春》《兄弟参军》等秧歌剧。该团系由北大艺术学院师生组织而成，此次代表北大向军事首长及伤病员献旗致敬，经边府首长倍加慰勉。该团已定于本月七日出发某地慰问伤病员，并赴冀南各地举行轮回公演及招考艺术学院新生。俟此项工作告一段落后，即回到邢台院部继续上课。

（1947 年 7 月 12 日）

# 通 讯 往 来

## 第二一号

各地通讯员同志：

一、大反攻序幕已经揭开，捷报频传，全区欢腾，反攻立功运动亦必将在我全区广泛展开。工厂、机关、县区村干部等同志，请即刻报导你们如何加紧生产节约，支援反攻的热情，英雄事迹，新区组织起来的新经验，老区整顿互助的经验。写时要注意工作发展过程，抓住一个问题写明白，写详细，不要样样都写。

二、“八一”即将到来，请报导我军一年来自卫战迹、政工建设、官兵关系、军民关系，以及各种英雄模范事迹。显示党军成长、壮大，如何在战斗中由弱变强、由小到大，变成不可战胜的力量。后方的优军情形，军属、荣退军人的模范事迹均请抓紧报导；对“八一”运动周的组织、筹备情形等活动，也请及时反映。

三、今后我解放区将会一天天扩大，请抓紧新区大胆放手发动群众的新精神，发掘典型，写成新闻通讯寄来。

本报通联科

（1947年7月13日）

# 介绍武乡东堡村解放剧团

华含

武乡东堡村的解放剧团，是从农民中生长起来的，是该县几个历史较长、成绩较好的农村剧团之一，四四年成立，至今已三年多的历史了。一枝农民亲手培植的农村文化的嫩苗，已经抽出枝叶，开放出灿烂的花。

## 一

四四年春天，盘踞在该县的敌人被打跑了，民主秩序很快建立起来，东堡村的一伙青年干部们，便酝酿搞剧团；但由于这时大部分群众对新戏还没有认识，封建落后意识仍然存在。如老汉们表示：“鬼子刚走了，不好好闹养种，要唱戏啦！”“王八戏子吹鼓手，唱戏也是咱们干的？”妇救秘书去动员赫爱梅时，她老公听说了便跑去找农会主任，质问他是不是不想叫[他][闹]人家？婆婆也为这个事哭了一整夜。有的怕耽误“正事”，有的怕别人说“疯”，结果没有搞起来。

直到秋后，区上正式提出成立农村剧团的号召，几个积极青年便下决心要把剧团搞起来，村干首先带头参加，并各人动员家属。这样七拼八凑，便组织起十七八个人，其中除村干部外有四个小学生，四个青年妇女，还有几个岁数较大的旧艺人参加拉胡琴。

人有了。但服装、幕布、乐器，起码要用的灯油、炉炭、纸张都没着落。大家便开会讨论，明确提出一切问题靠自己解决：“咱还不知道演成演不成哩，可不敢跟村上找麻烦！”幕布暂用三官庙里的大布棚，又凑合了一套旧锣鼓，化装用品谁用谁找，灯油、煤炭等回家“自动”。

接着就是剧本问题，都没编过，都没经验，但是他们并没被这些困难吓倒，他们有勇气、敢尝试、有信心，能大胆创造。史三海说得好：“咱既然要搞就不能怕有困难，咱主要是演咱老百姓自己的戏，唱词咱自己咋说就咋编，动作表情也照咱们平常的动容架法儿，啥不是人干的？摸索着来吧，弄到哪算哪！”于是便在这种自力更生的情况下搞起来了。

## 二

第一个戏演的是《招待所》（本地秧歌调），剧中写本村妇女殷勤招待过路伤员的故事，情节简单，场面动人，演出后，出人意料之外地得到了群众的赞美，都认为“这可跟旧戏不一样，一满都是实情”“新社会就是昧不了功，有了剧团咱村里也有了嘴了！”老汉们也点着头说：“唱得倒也可以”。又得到区上鼓励，演员们从此开始了解到自己的创造能力，体验到只要能向群众学习啥事也会办得到，并初步尝到了为人民服务的光荣，干得更起劲了。

接着他们又排了《红旗大队》（本村生产队在太行第一届群英会

光荣得奖的故事）、《三锁家庭》（解决家庭纠纷的戏，也是本村实事）等剧，在四五年正月全县农村剧团竞赛大会上荣获冠军，这更大大提高了他们的情绪，同时在群众中的威望也提高了，村里人自动串劢了些钱捐给剧团。每逢在村里演戏，群众送油送炭。这时团员也由十八人增添到二十三四人。

## 三

这时候附近村子的剧团，一面由于上级的号召，一面在东堡剧团的影响下，也接二连三地组织起来。但有部分村庄对新旧剧的认识尚不够明确，又受现有条件的限制，如没有剧本、新教师、幕布等，有的却是几个旧艺人和旧戏箱，而群众翻身的快乐又需要发挥、表达出来，便唱起旧剧来。一时请把式、闹旧剧几乎成风，什么《清漳河》《沙陀国》《坡前会》等含有封建迷信毒素的戏又被重新搬上舞台。十月间县上开劳英大会，某村剧团在会上演《清风山》，竟博到赞美与奖励，有的村庄也因此学了几出旧剧到外区去卖。这样，解放剧团的情绪一落千丈，对演新剧发生怀疑，如有的说："散球吧，新剧吃不开！""辛辛苦苦的咱落个啥？趁早，老老实实去搞咱的生产！"有的提议："咱也去请旧把式！"于是剧团走向低潮。

这时干部们便马上开会，讨论怎样稳定团员情绪，在全体团员大会上干部先作了启发："咱们大家组织剧团，起早搭黑辛辛苦苦地干为的啥？咱不是光为红火，可也不是为了夺奖旗出风头，更不是为了卖戏发财呀！咱们这回没搞好，就该虚心检讨自己的缺点，只有把自己工作提高，才能得到群众欢迎。一碰钉子就灰心，搞啥也搞不好。"接着进行个人反省，在反复讨论之后，大部分人才认识通了，都认是"演戏是为了教育落后，咱要一演那些封建老迷信的旧戏，不是领着群众落后吗？"会后，干部分头又与情绪低落分子进行了个别谈话，大家的情绪才稳定了。

另方面对演剧本身也进行了检讨，如提出：内容不要平平板板，才能打动观众；手势动作不要受旧一套的拘束，要放手创造；演时一定要认真，不要嘻嘻哈哈；在服装化装方面，也不可太马虎；在秧歌里可以加上些小调等等，组织上也进行了一番新的调整。

情绪恢复以后，他们接着又排了《劝素兰》《劝母亲》《史福利组》几个剧。演出后，影响很好。四六年正月，襄垣南烟村请他们去演戏，博得台下拍手叫好，掌声如雷；还慰劳他们，请他们教戏，抄他们剧本。这时，演员情绪又提高了。

## 四

在翻身运动中，剧团团员一面积极参加工作，成为运动中的骨干，一面及时地反映斗争，推动翻身工作。前后演出《史兰曾翻身》《大翻身》《万人楼》等剧，把本村实际的活生生的材料搬上了舞台。在演《大翻身》时，当场就有一个老实农民激奋地说："狗肏的原是这样欺侮人呀?！不趁这时出气啥时出气?"经过这一运动后，群众对剧团更加拥护了，如史子英以前看别人演戏就害羞，翻身后也自动报名要求参加剧团。史二海不会演戏，也非要参加，他说："咱不能上台装角儿，咱可能打杂，跑个腿送个信，管个东西可能中。"因为要参加的人太多，便组织了一批预备团员，必要时或年关前后临时参加工作。

直到今天，解放剧团已经真正在群众中扎下根，与群众打成了一片，威信一天天提高了。群众把看戏当成正经事，一个戏三遍五遍看不俗，排《万人楼》时，群众要求他们学会一段演出一段。只此一点，我们就可看到翻身后农村剧团与农民的关系了。同时，在领导上，对它也很注意，除及时帮助他们提高外，还不断予以名誉和物质上的奖励，区上的奖旗写着“人民的镜子”，县上更誉他们为全县的“文娱先锋”。

成立至今，共创造剧本十六个。每个剧本的产生都是根据着当前任务的需要，每个剧本演出后，都直接间接地起了它伟大的教育作用。下面谈几个例子：

一、《招待所》演出时，正值村里发动拥军运动，很多人看了戏就在“人家女人还能当拥军模范，咱就不能？”的说法和想法下，拿出自己的东西。如一个当了多年看庙和尚的刘心玉说：“咱从前烧香，把命都给烧了，现在八路军又救了咱的命，拥军可比烧香好得太多了”，把自己一只羊送给军队。四五十岁的刘春莲捏了饺子，送到招待所给伤员；史仙则把从远地捎来的葡萄也送给伤员。她们说：“没见人家演戏，八路军就是咱救命恩人嘛！”二、李生望的娘看见媳妇就恼，婆媳关系很坏，在演《劝母亲》时，她女儿娥纣扮一个受气的媳妇，她看后很受感动，娥纣回去又再三劝她，于是她后来有了惊人转变。三、四五年大反攻时，该村军人接连牺牲好几个，这时一些烈属军属情绪都很低落，参军工作大受影响，剧团便于起柩时演《追悼会》，剧中指出为人民事业牺牲是最光荣的，并强调应该更好好优待烈属，解开了烈属们心里的“圪塔”，又掀起参军热潮，立即便有史秀虎等九人集体报名参军。

## 五

根据以上所谈，我们可以清楚看到：东堡剧团已经初步摆脱了单纯娱乐、为演剧而演剧与风头发财等偏向，走向了脚踏实地的为人民服务、为群众宣传工作服务。他们的编、演完全是由于时代需要与群众需要出发，他们的口号是“报上提啥提得紧了咱就编啥”；有很多剧本连夜排出演出，也有很多剧本演一两次便永用不着了。这应是他们成功的第一个原因。

在取材上能采用真人真事。这样，观众会感到更亲切，更容易感动，效果也更大。观众都这样说：“从前看戏总摸不清哪朝哪代哪里的事，而今看戏都是眼前事，一点不哄人。”这应是他们成功的第二个原因。

在编剧与排演方面，采取大家商量集体创造的方法。一个剧本的产生是干部会先决定主题，然后下去搜集材料，回来共同讨论，计划戏剧中的人物、场面、剧情，由编辑股执笔写出后，再通过干部及全体团员集体修改，最后通过。演出时，注意观众反应，如到外村演出，还派人打入观众听取意见，再加修改。这样，一个剧本不知经过几番增删。在排演时对动作、表情、布景、道具、化妆、交白等等，都是大家根据自己的生活经验和仅有的舞台经验一起凑合。他们中无所谓导演，若说有的话，那么全体团员甚至观众便都是导演。所以他们每个剧的完成，是费去相当大的心血的。这应是他们成功的第三个原因。

此外，在内部组织、生活和对外关系上，他们都做得很好，建立了民主的领导和制度，并能互相帮助加紧学习，在政治觉悟及文化水平上得到提高。如史富安过去一个字不识，现在已认会了四五百字。在经费上全部自给，始终坚持“不给村上找麻烦”的方针，甚至在分斗争果实时，群众提出分几件衣服给他们做服装，他们也不要。并且能尊重村干，积极执行法令，每编演一个戏，都与村干商量，不与村里其他工作发生冲突。男演员照常支差，女演员做军鞋也都做得好。这些都是他们的优点。

以上就是东堡村解放剧团的一般情况。当然，它本身仍然存在着许多缺点，但我们相信，他们是有能力有方法、有勇气来改正与能够改正自己的缺点的。希望它能继续发扬既有的优良作风，克服前进中的一切困难，虚心研究，大胆创造。更希望当地县区领导机关更多多帮助它，培养它，使它能够担负起更伟大更艰巨的任务，起更大的作用，使这一枝从农民手里自己培植出来的新文化的花朵开放得更灿烂，更壮丽。

（1947年7月13日，《文艺通讯》副刊第5期）

## 人民文工团“七一”演新剧

边区人民文艺工作团，“七一”在中央局驻村俱乐部与北大文工团联合演出新编剧《红军回来了》《扭转脑筋》《放下包袱》《种棉花》《花鼓》等剧，以庆祝中国共产党二十六周年。《红军回来了》是写红军北上抗日后，鄂豫皖苏区的红军家属及人民如何惨遭蒋党压迫、摧残；一些毫无人味的革命叛徒，如何下流、无耻地出卖革命，迫害革命的红军家属及苏区人民；以及红军家属和人民，如何发挥高度的革命气节向卖国贼、叛徒作斗争，暗暗地教着他们的子弟唱红军时代的歌曲，教育他们仇恨反动派和叛徒，学习他们的父兄，和遥念红军、共产党、毛主席，急切地期待着红军回去。终于在四五年“七一”，在苏区人民暗暗地纪念党的生日的时候，三震将军的南下部队，解放了老苏区，消灭了汉奸、卖国贼、叛徒。一别十年的红军家属和苏区人民又得重见天日。戏的结尾是人民解放军继续向南推进，解放更大的地区，解放全国的人民。此剧是由中原突围来此的王燎荧同志创作的，反映真实、生动，演得也很好，很多老干部看了都感动得流泪，对于全场观众是一个很深刻的教育。特别在今天，在中国共产党的二十六周年，在全解放区胜利大反攻，刘、邓将军的常胜军已南下渡过黄河的时候，演出此剧，更有其莫大的现实意义。继“七一”演出后，“七七”又在驻村演出，慰劳附近机关的干杂人员及群众。现该团已决定抽调二十余同志，分三批下乡，一批到新解放区参加土地改革，一批到老解放区搞生产，一批可能到前方。大致三四日后即可启程，预料不久当有大批作品出现。

（1947年7月13日，《文艺通讯》副刊第5期）

## 战士们的画笔

高诗林

现在（乌江部）战士们都开始懂得艺术，而且都是顶好的战士美术家。他们把它当作贺英雄的礼物，有时也把画当作互相批评的一种政治工作，批评缺点，发扬正气优点。刘伯承将军的战士不光会发挥新的战法，而且是人民的画家，现在战士们在连队中，出大型的画报，尤其是乌江部三大队战士们拿出画来互相贺功，有的在战壕沟中画，有的晚上行军四五十里地到宿营地也画。从此画就大大地发展了，不管什么人，尤其翻身的新战士们，他们深深感到受地主的压迫不能有读书的可能，如果说能认识字那是有钱人的事，画画的可能更是没有了，现在翻了身来到人民解放军的队伍中了，他们都学会画画、识字。因为不识字就可以画画，我在五八团六连住了较长一个期间，生活在班里，从这一点上看战士们是有画画的天才的；同时培养了个台湾战士，名字叫陈国英，现在他是台湾兵中的党员了。他能画而且画得非常好，当时三纵队击毁坦克车三辆的消息传到时，便叫他画了这样一幅坦克车被击毁的一张画，他知道用透视学，远的坦克车画得小小的，近处大，现在他已经是很熟练的画家了，他到处找材料画。以后战士画家不断地产生了，三连李宗卿画了一幅表扬事务长的画，还写了几句快板："事务长，真是强，背米回来去领粮。"画着事务长推一小车，车上放着米口袋，事务长笑着脸，推着车。还有五连战士范天义，画的表扬班长同志担水十几担。文书耿干也画了一幅，二营营部组织了战士写标语队，战士们都画起来了。现在刘伯承将军的战士学会用两支枪了，一支是步枪，另一支是画笔。

（1947年7月13日，《文艺通讯》副刊第5期）

## 李学堂中队的墙报

胡征

在四十七期《功旗》报上，有一篇短文，谈到李学堂中队的黑板报，开始这样写着："谁都知道宋琦同志是一个模范通讯员。这是李学堂同志亲手培养起来的。宋琦同志的牺牲，虽然使他难过，但他并没有忘记继续培养第二第三个新的宋琦，现在培养的已不少了……"

李学堂同志是二中队的副教导员，在他当指导员时，宋琦同志就跟他当文书。后来，他们又一起到中队工作。宋琦同志自参加部队一直到为人民流出最后一滴血的时候，始终和他在一起，所以也没离开他始终不倦的培植。于是，宋琦同志成为部队通讯员的旗帜。李学堂同志的功劳，和宋琦同志一样，谁都不会忘记的。而从前，李学堂同志培养的仅只宋琦一个，现在则使更多的宋琦不断地生长起来。并且，其成员不仅限于文书，从指导员、班排长、炊事员以至于战士，都在李学堂同志的领导下卷入报导的热潮中，而且把这工作从文字领域扩展到漫画的领域里了。

在练兵开始时，李学堂同志召集了各小队文书开会，建立普遍的墙报工作。规定每单位办两个墙报，一个作为队部的“机关报”，随时表扬各班排及个人的成绩；另一个作为“战士园地”，旁边放着粉笔，谁有意见就往上写。此外又在各会上号召各单位干部战士自己办报，自己写稿，以提高练兵积极性和学习兴趣。

经过这样的周密布置以后，全中队的墙报就迅速蓬勃地发展起来。仅在练兵的两周中间，已超过原来的计划几倍了。现在，谨就这两周的成绩来作一次初步的检阅。

在数量上，原来预计每单位两个，而中队部一开始就在操场上建立了四个：一个公布全国各战场的胜利消息，一个是战士园地，另外两个是全中队最高的权威报，各单位最出色的事件和人物才能上这个报。

五小队也在集中的饭场上竖起同样的四个报。它不同于中队的，是战士园地不是用粉笔写，而是写在纸上往墙上贴的。而四小队更活跃了：开始还只两个，一个布的，一个黑板。到第二周就在各班排里发长起来了。战士们在休息的时候，提着黑油烟筒，在自己宿舍或院墙上开辟一块长方形的小黑板。可是没等晒干，就有人开始写了，有的看着擦不掉，就写在纸上往上贴。三排的两个黑板，半天的时间都贴满了。四小队文书郑维顺同志在第二周的末尾作了一个统计：全队墙报共九个，两周内来稿共计一百四十五篇。这仅是队部发表的数字，各班排的不在内。

其发展虽如此迅速，但开始时并不是很容易的。开始，只是文书和指导员支持，各排的报导小组的来稿也有限，尤其“战士园地”，名不符实，常闹稿荒。于是李学堂同志在几次会上号召发扬民主作风，有啥意见就往上写。有一天，在操场的大黑板上，出现了一条大字：

“教导员发脾气能不能解决问题？”

李学堂同志就在那下面回答了："不能解决。"

这短短的两行字，引起了全中队的注意，休息时，战士们都围上去看，笑着议论开了。第二天，各单位的"战士园地"上，都出现了各种问答式的东西：

"小队长向我瞪眼应当不应当？"

"咱们为啥不吃豆芽呢？"

"胡班长为啥不干工作？"

开始是这样浅显的，但问题提多了就渐渐深刻了。四小队一个炊事员和小队长闹别扭，不吃也不做，于是当天报上就写着：

"××同志，你做工作是给大家做的还是给小队长做的？你是个老同志，请答复！"

他看了，考虑了一夜，第二天就答复说：

"这是我的不对，马上就改正。"真的，他就从此变好了。

一次，卫生检查组到各处参观后，意见随即写在该单位的黑板报上：

"六小队是模范小队，看到你们做饭不卫生，希望你们以后把饭做好，弄干净，同志们对你们就没意见了，对不对？请原谅！""五小队炊事员同志工作认真积极，卫生讲得好，米淘三次到五次，菜也洗得干净，有味道、好吃，大家都要向你们学习，希望你们更努力下去！"这以后，五小队伙房成为全中队的卫生模范，现在已成为全团的模范炊事班了。

由于墙报能即时地展开群众性的表扬与批评，于是使各种工作都获得了很大成绩。从两周来各个墙报的内容上，可以看出各小队的工作进展与成绩。这成绩不仅表现在练兵上，更重要的是思想上的收获。如对新来的解放战士，任何一点好的表现都即时地反映到墙报上，使他们都彻底认识到八路军的"不屈才"和民主生活的幸福愉快，因此有想逃跑的也被感动而更积极了。从墙报中又可以看出各个模范典型人物迅速地成长起来，如五小队的炊事班，四小队投弹手张双喜，六小队的诉苦模范武双林、芦森林等等，都成为全中队的旗帜。这些都是不能忽视的墙报的功绩。

李学堂中队的墙报，还有一个特色，就是展开了热烈的漫画和快板运动。在两周以来，小队以上的墙报，三百三十七篇稿件中，快板占总数的五分之二，漫画占三分之一。这两种东西都是战士们最欢迎的，常常在墙报跟前围着的一堆人中间，有一个同志高声念给大家听，有的念普通文字时一口气念不下来，而念快板就特别流利，音韵抑扬，越念越起劲。有些不会写字的战士，自己把快板编好，请别人替他写下来，投给墙报。这样，墙报就成为战士自己真正的园地，也是最心爱的读物了。

这些快板，往往出现在漫画上面。在开始练兵时，上级号召讲卫生，六小队的布墙报上出现了一幅画：一个人喝凉水，另一个人嘴里吐出一股气，里面写着“喝凉水，不卫生，喝到肚里就生病……”这个新奇东西的出现，震动了全中队。于是漫画带快板的作品就陆续在各单位的墙报上出现了。它所反映的内容都是战士们自己的日常生活：投弹、瞄准、演习，老百姓帮军队洗衣缝被，军队帮老百姓挑水、扫地、割麦，事务长给病号端汤送鸡蛋，谁发扬革命友爱送谁一双鞋、一条裤子……这些事都反映得很快，昨夜发生的，今天一早就贴出来了。因此，墙报永远是新鲜的。战士们谁都爱，谁也会从墙报上得到教育和鼓励。有的画上标着人名，有的没标，于是战士们偷偷地拿笔把自己的班长或谁的名字写在上面，好让大家知道这是自己班长的事。有的把画揭下来，当作礼物送给房东，于是房东也高兴地贴在自己家里了。

全中队有四位名画家：一位是六小队指导员王振付，一位是五小队指导员李金维，一位是中队文书杨德荣，一位是五小队炊事班葛三俊。在技巧上虽然都很差，但他们的作品都为战士喜爱。因他们都是直接为兵服务的。战士们的着眼点并不在于画得好坏，而在于所画的内容。王振付常说："好不好吧，只要是那个意思就行。"这"意思"就是内容和主题。经过了战士们的鉴定，他们的内容和主题都是战士们自己要说的话，所以战士们说好。

这些战士的画家们，有一个共同的特点：都是出身于贫苦农民。过去既没有文化修养，又没有专心学过画，更使人惊奇的是：大部分都是这次练兵才学的。有人问李金维和王振付同志怎么过去不会，现在一下子会了呢？他们说："战士们爱画，会画的人又少，就这么□一下试试……"而这么一试，都成功了。

这里特别值得介绍的是葛三俊同志。他是炊事班副班长，邢台人，三十四岁，贫农出身，在家没念过书，参加八路以后才学画画。他每天工作很忙，每夜都开夜车画画，有时一直画到天明。他的作品最多，除了向墙报投稿，还经常画二三尺长的大画，满街到处张贴。他的产量是很惊人的，两周内就画了四十七幅。每天向他要画的人不断，他已成为全中队名望最高的画家了。

除了这四位，还有四小队的指导员，六小队的文书，二排副以及若干战士，常向墙报投画稿。还有不少战士已开始拿起画笔来了，在李学堂中队里，漫画和快板已成为群众性的艺术了。其主要动力，是李学堂同志走群众路线领导的结果。这个画的队伍、诗的队伍，未来的艺术成绩正像他们作战前途一样的辉煌。这一点是完全可以预祝的。那么未来的宋琦将会比现在还更多更多的了。

（1947年7月13日，《文艺通讯》副刊第5期）

## 太行一分区宣传队劳军

太行一分区宣传队，在该区赵云部队元氏孟村大捷后，于六月二十三日至该部劳军，演出《陈家福回家》《军民互助》《好同志有错就改》等剧。演出后，并留下一部分同志分赴赵云、孔明二部队开展记好运动和门板报活动。

（1947 年 7 月 13 日，《文艺通讯》副刊第 5 期）

## 本报“八一”征文启事

“八一”，中国人民解放军建立廿周年纪念日，即将到来；振奋全国人心的全面大反攻已由我区开始。这个伟大的节日，应由全体军民一同来热烈纪念。红军、八路军、新四军的由无到有，由小到大的克服艰难英勇战斗的精神，爱国自卫战争一年来人民解放军的军事、政治、技术各方面的生长壮大，正规军、地方武装及民兵涌现了许多战斗英雄与人民功臣，人民参军、参战、生产节约、支援前线也有很大成就，模范事迹极多，只有大家动手来写才不至埋没这些可歌可泣事例。因此我们征求以下各种内容的稿件：

一、红军老战士及指挥员的战斗生活回忆录。二、各部队杰出的英雄人物，模范班、排、连……的生长故事。三、部队政治工作思想教育的新创造。四、一个地方兵团、游击队、武工队或民兵部队的成长史及其模范人物等事迹。五、人民参军、参战、生产节约支援前线的艰苦奋斗故事，军民关系中的模范事例。六、其他有关建军的短篇小说、诗歌、短剧、木刻、连环画等。

所有这些文章，我们都希望能选择一个典型、一个问题作主题，经过详细访问调查，以至座谈研讨，然后用生动简练的文字写出来。记述务求真实，字数不必太多，一般不超过三千字。写好早日寄来，稿费从优，佳作还要给予特别奖金。同志们，时日无多，希快动手！

（1947年7月15日）